碎片上的女人

吕舒怀 著

重庆出版集团
重庆出版社

图书在版编目(CIP)数据

碎片上的女人 / 吕舒怀著.—重庆：重庆出版社，2014.5
ISBN 978-7-229-07433-3

Ⅰ.①碎…　Ⅱ.①吕…　Ⅲ.①长篇小说—中国—当代
Ⅳ.①I247.5

中国版本图书馆 CIP 数据核字(2013)第 318859 号

碎片上的女人
SUIPIAN SHANG DE NÜREN
吕舒怀　著

出 版 人:罗小卫
责任编辑:朱小玉
策划支持:文钻图书
责任校对:郑小石
装帧设计:重庆出版集团艺术设计有限公司　王芳甜

重庆出版集团
重庆出版社　出版

重庆长江二路 205 号　邮政编码:400016　http://www.cqph.com
重庆出版集团艺术设计有限公司制版
重庆华林天美印务有限公司印刷
重庆出版集团图书发行有限公司发行
E-MAIL:fxchu@cqph.com　邮购电话:023-68809452
全国新华书店经销

开本:710mm×1000mm　1/32　印张:12.75　字数:170 千
2014 年 5 月第 1 版　2014 年 5 月第 1 次印刷
ISBN 978-7-229-07433-3
定价:32.00 元

如有印装质量问题,请向本集团图书发行有限公司调换:023-68706683

目录

1

亲妈是个谎

在我降生的第五十七天，我亲妈抱着我，坐上一辆有轨电车。

那是一个快乐的傍晚，街上刮着快乐的风，路边电线杆子上的喇叭放着快乐的歌，有轨电车里拥挤着许多快乐的人。好像我亲妈故意这么选择的：在一个快乐的时刻，把我送人。

天色半暗半明，有轨电车车厢里乱哄哄的，像嘈杂的蚂蜂窝，我亲妈混迹其中。为引不起旁人的怀疑，她把我裹得很严实，一条洗干净的盛过面粉的口袋装了我，外面用毛毯包得严严实实。我亲妈抱我的方式也很特别，不是头冲上抱着，而是夹在腋下，乍看像夹着一个无关紧要的包袱。二十世纪五十年代，民风纯朴，老人、孕妇和抱小孩的乘车，一准有人让座。可我很年轻的亲妈夹着个包袱一样的东西，所以没人搭理她。

那天正好是阴历正月十五，俗称元宵节。黄昏时天空开始飘扬着稀薄的雪花，柳絮一样地飘飘洒洒，落地上变作水，浸泥泞了马路。南市一带的家家户户都在煮元宵，放鞭炮，街上行人少，稀稀拉拉的，碰不到几个。路灯朦胧的光晕在雪花飘舞之间若隐若现。

我的亲妈穿着黑呢子大衣，毛围巾把脸遮得严严实实，紧搂着用毛毯和一条面粉口袋裹着的我，鬼鬼祟祟地在和平路下了电车。从和平路到她要去的南市的一个胡同需要走二十分钟的路，大概她生平头一回踏入这种地界，街道狭窄昏暗，两边拥挤着破旧的平房，空气里散发着一股难闻的气息。不像她临时租住的马场别墅，那里原先属于外国租界，洋楼一幢挨着一幢，马路宽阔而明亮，晚风像香水那么怡人。就这样，我的亲妈忍住鼻息，如同偷了别人什么东西那样，惊恐万状地穿过寂寥肮脏的马路，精致的高跟皮鞋踩着泥水，发出“吧唧吧唧”的声音。

大约十几分钟后，她抱着我走进南市一条黝黑胡同，胡同很长，阒无一人。胡同尽头有个大杂院，院子中央是片阴暗的天井，七八个半大小子正在天井里放炮，他们点燃引信，拿在手里，当引信快要燃尽时，猛往天上一扔——“砰”地一声在半空炸响。另外还有四五个女孩拎着灯笼灯在天井里转圈。灯是由四块玻璃围成的,里面亮着一根洋蜡。女孩拎着玻璃灯,嘴里唱着童谣:“打灯笼找小孩儿呀,你不出来,我走啦……”我亲妈闪躲着绕过那些孩子,沿“吱呀”作响的木楼梯,上了三楼,走进西南角一间屋子,轻而易举地把我托付给大杂院一个孤独的老女人——后来我一直管她叫“奶奶”。

她们之间究竟说了什么或没说什么,我不知道。临离开时,我的亲妈碰都不碰类似包袱样的东西,也就是说,她根本不打算看我最后一眼,然后抹着不知是否真实的眼泪匆匆而去。打那以后我再也没有见过她。所以,我一生从未叫过“妈妈”这个据说世间最伟大的字眼儿。

亲妈走后,“奶奶”揭开外面的毛毯,褪下面袋。一个又黑又瘦的小子平躺在面袋里手舞足蹈。同时,他意外撞见一张陌生而且皱纹纵横的脸,“哇”地一声哭喊出来,声音极纤细,像小太监。老女人抱起我,频频吻我的脸蛋,哄我:“喔喔,我的宝贝心尖儿,别哭啊，让奶奶给你吃个个（乳房）。”遂解开怀，掏出丝瓜般筋络累累的乳房，将干硬的乳头塞进我嘴里——从此我算拥有了母爱。

在以后的很多年里，我和不是亲奶奶的奶奶躺在同一被窝里，叼着她干瘪的个个，枕着她鼓胀的大肚子入睡。大院里的大人和小孩叫我“野种”。我曾经傻兮兮地追着问他们：“‘野种’是什么？”他们抿嘴笑而不答，我又问：“我的爹妈究竟长得什么样？他们在哪儿？”他们全都异口同声地回答：“你没爹没妈，从石头缝里蹦出来的。”我继续追问：“石头缝里也能生出小孩吗？”他们又笑，这回像中了邪似的开怀大笑。笑完又说，“大闹天宫的孙猴子不就是从石头缝里蹦出来的吗？你跟他一样。”我听完，倍感自豪。回家后，我用同样的问题问奶奶。奶奶说，“甭听他们胡咧咧，人哪有没爸没妈的，你有！”我很激动，说，“我爸爸妈妈长什么样？”奶奶说，“去照镜子，你自个儿什么样，你爸妈就长什么样。”我拽着奶奶的衣袖问道，“那他们为什么不管我，不来看我？”奶奶眼窝里忽然涌出泪花，她用另一只衣袖揩干，说，“你妈叫我管你，你听奶奶的话就行啦。”

不管怎么说，长大以后我从未觉着有爹妈有什么好处。大杂院里和我一般大的秃子、来宝、发面饽饽都有爸妈，他们常常挨爸妈的臭骂和臭揍。秃子他爸下手最狠，拿皮带抽，打得秃子脑袋上经常鲜血淋淋。伤口刚结了痂，又被他爸爸的铜皮带头抽开，所以秃子的脑袋像块沼泽地，长不齐头发。来宝他爸打他的方式最黑，不拿拳头打，不拿皮带抽，用火筷子烫。先把火筷子插进煤球炉子里，烧红了，照着来宝的胳臂就一下。一阵臭烘烘的烤肉味散去，来宝的右胳膊上就肿起一道血包。来宝的胳膊上有两道血包，我的这些小阶级兄弟啊，个个都那么惨，就因为他们有爸妈。我没有，我是野种，没人管束没人揍，这样，我的童年很自由很快乐。

不过，从奶奶嘴里，我的亲生父母无时无刻不在我身边，而且他们总是当我不在的时候出现。炕桌上多了一纸兜鸭梨，奶奶说：“是你妈刚送来的。”有时，奶奶数着手里的人民币，对我说："你妈妈刚把这月的生活费放这儿。"家里新添个半导体，奶奶一边仔细地擦拭，一边说："瞧，你妈妈买这东西，花了半个月工资。"我急可可地催问："奶奶，我妈她多会儿走的。"奶奶描绘得很真实："你妈刚走三四分钟，兴许还没出胡同口哪。"我扭身跑下楼，风一般地追出胡同。鸟市大街人来人往，却瞧不准哪个是我亲妈。因此，想象生身母亲的模样，在梦里追寻他们，几乎成了我每天钻进被窝入睡前主要思考的问题。

人大概对死有预感。20多年后的一个夏天，奶奶临终前一个礼拜显得比平常爱唠叨，精神恍惚不安。那年她七十三岁，据说是人生一道坎儿："七十三，八十四，阎王不叫，自己去。"奶奶仍不肯从她故意装了近十年的呆相中恢复回来，双目凝滞，说话颠三倒四。我记得十分清楚，那日，天正落雨，雨丝纤纤，在窗户框住的一块灰蒙蒙天空的映衬下显得时有时无。奶奶很烦躁，擦桌子时把她心爱的瓷花碗弄到地上，摔成碎片，还抬小脚把花猫踢得嗷嗷直叫。这之后她便坐到床沿儿发呆，不知在生闷气，还是在想心事。

“刘根呀！”奶奶很突然地叫了我一声大名。

因为她平时总叫我的小名“根儿”，我忽有焕然一新的感觉，很莫明其妙地盯住奶奶瞧。她一改平日的恍惚，神情凝重而真实。我有点发傻，人一旦改变习惯的音容，肯定要发生什么意外的事。我乖乖地、情不自禁地搬个板凳坐她跟前。我忘不了，那天电匣子里正播放现代京剧革命样板戏《红灯记》，李铁梅慷慨激昂地唱着：“听奶奶讲革命，英勇悲壮。却原来我是风里生来，雨里长。奶奶呀，十七年的教养恩深如海洋……”

奶奶断断续续地讲了我的身世，一连说了两遍，似乎怕我记不住。我听了，起先不信，后来信了，信了以后便不禁乐出声来。我在笑我的妈妈其实特傻，干吗为了一点点破事，就扔了我，像扔掉一块脏抹布。

“我不乐意跟你说。唉，不说我心里憋得慌。这十几年我老琢磨，跟你说呢，还是不跟你说呢？不说怕你糊涂一辈子，说了我心里头可就清净啰。”老人浊泪纵横。

其实，我宁肯糊涂一辈子。对我来说，我的爹妈本身就是一个弥天大谎。

七天后，奶奶突发脑溢血，没拉到医院就咽气了。

那是1976年仲夏的事。那年我21岁。

那样的街那条胡同和那个大杂院

知道天津的人，就该知道南市，它像上海城隍庙和北京的大栅栏那么出名。我居住的那条鸟市大街，是一条老街，在南市中心。

如今在中国其他大城市再不容易寻找到与鸟市大街相雷同的了。它又短又窄又脏又破，原先土道，后来铺成柏油路。路旁种着一棵棵老槐树，夏季到来的时候，槐树枝繁叶茂，黄白色的槐花散发出幽香；一进入深秋，树冠零落，骨瘦如柴的枝丫纠缠着松弛的电线；小街两边排挤着低矮的砖房，年久失修，平房显出老迈的颓唐，房顶钻出老高的野草，随晚风在暮霭中摇曳。街道从头到尾夹着几条胡同，每条胡同都仿佛隐藏着秘密。据说，解放前这一带繁华鼎盛，聚集着天津最有名的妓院、赌场、大烟馆、饭庄，曾几何时灯红酒绿地显赫过一阵子。街东口有幢最高的建筑——玉清池澡堂子，在当时算天津卫高档的洗浴中心。

四季无情地改变着鸟市大街的风景。夏天烈日曝晒，烫化的臭油向两边滩流，脚踩上去就陷进个深坑；秋季雨水多，暴雨接连下两三天，马路积了过膝的脏水，汪洋恣意着像条黑水河；赶上冬天刮西北风，尘土弥漫遮云蔽日，破筐，枯叶，月经纸在风的尖啸中满街打旋飞跑……

街西边有家影剧院，属于丙级的那种。等甲级电影院放过两轮的片子，才轮到这儿上演，票价便宜，学生优待场五分。但看一场电影中间得断五六次，我们小孩就用跺脚吹口哨，呼唤变黑的银幕重新亮起来。街东是爿干果店，称“永记干果店”，比现今最简陋的超市还小，卖些廉价的糖块儿、水果、“小八件”、“糙子糕”什么的，也卖烟卷，买整盒的，零买是根儿两根儿的也行。每逢仲夏夜，干果店门前最热闹。店里把西瓜堆码到当街，吊起个灯泡，搭个案子卖西瓜。叫卖西瓜的通常是个又矮又壮的中年汉子，嗓门儿高亢洪亮，手底下利索，一边切西瓜一边冲大街喊唱：“买西瓜呦——买西瓜呦——三白大西瓜，脆沙瓤……”吃西瓜的“稀溜稀溜”地吃，四五个孩子拎着草蒲包穿梭在他们裤裆下捡瓜子，其中有我和我的童年伙伴：秃子、发面饽饽、来宝和黄毛。

慎益里胡同窝屈在鸟市大街中间。胡同狭长笔直，红砖墁地，胡同尽头藏着个大杂院。大杂院结构特殊，恰如没盖儿的棺材，上下三层，由楼梯连接，周遭像口琴那样排挤着一间间黝暗潮湿的小屋。楼下天井挺宽敞，堆了些破劈柴、旧筐、煤球、白菜一类的东西。大杂院的住户有六十多户，大多数是劳动者，纯粹的无产阶级。家家几乎都这样：丈夫上班，女人是家庭妇女，收入少，日子过得紧巴。爹娘没别的本事，光会生孩子，一家有三五个是少的，多的生八九个。秃子他奶奶特别能生孩子，一共生了九个，秃子的九叔比他还小两岁。来宝上边有四个姐姐，下边有俩妹妹。孩子多，日子就穷，吃不饱不说，一般长到十来岁还拖着鼻涕、赤身裸体地满院子瞎跑，像我的几个好伙伴都穿着有补丁的裤子，常常哥姐穿旧了的衣服，倒替由弟妹接着穿。穷自有穷的办法，黄毛他们家一连七个儿子，养不起，就把黄毛他三哥、五哥过继给姑姑家。半大小子能吃，国家供养的粮食不够用。黄毛他妈把细粮票换成粗粮，天天蒸一锅窝窝头，对她那群孩子们限量供应，开饭时，黄毛和他的亲兄弟们一个挨一个地排队领饭，一人俩窝头。大杂院的不少孩子学会了小偷小摸，那年派出所在我们慎益里一气抓走二十多个盗窃犯。

别小瞧这个大杂院，二十世纪三十年代曾是天津最出名的一家妓院，叫“玉堂春”。这家跟一出京剧同名的妓院，有位花名“花艳芳”的妓女。听老人们说，花艳芳美压群芳，红极一时，当时天津卫达官显贵、民国遗老遗少，皆到此捧她的场。可以想象：如今破败的大院子，那时何等的招摇：夜幕降临后，胡同口车水马龙，穿着华丽的嫖客们鱼贯而入，穿过挂满红灯笼的胡同，走进张灯结彩的院子。妓女们打扮得花枝招展，从各自屋门前笑盈盈地远接高迎贵客……老人们还说起一件曾轰动天津卫的旧事，一次，花艳芳在玉堂春摆花酒，一下子摆了一百多桌，天津有头有脸的人物几乎全邀请到了。可惜，乐极生悲，正在情浓酒酣之时，忽然起了大火，火借风势，顿时吞噬了欢场里的男男女女，人们哭喊着夺路而逃。玉堂春在这场火灾中毁于一烬。后来，有人出钱重修了院子，易名“慎益里”，租给没房子住的穷人。临近解放前夕，陆陆续续搬进新住家。

花艳芳幸免于难，解放后一直住在慎益里。我小时候见过她，臃肿的身子，佝偻着背，一脸皱纹，满头白发。打死我也无法想象她曾经美貌过。

与慎益里胡同隔街相望的是一幢旧洋楼，也三层，红砖绿瓦通体用洋灰砌成，有深不可测的穹形大门洞。它原先叫“元兴公寓”。里头住着些旧社会的资本家、银行职员，以及解放后新搬进来的机关干部，教师，会计。他们牛气得很，整天挺胸腆肚衣冠楚楚地出出进进……

不厌其烦地描写这些，多少同我的故事有关。因为元兴公寓跟大杂院之间的历史存在着说不清道不明的仇怨。虽然相隔不足十米宽的鸟市大街，两处居民却老死不相往来，鸟市大街泾渭分明地划分出了两个截然不同的世界。旧洋楼里的人趁钱，衣食住行讲究，讲酸了巴唧的普通话。邻人相见还承袭旧习，以先生、太太、小姐、小弟地叫。大杂院这边就没那么酸气，说话大嗓门儿，操着浓重的天津卫口音，称谓也极粗陋：什么爷们儿，娘们儿，七姑八姨小三小四……

元兴公寓的居民自视清高，瞧不起这边的人，管束孩子不要跟大杂院的孩子玩，说是怕学坏。偶尔跟这边的人碰个对脸，他们也挺胸昂头假装没瞅见。大杂院的男女老少更不屌他们，偷偷朝他们背后吐唾沫，再不就指着孩子骂闲街。两边的小孩打架，常常是对面的孩子吃亏挨揍，这边家大人不但不责怪自己儿子，反而使劲鼓励："对，揍得好！那边的小崽子都跟他爹妈一样，没个好东西。"

紧挨慎益里胡同口右边，是家规模不大的煤厂，每月负责供应鸟市一带居民生火用的劈柴和煤球。煤厂并不生产这些东西，由很远的煤球厂开车送过来，储存进煤厂的大铁门里。一到月头，居民拿着煤本，到煤厂按规定数量订购，交完钱，回家等。随后煤铺的送煤工人把煤球装进竹筐，码上车，拉进胡同，停在院子门口，扯着大嗓门喊："送煤的来喽——"大人小孩像欢迎亲人一样欢迎他，送煤工满脸煤沫子，好像京戏里唱大花脸的，咧嘴一笑，牙雪一样白。他背起煤筐挨家挨户地送，送空了车再回煤铺拉，从不抽人家一支烟，喝一口水。

国家规定卖的劈柴和煤球根本不够用，大人们就怂恿孩子去偷。白天瞧见送煤的“解放”牌卡车出出进进的，夜黑风高时，秃子联络来宝、黄毛等几个半大小子，各自拿着各家的土簸箕，撬开大铁门，铲一簸箕煤球就跑。煤厂值班的是个瞎一只眼睛的老头，胆子又小，光穿着大裤衩子，缩在值班室喊叫：抓小偷哇，小兔崽子们别美，明儿白天就叫派出所警察到家掏你们……

胡同左面有一家戏园子，叫做“聚华剧场”。园子不大，能容下四五百个座位，名剧团从不到这儿演出，他们一般在劝业场附近的中国大戏院登台演出。到“聚华”演出的，都是些区级剧团，演的剧目很杂，京剧、评剧、河北梆子，北方越剧……什么都有。住在元兴公寓里的宁慧心妈妈就是“齐鸣北方越剧团”的名角儿，我曾跟宁慧心去找她妈妈，进过戏园子的后台，才知道戏台后面的戏更热闹。

3

假奶奶的母爱

1

奶奶完全靠锁扣眼儿，把我拉扯大的。

其实那年奶奶刚五十岁出头，身材微微发胖。她有辆铁架子焊成的手推车，平时锁在胡同自来水管子旁边一棵老槐树下。奶奶平时不让我下楼，每逢月初，她牵着我的手，拐着“半解放”的小脚走下楼，边跟邻居们打招呼，边来到胡同大槐树下，打开锁着手推车的铁链子。这时，七婶、张妈、刘姨、孙奶奶个个怀抱着一摞摞锁完扣子眼的衣裳，堆放到奶奶的铁架子车里。奶奶把我放在高高的衣服堆上，然后推着车，耀武扬威地踏上马路。

童年的那些日子，天空总那么晴朗、湛蓝，空气透明，阳光温煦，绿树成荫，鸟儿飞翔，街上行人很少，偶尔驶过一辆卡车，我会颠着小屁股，喊叫：“咦，大汽车，大汽车呦……”。有辆拉菜的马车停靠路边，赶车人不知去了哪儿,马在撒尿,一股呛人的臊气味扑面而来。一路上,奶奶喃喃自语着什么,或者对我说一些我听不懂的人生道理,像歌谣,有辙有韵。什么:“忍字忍,饶字饶,‘忍’字要比‘饶’字高。”或“拉大锯,扯大锯,姥姥家去看大戏呀……”

拐过三条马路,奶奶把铁架子车停在一条胡同口。这条胡同比慎益里要宽敞得多,进进出出的人也多,胡同口挂着一块白油漆木牌子,上面写着红字。奶奶叫我守着车,她一抱一抱地往胡同里面抱衣裳,抱空了衣裳,奶奶就会在里面待老长工夫。我在外面等,小眼睛不停地四处搜寻,老喝(蜻蜓)在头顶飞来飞去,我张开双手边追边跳着扑打,扑上扑下的,一只也没扑着。这时,奶奶抱着一摞摞新衣裳出来,等装满了铁架子车,奶奶喊着:“回家喽,喂脑袋去喽!”我坐到车里的衣裳垛上神采飞扬,奶奶推着车,颠颠簸簸,祖孙俩沿原道折回。进了胡同,在天井里,把新衣裳分发给大伙,奶奶抱着自己的一摞上了楼。每天从早到晚奶奶都是守着那摞衣裳锁扣眼儿,几乎没见她停歇的时候。

奶奶是慎益里胡同的居民代表，鸟市居民委员会管着鸟市大街七八条胡同居民，居民事多，管不过来，每条胡同就民选出个代表。奶奶为人随和，胡同里的家庭妇女一致表示：刘奶奶这人厚道，脾气好、不糊弄人。代表让刘奶奶当吧。我奶奶就被推举为代表，我家成为慎益里政治、经济、文化中心。奶奶代表胡同的居民去鸟市居民会参加各种会议，领回来新的精神，就让七婶的丈夫麻子李在红红绿绿的纸上写出标语口号，贴到胡同的墙壁和槐树上。像每月到鸟市居民委员会领锁扣眼儿的衣服，也是奶奶该管的。奶奶还管收敛家家户户的水费、电费和清洁费，她举个小本子，挨家记用电度数，然后敛齐钱，等电业所的人来收钱，她交给人家。“四清”运动期间，有人到居委会反映奶奶贪污了一毛五分钱公共电费，一时成为慎益里的大事件，上边派人来查，查来查去也没查出个所以然，但是奶奶的代表当不成了，换了七婶来当。我明显地发觉，奶奶不当居民代表之后，不爱跟任何人说话，不像过去那么喜欢张罗事，即便送锁完扣眼儿的衣裳，也是一个人悄悄地去，连我都不带。

奶奶在我脑袋后边梳个小辫，发梢系根红头绳，不男不女的，胡同别的男孩都不这样。我总想揪掉它，奶奶捂住我的小辫，惊慌地说："不许动！根儿呀，小辫是你命根子！"奶奶曾说过，我的小辫非同小可，是防病祛灾保命的小辫。在大杂院，奶奶 "护犊子"是出了名的。她从不叫我跟胡同那些淘气的孩子玩，怕受他们欺负，所有同年龄孩子玩的游戏：摞劈柴、弹玻璃球、拍毛片儿，我一样都不会。我常常蹲在三楼过道，两手拽着冰冷的铁护栏，从栏杆的缝隙贪婪地巴望天井里的孩子们玩耍。

挨到奶奶独自一人推着铁架子车消失在大杂院外，我偷偷摸摸溜下楼梯。天井里，一群孩子围成一圈，正在拍毛片儿。我融不进去，站圈外探头探脑朝里边瞧。头上长癞疮的秃子往外推搡我说：去去，滚一边去，别碍事。我央求他：带我玩行吗？秃子指指地上花花绿绿的毛片儿，问我：你有吗？我摇摇头。

他又伸手从口袋掏出几个玻璃球，问：橘子瓣的，你有吗？我又摇摇头。秃子瞪圆眼珠呵斥我：你什么都没有还想玩，跟你奶奶玩去呗！还不如“傻大头”哪，他都有毛片儿。站一旁观战的“傻大头”是胡同大小孩任意欺负的傻大个儿，天生傻呆呆的，打小不识数，唯一的拿手表现是自己吃自己的鼻涕哄大伙乐，他管这叫做“拔洋糖”。“傻大头”听秃子夸他，便从口袋掏出卷成一团的毛片儿，傻呵呵地朝我显摆，“气斗斗，斗斗气，气你奶奶放臭屁！”

委屈的泪水奔涌而出，多丢人哪！我竟然不如光会“拔洋糖”的“傻大头”！没有毛片儿，没有橘子瓣的玻璃球，还没有爸爸和妈妈。为什么我什么都没有？而他们什么都有呢？

黄毛富有同情心，说：“德行，你白长狗鸡啦，像娘们儿那样哭。得得，我借你几个毛片玩。”秃子拦住他：“凭嘛借？挤(借)比我脑袋上的疮还痒痒。卖他，一毛钱10个。”秃子不安好心，他冲黄毛和发面饽饽他们暗使眼色。我说我没钱，钱在我奶奶那儿。秃子说："我先借你10个玩，回来你管你奶奶要了钱还我。"黄毛忽然翻脸对秃子喊："我借他你不让，你借他就行。你欺负人！"秃子一把揪住黄毛脖领子，说："就欺负你啦，行嘛？不行我揍你小王八蛋的。"黄毛吓得缩着脖子不敢吭声。秃子数给我10个脏乎乎的毛片儿，我趴地上跟他们玩，几分钟后，我的毛片儿统统成为秃子的囊中之物。我再借，秃子说什么也不借了，对我说道："记着，有人生没人养的野种，你该我一毛钱。明儿晌午之前给我，要不我堵你们家门口骂大街。"

晚上，我管奶奶要一毛钱。奶奶问我要钱干什么？我只好实话实说。奶奶好半天说不出话，憋得脸色铁青。我害怕起来，低着头承认错误："往后我不下楼，不跟他们玩，我不惹您生气了。"奶奶脸色缓和了些，抚摸我的头说："根儿呀，你跟他们不一样。我不能叫他们把你带坏，你长大成人就明白了。"

第二天，我扶着三楼的铁栏杆朝天井张望，见奶奶把一毛钱丢给秃子，说，"你再敢引我家根儿跟你玩，我叫你妈妈揍你。”秃子不说话，把那毛钱叠了又叠，塞进裤兜。

2

那时候，每月二十五号“借粮”。

所谓“借粮”是指每到临近月末的二十五号，拿着粮本去粮店买国家配给的定量粮食。

我上小学前一年，赶上“度荒”，奶奶愤愤地说苏联老大哥翻脸不认人，挤对中国老百姓过穷日子。从那时开始买什么东西都要票：粮食要粮票，油要油票，肉要肉票，布要布票。买菜买鱼要副食本。去饭馆吃饭、去糕点店买点心要粮票。每月的定量根本不够吃的，实在饿急眼，就拿钱到黑市买粮票。粮票贵得吓死人：细粮票五块钱一斤，粗粮票四块钱一斤，那时人们一个月顶多挣四五十元，根本不够买十斤粮票的钱。劳动人民根本买不起。毛主席说：卑贱者最聪明。所以聪明的卑贱者发明了种种节约方法，什么“蒸粮法”，“速成法”，实际就是往粮食里多兑水，以水充数，混个水饱。秃子他们家孩子多，国家供应的那点粮食连塞牙缝都不够，秃子饿得眼珠子发蓝，整天奔到胡同口翻装垃圾的土箱子，土箱子早被别人翻个底朝天，光剩下炉灰和烂纸。他跑到胡同自来水管子那儿，把水流开到最大，“咕咚咕咚”灌一肚子自来水，冲着空无一人的胡同喊叫：可撑死我啦！

院子里好多人患了水肿病，奶奶也水肿了，眼睛肿成一条缝，街道补助一条咸鱼、二斤黄豆，奶奶取来炖熟，我们祖孙俩终于尝着了荤腥。发面饽饽的爸爸也水肿了很多天，末了被水肿肿死了。从那会儿，我才知道水肿病人临死时水会跑个精光。当天，发面饽饽跟秃子他们在天井弹球，兴高采烈地对大家说：“我爸爸昨晚上真能尿，尿水哗啦啦不断，尿满了尿盆、脸盆，尿完一会儿就嘎屁了！”“嘎屁”是大杂院人们之间的通用语言，意思是说死得猝不及防。

发面饽饽他爸爸的葬礼隆重无比。乡下老家来了许多亲戚，男女老少不带份子钱，个个拎着大袋小袋，里面藏着粮食、山芋干、土豆、黄豆什么的。天井中央放口棺材，发面饽饽他妈请来和尚念经。天一暗下来，天井吊的二百瓦大灯泡亮得刺眼，和尚围坐一圈，眯缝着眼睛，嘴中念念有词。临出殡那天，发面饽饽他爸被抬出他们家，一直放到棺材里。开光的时候，远远地透过罗盖伞看到他惨不忍睹的形象，脸色白得像张纸，人瘦成个骨头架，放进棺材只占据了犄角旮旯。开光完毕，是起灵。当棺材一抬起来，庞大的哭声骤然响起，仿佛突然从天而降的暴雨。不光发面饽饽他妈哭，发面饽饽他们家的亲戚哭，我发现连慎益里的大人们全跟着哭，似乎发面饽饽他爸爸的死，引起慎益里所有活着人的莫大委屈。送葬的队伍缓缓离开胡同，走上大街，发面饽饽穿着孝袍，戴顶孝帽子，举着孝子幡，神气活现地走在送殡队伍最前头。

发面饽饽的爸爸被送到北仓墓地，连同棺材一起埋进土里。老家的亲戚各自回到他们来的地方。屋子里冷清下来，只留下发面饽饽和他妈俩人。发面饽饽他爸走了，同时带走每月五十多块钱工资。不久后的一天，发面饽饽像他爸爸那样开始水肿，发面饽饽他妈急得光哭，哭过后一跺脚去了老家，背回半袋粮食。打那儿之后，每逢快断炊时，总有个四十多岁的乡下人送粮食来。发面饽饽管他叫大伯。那男人呆头呆脑的，见人不懂得说话，扛一袋子粮食溜进发面饽饽家，发面饽饽他妈塞给儿子几分钱，哄他出去玩，随后拉上窗户帘。男人从不在发面饽饽家过夜，吃完晚晌饭匆匆离开。来宝他妈跟发面饽饽他妈是同村闺女，知道她家底细，那男人就是发面饽饽他妈的叔伯哥哥，因为呆傻，一直娶不着媳妇。发面饽饽妈的叔伯哥哥来来去去有两年光景，“度荒”过后，城里的日子宽松起来，那傻呆呆的男人没再露面。

度荒日子真难耗。我饿得色盲，看什么东西都是黄色的，黄色的天空，黄色的雾，黄色的马路，黄色的胡同，黄色的天井。不论大人小孩在我眼中也是黄色的，黄色的脸，黄色的眼珠，黄色的嘴唇，连他们呼出的气也散发出黄色的臭味……

烂白菜帮子卖五毛钱一斤，人们没吃的，把榆树叶煮了合棒子面熬粥喝。我的几个小伙伴逮蚂蚱、屎壳郎炒了吃。吃得满嘴全是昆虫巴巴味儿，肚子依然空空荡荡。忽然，秃子板着发现新大陆似的那副倒霉模样说："你们注意没有，咱们度荒挨饿，楼下的花老婆子倒吃得贼白贼胖。我猜她家一定窝藏好吃的东西。"秃子所说的花老婆子六十多岁，住一楼挨着男茅房的小屋。大杂院里的人不管花老婆子称呼花奶奶，原因之一，她始终孤身一人；原因之二，她在解放前是南市一带最出名的妓女花艳芳，过去的香名，成了现在的臭名。谁会尊敬她？

我们认为秃子的发现很重要，问题在于花老婆子有好吃的，同我们有什么关系。秃子启发说："咱们去拿呀，不拿白不拿。"我、来宝、发面饽饽一致举手表示同意。秃子自告奋勇，说："我先去她家侦察一下，没情况，我吹三声口哨，你们再往里冲。"秃子一溜烟儿地奔下楼，穿过天井，慢慢靠近男茅房旁边的花老婆子家。蹲门口听会儿动静，他朝楼上的我们睒睒眼，然后狗一样地钻进屋子。需要说明一点，我们慎益里胡同实行“夜不闭户，路不拾遗”。谁家都不锁门，顶多出门时往门鼻儿上别根火筷子。确实是这样，每家并不存在值得锁、值得拾的东西。

我、来宝和发面饽饽站三楼天桥等待秃子的口哨声，左等不见，右等也不见。来宝猛然惊叫起来：“坏啦，这小子耍赖，独吞哪！”他率先往楼下冲，我和发面饽饽紧追不舍，跨越天井，一窝蜂地闯进花婆子家。这哪是个家呀！纯粹像岩洞。阴森森，黑漆漆，挂着窗帘，不点灯，伸手不见五指。我首先闻到一股香喷喷的气味，适应短暂的黑暗之后，我们同时看到秃子正趴在油渍麻花的八仙桌子上胡吃海塞。他的脑袋埋进大铁锅里，肩头一下下耸动，货真价实的一条赖皮狗。我们仨争先恐后地挤上去，铁锅汪洋着半锅丸子汤，锅内残存五六个精致的肉丸子，汤面漂浮油花，真稀罕呀！八只脏兮兮的小手，一起朝铁碗里乱划拉丸子，抓到手往嘴里塞。肉丸子非常好吃，肉质细腻，香味别致。肉丸子一抢而光，我们又用手捧肉汤喝，直至铁锅见了底，我们不约而同地打嗝儿。秃子撇着油光光的嘴，说："我可塞饱啦?"发面饽饽嗫嚅地说："那是你。两年多我不懂什么叫饱。"

这时，屋门"吱呀"一响，花老婆子走进来。她背光，看不清她的面容，恍然一条又胖又矬的影子。"影子"发出一阵瘆人的笑声："嘻嘻嘻，我的丸子好吃么?"连秃子也发傻，哆嗦着回答："好吃，我们都给吃了，汤也喝了。"他暗中朝我、来宝和发面饽饽使眼色，四个人排一溜儿，慢慢往外撤。"影子"不轻易放过我们，纠缠地说："我天天做肉丸子，一个人吃不了，你们常来呀。"秃子虚意周旋："啊啊，您的丸子什么肉做的? 真香，没吃过。""影子"古怪地笑："嘻嘻嘻，什么肉，香肉。"我们顾不得香肉还是臭肉，"呼拉"一下子逃出花老婆子家，一口气窜到胡同。喘息老半天，大伙才平静下来。来宝说："花老婆子不是人，是鬼。鬼的东西不能吃。"发面饽饽随声附和："她一笑吔，我头皮发麻，俩腿打颤，浑身起鸡皮疙瘩。"秃子表示赞同："对，宁可饿死，绝不吃鬼的东西。"其实，秃子对我们说瞎话。以后很长一段时间，我亲眼见他好多次潜入花老婆子家，不消半个时辰便啧巴着嘴溜出来。

再没什么可吃的了，小伙伴们溜达去“瞧嘴”。“瞧嘴”由秃子提议，我们仨一致赞同。他带队，身后跟着来宝、发面饽饽和我。南市一带像“天和玉”，“玉华台”那样的大饭庄，依旧灯火通明，贵客盈门。我们趴窗台上，伸长脖子，愤愤不平地隔着玻璃窗朝里瞧，许多衣冠楚楚的人们围着一大桌油汪汪色泽鲜艳的菜肴，彬彬有礼地嚼。外边 “瞧嘴”的我们哈喇子川流不息。那一桌饭菜足够秃子他爸爸挣一年的。“瞧嘴”顶不住饿，肚子捶鼓一般地响。发面饽饽问：“咱们连菜帮子也吃不着，他们怎么有鱼有肉吃?”秃子乜他一眼说：“人家阔，是高级人，就像‘永记’里头摆的高级点心和高级糖，一般人买得起吗? 将来我阔了，成了高级人，就把南市所有饭馆吃个遍。根儿，我请你，不用你掏钱。”发面饽饽见秃子没提到他，焦急地问：“我呢?”秃子说：“没你，你嘴太馋。”发面饽饽苦丧着脸，一副要哭的样子。

随后，四个孩子坐饭馆外面台阶上，扯着嗓子高声唱："高级饭馆，高级糖，高级老头上茅房，茅房没有高级灯，高级老头掉茅坑……高级饭馆，高级糖，高级老头上茅房，茅房没有高级灯，高级老头掉茅坑……"唱了一遍又一遍，招引饭馆冲出来三四个服务员，大声地驱赶我们，我们一边逃跑，一边喊个不停。

苦日子，光靠开心找乐是难以应付的。一天晚上，奶奶对我说："我，我给你找个爷爷吧。咱们的日子实在混不下去了。你要上学，又正赶上长身体的时候，耗坏了，是一辈子的事。"我没能理解奶奶的深层含义，只觉着像秃子、发面饽饽、来宝他们家爸爸、妈妈，奶奶、爷爷齐全，我没有爸爸妈妈，总该有个爷爷呀，所以很高兴地表示同意。

几天后，七婶领来个高个子男人，六十岁上下。男人一进屋，七婶轰我出去玩。到隔壁英丽姐的屋子玩了老半天，困了想睡觉才回屋。那男人走了，七婶也走了，奶奶问我："这人当你爷爷行吗？"我心想，什么行不行的，有爷爷就行，管他是谁？

“爷爷”在建筑公司当泥瓦匠，七级工，粮食定量高，工资也多。我成为他孙子之后，天天小尾巴似的跟他屁股后面上大街，去玉清池洗澡，去饭馆吃饭。南市附近几家有名的馆子我全吃遍了，什么“什锦斋”、“天和玉”、“燕春楼”、“白记饺子馆”、“恩义德烧麦馆”全去过。我“爷爷”认识的人多，不管洗澡吃饭，常有人跟他打招呼，见到屁股后边紧随不舍的我，无不吃惊地问：“高师傅，这小子是谁？”爷爷挺得意地回答：“还能是谁，我的孙伙计（孙子）。”那人满脸狐疑地仔细打量我一番，摇晃着脑袋走开。

洗澡脱光衣裳，我发现爷爷胳臂和胸脯上印着绿色的花纹。回家问奶奶，奶奶气恼地说：“哼，旧社会的‘杂八地’才文那东西。”我不懂什么叫“杂八地”。奶奶告诫我：“就不是好人呗。你记着，不许跟外人说呀。”

境遇的改变，招致伙伴们的嫉妒。秃子和发面饽饽大老远躲着我走。我紧跑几步追过去，挺委屈地说："干吗，你们不理我。"发面饽饽吭吭哧哧地："你有个高级老头的爷爷，我们没有。你天天吃香的喝辣的，我馋得慌……"秃子大嘴一撇说："根儿的爷爷算不上高级老头，泥瓦匠，比我爸爸强不了多少：劳动人民。"发面饽饽听不明白："那他怎么总领根儿吃馆子?"秃子不理发面饽饽，走上前拍拍我的肩头说："听我妈讲，你爷爷在旧社会是'杂八地'。懂吗，跟现在的'玩闹'差不多，也叫流氓。过去你爷爷大吃大喝惯了，不讲究勤俭节约，艰苦朴素。"奶奶还不叫告诉外人哪，原来院子里的人全知道爷爷干过"杂八地"。我更觉委屈，鼻子一阵阵发酸。

秃子比我和发面饽饽高一头，他弯下腰，凑近我耳畔小声嘀咕："根儿，你爷爷不算好人，对他不能发善心。帮助他改变旧习气，你有责任，我和发面饽饽也有责任。"我信以为真，问："怎么帮助他?"秃子说："好办嘛。你把他的钱拿出来咱们花，可不能告诉他。做好事不留名，我的老师经常教育我，做就做无名英雄。"我觉着有点不对劲儿："这不跟偷差不多吗?”“不对,这不叫偷叫拿,你还没上学不懂。帮助人思想改造是最大的好事。”

我真按照秃子的嘱咐去“拿”了。每次不敢多拿,从爷爷的褂子里掏几毛钱,心里忐忑不安的,感觉这种帮助爷爷改造的方式不怎么对劲儿。秃子每次都鼓励我,说越多拿越好。他们拿钱去买烧饼、果子什么的,秃子能吃,一顿吃下三四个烧饼,噎得直打嗝儿。

爷爷对我的帮助很不领情,甚至深恶痛绝。一次,当我的手刚刚伸进他褂子的口袋,当场被他抓住,手掌钳子一般地掐得我“嗷嗷”直叫。爷爷凶狠地抄起扫炕的条扫,劈头盖脸地抽我,嘴里骂骂咧咧:“没学会别的,学会偷啦? 我揍死你这个有人生没人管的野种!”

“住手!”奶奶抱一摞衣裳奔进来,疯了似地扔下衣裳,扑过来护住我。爷爷不依不饶,骂我是贼崽子。奶奶并不理他,把我拉到一边,翻箱倒柜找出爷爷的东西扔一地。这时,我瞧见奶奶哭了,“你滚! 我孙子长这么大，我连手指头碰都舍不得碰过一下，你敢打他！你算什么东西？旧社会的臭‘杂八地’。你给我走，我们祖孙俩不要你啦！”爷爷显然一下子惊呆了，愣怔好半天，躲一边，闷头抽烟。

晚上奶奶生气不做饭，也不开电灯。黑暗中，爷爷站起来，走上前拉我。奶奶一蹿而起，“干吗，你还敢碰我孙子?!”爷爷的话音低缓许多，说：“嗨，我领他吃包子去。顺便给你捎回二两?”奶奶没吭声。

一年后，爷爷到底被我奶奶赶走了。并非因为打我，而是由于花老婆子的缘故。

爷爷喜欢喝酒，喝那种八分钱一两的山芋干酒。他拿钱，叫我从马路对面的小酒馆打来，顺便买一份“永胜包子铺”张哑巴的水爆肚。奶奶给他拌黄瓜、摊鸡蛋做下酒菜。爷爷从不自己独饮，招呼来七婶的丈夫麻子李陪他，我和奶奶没资格上桌，待一旁瞧嘴。南市能挣钱的男人们都具备这种养尊处优的坏毛病：他可以独自吃好的喝好的，或者请朋友作陪，但孩子和老婆只有在一旁看嘴的份儿。

俩男人在炕桌两旁一坐，慢条斯理地抿酒，天老地荒地海聊。麻子李酒量差，三盅下肚便胡吹起来，尽说些过去同七婶穿巷子唱玩意时遇到的奇闻轶事，像说评书那样成本成套地讲。爷爷很乐意听，就着酒津津有味地听，听到关键处还要打破沙锅问到底。

麻子李说："甭小瞧咱胡同，旧社会时天津卫最有名的窑子'玉堂春'就在慎益里，'玉堂春'最漂亮迷人的窑姐叫花艳芳。1931年东北军张大帅手下有位年轻英俊的孙副官，派到咱天津卫采买军需。从老龙头火车站一出来，让拉胶皮的直接拉到玉堂春。老鸨子眼贼，瞄上孙副官腰包里的大洋，唤出头牌窑姐花艳芳接客。孙副官见花艳芳长得跟天仙一般，顿时被勾走了魂儿。他一住就是仨月，把办军需的二十万大洋全花在玉堂春。这麻烦大啦，回去怎么跟张大帅交待。孙副官艺高人胆大，一跺脚，提着驳壳枪抢了官银号。然后将抢来的大洋往腰里一缠，直奔火车站。该着他倒霉，侦缉队的便衣队早已埋伏在车站，当场把他抓了，押进死牢，论罪枪毙。听说，绑赴刑场那天，孙副官真是条好汉，一路亮着嗓子唱大戏，昂首阔步走到刑场。他没料到花艳芳也在刑场，身旁放着两副棺材。孙副官纳闷，问，‘花小姐，你这是为何？’花艳芳说，‘你死我陪着。棺材我已备好，你一副我一副。’当时，硬汉子孙副官眼泪就淌下来喽，仰天长叹一声，说，‘有花小姐这句话，我死得值！’”

爷爷听入了迷，热泪盈眶，趋身向前贴近麻子李，问：“花艳芳随孙副官殉了情？”麻子李不答，抿口酒，夹口菜，蠕动着腮帮子，说，“没有。孙副官白死了。您琢磨琢磨，窑姐的话能信吗？不瞒您，根儿他爷爷，花艳芳至今还活着，就住咱大杂院。”爷爷急赤白脸地追问：“谁呀？”麻子李说，“一楼靠男茅房旁边的花老婆子。”爷爷傻了一般，许久地愣在那里。

不知是被麻子李瞎掰的故事所诱惑，还是贪恋花老婆子的艳名，爷爷完全走火入魔，他常常在花老婆子门前转悠，眼珠紧盯那两扇虚掩的门。偶然一天，我亲眼瞧见爷爷钻进她家，许久许久不出来。少年不经事，我欢天喜地地跑上楼，进门就喊：“奶奶，奶奶，我爷爷在花老婆子家。”奶奶一时没听明白。我解释说，“爷爷去她家吃肉丸子。我吃过，老婆子拿香肉做成的丸子，好吃极啦！”蓦地，奶奶跌在炕沿上，失神的眼睛滴落串串泪珠。

没过几天，爷爷离开了我家，拎着来时的小包袱，一言不发地晃动高大的身影消逝在天桥口。我似乎忘记挨爷爷打的事，十分惋惜地说：“奶奶，往后我没爷爷了。”奶奶搂紧我，喃喃说：“我的傻孙子，吃糠咽菜总比心里不痛快强。人能不能长久在一块儿，靠的是缘分。等你长大了就懂喽。”

3

每逢街道派人下来打防疫针，奶奶不愿我挨针扎，总让我跑外面东躲西藏。奶奶紧张地推着我说：“快走，过会儿来扎针的，白挨一回疼。”我心惊肉跳地逃出胡同，想躲藏到马路对面的南市旅馆。

胡同里的孩子们都不情愿打防疫针，秃子、发面饽饽和来宝他们早已藏在旅馆里，一起顶住自动门不让我进去。我急得要哭："快点儿叫我进去，扎针的要来！"秃子指挥来宝和发面饽饽坚决不放我进，"就不让你进来。美得你'钱堆子'，光一个人独吞，活该叫你挨扎。"我感觉很委屈，爷爷已经离开我和奶奶，再也没有那么多零花钱跟伙伴们分享，所以秃子带头欺负我。我使劲推门，丝毫推不动，哭丧着脸央求他们："让我进去吧！"秃子不怀好意地说："放你进来行，你得让我们仨挨个弹你'脑蹦子'。"情急之下我答应让他们弹，弹脑蹦子总比扎针强。第一个出来的是来宝，他照我脑门弹一下，匆忙跑回去。第二个轮到发面饽饽，他凑近我悄悄说："根儿，我不使劲弹行不?"果然他弹得很轻。最后是秃子，他狠，中指和食指绷紧，放嘴边哈口气，照着我的脑门就一下了，弹得我"哎哟"一声，险些跳起来。他跑进旅馆，和来宝他们拥紧门仍然不放我进去。上当了，秃子使坏，成心戏弄我。

秃子忽然“嘻嘻”笑起来，喊道：“你们瞧哇，街道来扎针的人快到胡同口啦！”我扭头一看，果然见居民代表七婶领着几个穿白大褂的人向这边走过来。我慌不择路地跑开，钻进“元兴公寓”。

闯进“元兴公寓”的一刹那，我感觉到了外国。时至今日，这种感觉顽固地占据我的脑海。记忆中的“元兴公寓”似乎比外国还像外国。

“元兴公寓”更像一个巨大宽阔的胡同。正门是穹形的门楼，很高很深。穿过门楼视野豁然开朗，“门”字形的三排高楼，很威严很洋气。楼顶有女儿墙，镶嵌各式各样的洋花纹。每排楼都有无数个门栋，每个门栋有三四个住家。门栋四周用一米多高铁栏杆圈出一片花池，里面养着一些洋花洋草。“元兴公寓”很难见着人，幽雅而宁静，不像我住的慎益里整天大人喊，小孩叫，乱七八糟的。地面铺着雕成动物图案的花砖，走上去很滑脚。我踩着很滑脚的方砖，不停地喘息着。我举目四顾，仿佛置身于陌生的世界。

“喂，那孩子！你哪里的？找谁？”

吓我一跳，背后有人质问我。

我转过身，呵斥我的人也是个孩子，和我般般大的女孩子。她穿件布拉基，脖颈间挂串钥匙，眼光里掺杂着吃惊和狐疑。

“你住对过慎益里，对不对？”她说话很动听，操着纯正的京腔。

我不承认也不否认。

她继续审问我：你来我们这儿干吗？

我只好说：拉屎。

她觉着我不可理喻：解手去厕所呀。

我说：你告诉我茅房在哪儿？

女孩儿很不情愿地朝“元兴公寓”弯形大门指了指：就在那儿。你还不走？

我扭身向“元兴公寓”大门磨蹭过去，我明显感觉她的目光一直盯着我后背，火烤一样灼热。

女孩所说的厕所在大门口拐过一条小道的尽头，奶白色油漆涂的木门，推门进去，里边一个人也没有，卫生干净，没有任何臭味。我想这会儿不能出现在马路上，很可能被街道干部和穿白大褂的大夫逮住，往屁股或胳臂扎针。因此，我蹲在茅坑上，尽情地耗费时光。

不知过了多久，反正蹲得我腰酸腿麻。厕所小窗射进去的阳光一寸寸收敛，一点点减弱，光线暗淡下来。该到吃晚饭的时候了，估摸扎针的大夫也走了。我站起身，活动活动麻木的小腿，窜出茅房，不料和一个胖女人撞个满怀。那女人鄙夷地瞧瞧我，喃喃自语道：哪儿跑来的野小子，往女厕所钻。

成功地逃避扎防疫针，我和奶奶像躲开一场灾祸那样高兴，她做了一窝两面菜团子，放进去很多猪油和肥肉，咬一口，嘴角淌出亮晶晶的油来。那晚，我撑得光放屁。

后来我发觉，奶奶很怕秃子，总偷偷塞钱给他。一天晌午，秃子站在我家门口，喊我奶奶："刘奶奶，学校组织看电影，要五分钱。我妈不给我，你给我。"奶奶颠颠迎出去，掏出五分钱擩到秃子手心。秃子乐呵呵走了，我想从奶奶的腋下挤出去抢那五分钱，奶奶死死拽住我。我心疼得要哭：凭什么给他钱，你还没给我哪。奶奶说，秃子坏，咱惹不起。给他钱，哄着他，往后他不好意思欺负你。

奶奶错了，秃子照样好意思欺负我。那天我好不容易用苇子秆黏住一只老喝（蜻蜓），被秃子夺过来，扔地上踩死了。我哭着堵他家门口，让秃子还钱："把我奶奶给你的钱还我……"秃子隔着他家窗玻璃，跟我对喊："你奶奶乐意给的，还不着！"我气得直蹦高："臭不要脸！还有买电影票的钱哪，你也得还！"秃子在里边也蹦也叫："那是你奶奶请我的，就不还，就不还……"

奶奶风一般从楼梯口跑过来，拼命拽我胳膊："我的小祖爷爷，快跟我回家，别在这儿招灾惹祸啦。"回到家，我依旧委屈地抽噎。奶奶边用手帮我擦眼泪，边劝我说，"根儿呀，秃子是坏，你是好，好永远惹不起坏。你要学会忍，不光现在学会忍，将来还要能忍。俗话说，能忍自安。奶奶的话你可要记住喽，记一辈子。"

奶奶的话确实影响了我的一生，我一直奉行她的"忍"字原则，大概我人生不成功的原因也在于此。

4

混血儿——英姐

1

我说过，所有像同年龄男孩童年所玩的游戏：摞劈柴、弹玻璃球、拍毛片儿，我一窍不通。这是奶奶"护犊子"的缘故；反而女孩玩的"抓筛子""跳猴皮筋""踢键子""跳房子"倒样样在行。这都是邻居英丽姐的功劳，她是我童年最亲密的伙伴，是她教会我这些游戏的。

英丽姐住在我家隔壁，家里光有个瞎姥姥。我不知道她为什么和我一样，同样没爸没妈。我不仅一次地问过她："姐，你的爸爸妈妈呢？"她也像大杂院其他人那样回答我："跟你一样，我从石头缝里蹦出来的。"我突发奇想地说："那你是我的亲姐姐！"英丽姐揪住我的耳朵说："说得对，你就是我的亲弟弟，往后只许听我一个人的话。"打这儿开始，我算有了亲姐。

英丽亲姐确实很美，长得酷似外国洋娃娃。小时候瞧习惯了，不觉着怎么吃惊，长大之后，我才懂得英丽亲姐像是外国混血儿。二十世纪八十年代演过一场外国电影《苔丝》，我看过好几遍，因为片中演苔丝的女演员金斯基，跟我的英丽亲姐长得一模一样：同样的深凹眼，高鼻梁，牛奶般白皙的皮肤，湖水似的蓝眼睛，只是头发与金斯基略有不同，金斯基是金发，英丽亲姐是黑发。由于她长得不像中国人的缘故，大杂院里的人管她叫“外国串儿”。

那时的业余生活相当单调，没有电视，没有电话，连半导体也少，整个院子光我家和七婶家有台很破的日本产旧电匣子。童年的游戏属于唯一能够消磨光阴的方式。英丽姐拉我陪她玩“抓色子”，四张麻将牌和一个小沙袋为这种游戏的工具，把小沙袋高高抛起，趁它没落进手掌之前，一一翻过麻将牌的面，算一回合。然后再抛起小沙袋，再将牌一一立起来，这样不断反复，谁玩的回合多，小沙袋又没掉出手掌，算谁赢。要不就玩“跳猴皮筋”，一个个橡皮筋串联一起，形成一条长长的橡皮绳，一头套在椅子腿儿，一头由我牵着，英丽姐在狭小的空间内，围着橡皮绳跳来跳去，嘴里按节拍唱歌谣。我记得最清楚她爱唱的一首歌谣，是这样的："十二点半当当当，战斗英雄黄继光，黄继光、邱少云，他们牺牲为人民。"

更多的时光，英丽亲姐用在听戏上，常常看她在晚上搀着瞎姥姥下楼，到鸟市大街上的聚华戏院听大戏。天津人管京戏叫"大戏"，这个"大"字意味深长，表明京戏比别的剧种更大气，更具权威性。听戏归来，英丽亲姐便在家中学唱，一招一式，吐字行腔跟电匣子播得差不多。我是她唯一的观众，有时还同她客串一把对手戏。

昏黄的光晕笼罩下，瞎姥姥坐炕里，我坐炕桌上，英丽亲姐浅施粉黛，用毛巾作水袖，在屋子中间捯碎步边唱边舞。我年纪小，不懂戏，瞎姥姥喊好，我也跟着喊好，瞎姥姥拍呱，我也拍呱。英丽亲姐一高兴，就撅节甘蔗给我吃。就是跟粗竹子那样的青甘蔗，而不是院里其他小孩爱吃的红甘蔗。英丽亲姐说，青甘蔗榨出来的是白糖，红甘蔗榨出来的是红糖，青甘蔗比红甘蔗高级。我的奶奶从不去看英丽亲姐演戏，却乐意我去跟英丽亲姐学戏。奶奶说听戏好，戏里尽教人学好。

大概独唱没什么意思，英丽亲姐让我和她同演，我做她的配角。她很认真的，演出之前，她要给我化装，拿脂粉什么的将我画成模样俊秀的小生，穿上她的列宁式外套当行头，褂子大盖到脚面，袖子长，一甩甩的，正好当水袖。她嘴里念叨着："相公，相公，"抱我站炕上，她站地上唱她的。一会儿喜，一会儿怒，一会儿含情脉脉，一会儿悲痛难当。英丽亲姐很入戏，演到动情时，深凹的眼眶竟然噙满泪水。许多个夜晚，英丽亲姐和我就这么度过的，每每回想起来，我的心头依旧温润。

瞎姥姥的体格越来越差，楼下不了，听不成京剧了，英丽亲姐硬拽我陪她看戏去。聚华戏院给我留下的印象十分深刻：戏园子里充斥着一种脂粉味，很浓烈，令人昏昏欲睡。开场前灯光收敛，只有两条光柱射向帷幕。紫红色的幕帷紧闭，仿佛掩藏着舞台什么秘密。排排座位稀稀拉拉坐了些人,不时有人进来,翻动木板坐椅的声音,东一下西一下地响着。不久,戏园子坐满了观众,咳嗽声、吐痰声、说话声,乱哄哄一片。等戏开场使人焦灼不安,与人生其他的任何等待相似,尽管预先你知道等待的结果,或者等待的内容并不精彩,但也情愿期待它尽快开始,会发生新的意外。一阵锣鼓家伙点陡然响起,戏园子刹那间静下来,帷幕拉开,灯光乍亮,一场表演正式开始……

舞台上的演员,穿着色彩鲜艳的戏装,时而唱,时而说,时而哭,时而乐。看戏的人脸色随着台上的人表演变幻莫测,我觉着挺好玩的,瞧瞧台上演员,再瞧瞧台下观众,分不出台上是真,还是台下是真。奶奶说过,唱戏的是疯子,听戏的是傻子。虽然这么说,奶奶也喜欢看戏,她不看京剧,专爱看越剧。就那种越剧唱腔而念白和唱词都是普通话的北方越剧。

我听不懂戏的内容,格外喜欢看演员的扮相,特别爱看青衣,化出妆来,俊美无比,走起路来婷婷袅袅,唱出口来柔腔细调;我怕大花脸出场,涂抹得凶神恶煞一般，粗门大嗓吓死人。只要花脸一登场，我立刻躲到椅子底下，不时扯扯英丽姐的裤腿，问："他下场了吗？"隔一会儿又问，"他还不下场？"英丽姐终于说，"行啦，出来吧。"我才重新坐回椅子看戏。戏看多了，自然消减了这份好奇。开场锣一响，我歪在椅子里打瞌睡，等曲终人散时，英丽亲姐才把我唤醒，牵着我的手朝家走。

此时，夜色阑珊，看戏的人群一哄而散，瞬间融进清冷的街巷间。街口摊煎饼果子的小摊，仍旧亮盏"吱吱"作响的汽灯，摊煎饼的人边打着哈欠，边喊叫道："绿豆面的煎饼果子——"英丽姐掏钱买一套，一撅两半，一半给我吃，另一半她吃。我们姐俩嚼着绿豆面香味的煎饼果子，踏着夜色回家。

自打英丽亲姐上了技校，她对京剧失去了兴趣，不再去聚华戏院听戏，转而看电影。她从不在南市附近的电影院看演过三轮后的片子，领我坐几站电车，到劝业场对面的光明影院看头轮电影。那时我快上学了，懂得一些事。我爱看打仗、反特的片子，英丽姐偏偏爱看爱情片。爱情片大多是外国的，顶没意思了，也不打，光啰里啰嗦地说些没意思的话，要不是看在她是我亲姐的面子上，我才不陪她呢。爱情片里尽是接吻的镜头，一到男女主角拥抱一起准备接吻时，英丽亲姐就用手捂住我的眼睛，说："小毛孩子，少看这个……"。她影响了我，以至于我后来谈恋爱，在拥抱女朋友的关键时刻，竟一时不知所措，不懂该吻哪个部位。

英丽姐爱看电影到了痴迷的程度，比如她最爱看外国影星费雯丽主演的《魂断蓝桥》，三番五次地买票去看，光我就陪她看过三次。每次看到罗伯特·泰勒扮演的军官和费雯丽扮演的芭蕾舞演员在滑铁卢大桥上分别时，英丽姐泪水滂沱，无法遏止。我拽着她的胳臂摇了又摇，心疼地说："英丽亲姐，你别哭哇。"她一边拿手绢擦拭眼泪，一边把我搂进怀里，悠悠地说："他是我爸爸。"我想英丽姐肯定走火入魔了，影片里那个留小胡子的外国人，怎么可能是她爸爸呢？何况我并不希望她有爸爸，因为我没有。

晚上，奶奶坐炕头锁扣儿眼。我双手托腮趴她跟前，很认真地问："奶奶，英丽姐把电影里的外国人说是她爸爸。是真的吗？他爸爸是外国人？"奶奶假装没听见，依旧锁她的扣儿眼。我又问："奶奶，英丽姐怎么跟我们长得不一样呐？"奶奶从老花镜后面瞪着眼睛，反问我："世上的人有长得一模一样的吗？去，去，赶紧钻被窝睡觉。"奶奶放下手中的活计，麻利地为我铺床。

钻进被子，蒙上头，我坠入一片黑暗里。每每这个时候，我的想象最活跃最敏锐。奶奶的话听起来似有道理，可我总觉着不对劲。奶奶所说的不一样，和我说的不一样，不是一个意思。英丽姐确实与我（们）的差别很大，究竟原因何在呢？

2

由于我的上学和小辫子问题，英丽姐跟奶奶吵过两次。

七岁那年，我到了上学的年龄，奶奶坚持让我晚上一年。在她看来，上学是桩苦难的事情，跟打预防针一样，降临得越晚越好。奶奶担心我在学校受约束，喝不着水，找不着茅房撒尿，何况年龄小就有可能遭受年龄大的学生的欺负，奶奶的担忧应有尽有，总之她怕我受委屈和挨欺负。我乐不得听从奶奶的独裁决定，一心光想着玩。甚至不曾留意天井中不再出现发面饽饽、黄毛和来宝他们的身影。

所以，一天我在阴森森的天井一个人逛荡的时候，英丽姐从外面归来，睁大她那双美丽的眼睛质问我："根儿，江来宝（来宝的学名）、熊国庆（黄毛的学名）、章瑞琪（发面饽饽的学名）他们去考学啦，你怎么不去?"我说，"奶奶叫我明年上。"英丽姐拽住我的手，"噔噔噔"上了三楼，冲进我家，对奶奶喊："刘奶奶，你干嘛不叫刘根考学?"奶奶很不以为然："晚一年再上呗，学校又关不了门。"英丽姐无法容忍奶奶的轻慢态度，她几乎跟我奶奶嚷起来："您糊涂！上学能耽误吗？耽误一年，等于耽误一辈子。根儿，跟亲姐姐走。”她拉住我，朝外就走。奶奶追出来唤她：“英丽呀，你这是干嘛？根儿嫩胳膊嫩腿的，你把他拉扯疼喽。”英丽姐根本不理睬奶奶，硬把我拖进大舞台小学。

考学比我想象的轻易和愉快。一位面容慈祥的老师坐你面前，指住墙壁上一幅毛主席的画像，说：“你知道他是谁？”我顺口答道：“他是伟大领袖毛主席。”老师又指一幅朱德总司令骑大马的宣传画，问：“你知道他是谁吗？”我说：“这是共产党。”老师对我露出十分满意的笑容，又说：“你数数，从一数到二十。”我说：“我能数到一百”。老师说，“你数到二十就行。”于是，我一口气不喘地数起来，刚数到五十，老师拦下我说：“得得，可以啦。”她抚摸我的脑袋说：“这孩子真聪明。”这就算聪明？英丽姐教我能数到一百。

我和英丽亲姐心情愉快地走到大街上，她好像比我还兴奋。我说我饿了，回家吃饭吧。英丽姐说：“不回家，姐请你下馆子，吃白记饺子。我们的根儿多聪明啊，跟姐姐一样聪明。”

开学前一天，英丽姐跑去百货大楼给我买件白衬衣，上面印满红格格。奶奶觉着很过意不去，直说：“英丽呀，你刚上班得存钱结婚，干嘛给根儿花钱。”英丽姐光顾欣赏我穿那件衬衣的样子，顺口说：“谁让我就这么个亲弟弟哪。”

开学那天，我穿着崭新的一身衣裳去了学校。我的同学中有发面饽饽章瑞琪，江来宝，黄毛熊国庆，还有我在“元兴公寓”碰见的那个女孩儿。我们集中在学校操场上，广播喇叭正放一首歌，是才旦卓玛唱的——

唱支山歌给党听，
我把党来比母亲，
母亲只生了我的身，
党的光辉照我心……

3

奶奶的担忧成了事实，开学头一天，我就被大年纪同学欺负了。开学典礼刚结束，我和发面饽饽、来宝和黄毛往学校外走，秃子比我们大三岁，他留过两年级，仍在一年级，他不愿上课，跟着我们一块儿回家。迎面进来一拨学生，看样子比我们大，为首的一个高个儿，长得白白胖胖，他盯上我，冲我走过来，其他人“呼拉”一下把我们围进一个圈子。秃子好像很怕为首那人，低声下气叫人家一声：“白蛋！”旁边有个学生搡他一跟头，说：“臭秃子，白蛋该你叫吗？他是我们老大，滚一边去！”秃子真滚出了圈子。白蛋忽然拽住我脑后的小辫冲他那伙人说：“他跟丫头片子似的，还梳小辫儿？嘿，小子，你到底是女的还是男的？”我不敢搭腔，用手捂住被他揪疼的小辫，周围一片起哄声：“白蛋，给他揪下来，让他变成男的！”

广播喇叭里，才旦卓玛还在动听地唱——

旧社会，鞭子抽我身，

母亲只会泪淋淋，

共产党号召我闹革命，

夺过鞭子，抽敌人

夺过鞭子抽敌人……

白蛋用力揪我的小辫，我感觉小辫像要脱离头皮那么疼。我挣扎着企图逃脱，但跑到哪儿，都被其他学生推回白蛋近前。系小辫的红头绳扯掉了，辫子散开来，一根根头发纷纷坠落。我又疼又怕，蹲地上"呜呜"哭起来。这时，"元兴公寓"的女孩儿挤到我和白蛋中间，她对白蛋说："你放手，不许欺负人！"她与众不同的普通话，显得十分鹤立鸡群。白蛋不撒手，惊讶地望望胆敢搅他好事的女学生：嚯，哪来的京片子丫头，敢管老子！女孩儿理直气壮："我叫宁慧心，一年级八班的。你再不放手，我去告诉老师，告诉校长！"这招真管事，白蛋不仅松开我的小辫，忙不迭地率领那帮坏学生跑了。

我哭哭啼啼回到家，那副悲惨的样子叫奶奶心疼得要命，她只会站屋子里跺半解放的小脚嘟囔："新社会了，还兴欺负人！你怎么不告老师？叫他们死嘎屁儿。"我清楚一点，即便告诉老师，拿白蛋也没辙，他是学校出名的坏学生。而且白蛋更不会轻易死嘎屁儿。晚上，我溜进英丽姐家，很委屈地向她诉说不幸。英丽姐从抽屉掏出剪子，"咔嚓"一声，剪掉我的小辫，说："我们根儿这会儿像真正男子汉了，谁都不怕了。"我顿时感觉脑袋瓜后门清爽许多，蹦蹦跳跳地到奶奶面前显摆。奶奶见了，大惊失色，二话不说，拽起我找英丽姐兴师问罪。她以我从未见过的发怒样子，冲着英丽姐怒吼："你是根儿的什么人，凭什么剪掉根儿的命根子，他要有个灾呀病的，我跟你没完！"英丽姐不甘示弱，跟奶奶较理："刘奶奶，你这是老脑筋，封建迷信。根儿多大了，都成学生了，你还让他拖个小辫子，像话吗？"

两个爱我的女人，因为我的小辫子吵得不可开交，谁也不肯让步。瞎姥姥在一旁劝了这个，又劝那个。末了，奶奶理屈词穷，拉起我往外拽。我一把甩开她的手，扎进英丽姐怀中。我撒娇般地说："我不跟你走，我跟英丽姐睡。"英丽姐打心里想气奶奶，搂紧我说："对，今晚跟姐姐睡，我给你讲童话故事。"对于我的背叛，奶奶既吃惊又痛心，抹着眼泪消失在门外。

躺进英丽姐的被窝，和躺在奶奶身边截然不同。英丽姐的被窝香喷喷的，英丽姐的身体白皙光滑，像缎子被那么光滑。她的胸很鼓，用洁白的胸罩裹得天衣无缝，手一碰，又软又有弹性。她打一下我的手，吓唬我说："不许碰，更不许看，背过身去！要不你的眼睛就会瞎。"我很怕眼瞎，赶紧扭过身，紧闭上眼睛。英丽姐"咯咯"地笑着，从背后搂着我。柔声细语地讲起一段段童话故事，直到我昏然睡去。

第二天一早，英丽亲姐把我新发的课本全包好书皮，整齐地放在我枕头旁边。书皮是用《大众电影》杂志封皮包的，鲜亮的硬纸，上面尽是电影演员的肖像。英丽姐不光爱看电影，还一直订《大众电影》杂志，订了很多年，一本本积累起来，拿绳子捆好，整整齐齐存放在阁子上。我上学后从一年级到四年级所有课本,无一例外是英丽亲姐用她心爱的《大众电影》封皮包的,直到1965年她身上发生一件不该发生的事。

我背着书包,书包里装满英丽姐包着书皮的课本去上学,走到天井,秃子手拎书包等在那儿,瞧见我便说:“根儿,从今儿个开始由我护送你上学,看谁敢欺负你,我揍扁他。”我纳闷,问:“凭什么你这么好心?”他嘻嘻一笑:“你奶奶给了我两毛钱。”

我抬头,见奶奶站在家门口,眯缝着两眼瞄着我俩。

男茅房闹鬼

我们胡同的茅房是如今多么富有想象力的人都难以想象的，时隔几十年后，我常做噩梦时梦见它，并且每每被吓醒过来。

茅房藏在一条狭道深处，没有门。穿过黝黑的过道，拐个弯，仿佛走进废弃的矿井，在一片空地上，挖了四个坑和一条尿沟——这就是大杂院的男茅房。踏进这地方，首先撞见的是刺鼻的恶臭，臭到极致是一种令人作呕的辛辣。脚下踩着湿乎乎的东西，不知是屎是尿，蹲在茅坑上，眼前尿沟里蠢蠢爬动的是蛆虫。这并不算完，你在发泄的过程中，还要当心茅房顶时不时滴下的可疑东西，因为二楼是女茅房。难怪到现在我仍然记忆犹新，少年时的茅房简直就是一个恐怖的鬼故事。

大杂院男茅房的确"闹鬼"。奶奶跟七婶说闲话时，我洞悉男茅房闹鬼的起因。

度荒那年的一天，"傻大头"他爸爸叫他妈去张记切糕铺买块切糕，趁孩子们不在家，赶紧填完肚子去上班。"傻大头"他爸爸是房屋修缮队的架子工，长得身材魁梧、膀大腰圆。那时候盖房子搭脚手架，跟现在不一样。用碗口粗、十几米长的沙篙，横竖搭成架子，建筑多高，脚手架就架多高，建筑工人叔叔在架子上施工。“傻大头”他爸爸是管搭架子的。每当工地开工前，架子工先搭架子，那几乎成了城市的一景，人们爱围着瞧，不是瞧热闹，是瞧架子工的表演。肌肉发达的架子工们，人悬半空，一只手臂挽住沙篙，旱子拔葱似地，单凭臂力将沙篙一寸寸提到空中，用很粗的铅丝固定在架子上。

干这种活儿，需要强壮的体魄和吃苦耐劳的精神。“傻大头”他爸爸很强壮，强壮人的肚子更强壮，需要更充足的食物填充。平时，“傻大头”他妈给他爸爸单独开小灶，他吃烙饼卷猪头肉，“傻大头”和他妈吃窝头咸菜。不平等待遇取决于他能挣钱，能挣钱就是硬道理。所以，“傻大头”他爸爸想吃切糕理所当然、天经地义，“傻大头”他妈连忙从炕头褥子底下拿出仅有的一斤粮票和一块钱上了街。

“傻大头”他妈并不知道过不久会发生意外。她手心里攥着钱，步履匆匆地往张记切糕铺奔去。她心情迫切，抓紧工夫买回切糕，让爷们儿吃美，营养了，有力气地去工地掴沙篙，而且不能让“傻大头”等几个孩子瞧见眼馋，跟他们的爸爸争嘴。大街飘着菜色的薄雾，行人的脸一抹菜色。“傻大头”他妈走到切糕铺前，割了二斤切糕，热乎乎地捧手上，扭身往回赶。

这时，一股游行队伍浩浩荡荡开过来，挡住她的去路。那些人举着红色、绿色的纸旗，高呼“庆祝中国共产党八届七中全会胜利召开！”的口号，缓慢地行进。她心里急，生怕切糕撂凉，爷们儿吃下伤胃口不舒服，可又不敢横穿游行队伍。她焦急万分等候的工夫，一个蓬头垢面的男人撞了她一下，她顿时感觉手上空落落的，切糕没了，让那脏男人抢走了！“傻大头”他妈呆怔片刻，立刻跺脚大呼大喊：抓坏人哪！抓抢切糕的！她尖细的声音被游行队伍的口号声所淹没。“傻大头”他妈一屁股坐地上伤心地大哭，一直哭到游行队伍走尽。好像那脏男人抢走的不是一块切糕，而是她的一条命。

两手空空回到家，首先遭到“傻大头”他爸爸的一通臭骂和一通臭揍。等气呼呼的爷们儿走后，她双眼直勾勾地坐炕头儿呆想，越想越窝囊，越想越觉着活着没意思。她寻根儿麻绳，去了男茅房，登上尿池边沿拴好绳子，脑袋往绳圈一伸，两腿悬空，不消半个时辰就吊死了。大院的人弄不明白，“傻大头”他妈为什么不选女茅房或别的什么地方上吊，偏偏选择男茅房，这几乎成了我们大杂院的历史之谜。从那儿以后，有人传说男茅房闹鬼，有人夜里瞧见男茅房尿池子旁边，站个披头散发、穿一身白的女人。背着身，身影很像“傻大头”他妈。

我不敢去男茅房，不光夜里，白天照样不敢去。自从奶奶付钱雇秃子当我的保镖，每当我想拉屎撒尿，便理直气壮地拽他陪我。秃子不憋得慌，老大不情愿。那天夜晚，我憋得难受，硬拽他去。来到男茅房洞口，秃子说：“你先等会儿，我前去探听虚实。”他钻进去不久，又大呼小叫地跑出来：“妈呀，可吓死我啦。我瞧真真的，‘傻大头’他妈站尿池那儿，龇牙咧嘴冲我乐！我可不敢进去了。”后来，我再让他陪我上茅房，他死活不肯。我找他赔钱，把奶奶雇他的钱还我。秃子不服气：“你他妈×的耍赖！你奶奶要我陪你上学，又没说管别的。我管天管地还管你拉屁屁放屁！”我说：“你敢不管，我让奶奶不给你钱。”秃子急了，说：“行行，往后白蛋揍死你，我不管了，站一边看乐。”我很怕白蛋，不再吱声了。

后来，我想到了“元兴公寓”里的茅房，那里卫生干净，从未听说“闹鬼”。在那个女茅房里我认识的宁慧心。

傍晚时分，我憋得难受，独自溜出胡同，跨过马路，朝对面的“元兴公寓”走去。暮色沉降下来，氤氲着鸟市大街。西边天际，一轮浑圆的落日悄然垂低，乍看像一个瘫软的咸鸡蛋黄。晚霞刚刚燃起，万花筒似的变幻着形态。几只蝙蝠“吱吱”叫着，掠过头顶向天空深处飞去。此刻，路人多起来，行色悠闲地奔向各自的家。我轻轻跨入“元兴公寓”，往右一拐，到了我曾经去过的女茅房。里面没有人，安静得像个世外桃园。

“元兴公寓”的茅房不像我们胡同的茅房那么臭气熏天，连苍蝇都见不到。我脱了裤子，在中间的茅坑蹲下，独自享受这里的干净和宁谧。

门“吱哑”一响，进来个走路轻盈的女孩儿，和我般般大，她紧挨我蹲下。起初，我们谁都不曾留意谁。我挺无意地朝茅坑里边瞧一眼，她发话了：“那孩子别瞧！拉屎不能瞧，写字不能描。”我这才抬眼望她，呦，认识！她是那天在学校白蛋欺负我时拔刀相助的女孩儿。她也认出我，马上提着裤子站起来，满面怒气地质问我：“咦，你是男的，为什么进女厕所？”我的脸发烧，闷着头不吭声。她又说，“你不在你们胡同上茅房，来我们这儿干吗？”我不说我们那儿的男茅房有鬼，我说：“我们那儿脏，你们这儿干净。”她问：“那孩子，你叫什么名字？”我说，“我叫刘根儿，你呢？”她说：“我记住你啦，上女厕所的刘根儿。我叫宁慧心，咱们是同学。明天重新分班，我在一年级八班，你分几班？”我说：“我也在一年级八班。”可能看到我喜出望外的样子，她兴趣索然，只“哦”了一声，然后系上裤子匆匆走开。

我依旧蹲在茅坑上遐想：要是跟她是同桌多好，像今天在女茅房里这么挨着。

女茅房认识的女孩儿

1

分班那天，我真和宁慧心同桌。第一排，她靠窗户，我靠外。

跟我一胡同的有江来宝、熊建国（外号黄毛），章瑞琪（外号发面饽饽）包括秃子，他的学名叫叶大元，曾经蹲过两年班，第三年凑巧留到我们一年级八班。班主任赵老师说，叶大元不能再留级，连续留级三年，学校开除学籍。秃子背后骂赵老师："瞧她那副德行，长得跟小日本胖翻译官似的。"他为泄私愤，上课时，在作业本上画挺机关枪，枪口喷射着火舌，"突突突"——秃子唾沫横飞地模拟机关枪扫射的声音，铅笔画出子弹愤怒地朝讲台方向扫射。老远的赵老师质问他："叶大元，你上课不听讲，在底下'突突'什么?"秃子蛮不在乎地搭腔道："我画画儿。"赵老师说："上语文课画画儿？你成心捣乱是不是?"秃子说："我没捣乱。我画中国打小日本怎么啦？我恨日本狗汉奸胖翻译官！”秃子私下给赵老师起的外号同学们没有不知道的，顿时教室腾起一片起哄声。秃子特别得意。赵老师气得满面通红，她冲下讲台，拉起秃子满是鼻涕残迹的袄袖往外拽：“你给我出去，不许你在课堂影响其他同学听讲。”秃子扒拉开赵老师的手，雄纠纠气昂昂地说：“走就走，你少拽我啊。”他嘴里的“突突”声，又念念有辞地变成“操操操”。

赵老师个子矮，并不算胖。她脸色黧黑，戴副酱油瓶子底那么厚的眼镜，腮边有个很醒目的痣。教我们那年，她已经二十七八岁，却连对象都没有，大约跟她的貌不出众有关。但她的嗓音非常好，说话像夜莺歌唱，如果她教音乐课，肯定比音乐老师“大酸梨”强一万倍。我喜欢赵老师，因为她独具慧眼，对我好，信任我，培养我。开学不久，她派我负责收同学的作业和电影票钱，还把一个领窗户帘的牌牌儿交到我手中。我们教室当西晒，热天的时候，太阳照得同学们睁不开眼睛，坐不到一堂课，便汗流浃背。学校做了一批蓝色遮阳窗户帘，由每班派代表负责到学校教务处去领，我是我们班的代表，每次我负责领窗户帘。别小看那个领窗户帘的牌牌儿，它代表一种荣耀。赵老师给我的荣耀还很多。一年级下学期，她指定我加入无比光荣的“共产主义儿童团”，左胳臂佩戴着印有五星和火炬的肩章。秃子他们全没加入上。宁慧心羡慕地说：“你进步快，我要向你学习。”

我被赵老师另眼看待的主要原因是我学习不错，语文、算术门门100，比宁慧心学习出色。一年级期中考试拿了第一，评上好学生。学校在操场召开表彰大会，上千名学生排着整齐的队列，校长用扩音喇叭亲自点名表扬，我们一年级八班就我一人受表扬。我上台去领奖，学校奖励我的奖品是一本《刘文学》的小人书和两支铅笔。铅笔被秃子抢走一支，我追他要，他理直气壮地说：“我他妈白陪你上学、保护你，替你打架？你学习好，进步快，有我一份功劳。”期末考试，我又拿了全班第一，牛皮纸封面的《记分册》上，一共有十几个100。赵老师通知大家，晚上召开暑期家长会，要求全体同学的家长都要来。那时，奶奶已经下不了楼，无法参加我的家长会。放学后，我赖在教室不走，赵老师说：刘根同学，还不赶紧回家，通知你的家长晚上开会。秃子正背书包朝教室外走，听赵老师问，起哄似地叫唤："刘根他没爸没妈，石头缝里蹦出来的野种。我当他的家长吧！"赵老师瞪秃子一眼，顿时明白几分，怜悯地抚摸我的头，说："刘根同学，我派给你一个重要任务，你留下帮我布置会场。"同学们走尽时，我发现宁慧心也被赵老师留下，我偷偷问她："你跟我一样，也没爸没妈？"她骄傲地扬起头说："我有妈妈。"我挺纳闷地问："那你妈妈哪？为什么不来开家长会？"她更加骄傲地说："我妈妈晚上有演出，来不了。"从那时，我才知道宁慧心的妈妈是唱戏的，唱一种叫做北方越剧的戏。

家长会散了之后，大约八点多钟的光景，电线杆子吊着的灯泡发出昏黄的光晕。我和宁慧心并肩走出沉静下来的学校，走到鸟市大街上。夏天昼长夜迟，天浅蓝浅蓝的，西方天际燃烧一团烈火一样的云。宁慧心指指火红的云彩，惋惜地说："哎呀，又是火烧云，今天晚上下不了雨。"一进入夏季，我们天天盼着下雨。天不下雨，酷热难耐。尤其待在憋屈、狭小的屋子里，仿佛封闭进蒸笼，闷热和潮湿，让你像狗一样张着大嘴喘不过气来。马路两边早已坐满乘凉的大人和小孩，他们把家里的躺椅、马扎儿支到街上，有的抱出床板和长凳，在马路边搭床。整条鸟市大街真如一个露天的家。

我故意放慢脚步，尽量延长和她在一起的时间，便挖空心思找话碴。我问她："你妈妈真是唱戏的？"她纠正我说："当然，我妈妈是人民演员。"我说："你能带我去看你妈妈唱戏不用花钱吗？"她说："从后台进不用买票，哪天我带你去。"我说，"好呀，咱们俩拉勾儿上吊——不许变。"她瞥一眼我蜷起的小拇指，说："瞧你，指甲那么长，手那么脏。"我自己瞧了瞧，指甲很长，里边藏着黑泥，赶紧慌张地藏到身后。宁慧心忽然说："你瞧哇，是章瑞琪他们！我得回家了。"说完，她扭身拐进"元兴公寓"的大门洞。

黄毛、发面饽饽、来宝、秃子穿着裤衩，光着脊梁，各自手拎个蒲包，朝我这边跑过来。秃子的光头顶上密麻麻爬满汗珠。他对我说："根儿，跟着我们捡瓜子去，'永记'那儿吃西瓜的人特多，特别好捡。"捡瓜子是我们这群孩子夏天的"作业"，每逢天色暗下来，我们不约而同集合一块儿，拿着蒲包去捡瓜子，捡回家，晾干了，明天卖给废品店换几毛零花钱。我扭头望一眼消失在"元兴公寓"中宁慧心的身影，加入秃子他们捡瓜子的队伍。

"永记"干果店灯火通明，一中年售货员挥舞西瓜刀，一边切西瓜，一边用他洪亮的嗓门喊叫："三白大西瓜，一毛一块儿……"我们跟随秃子屁股后面，拎着蒲包，在吃西瓜人的一条条大腿缝隙钻来钻去，捡着地上的瓜子。瓜子落雨一般，从吃瓜人口中吐出来，纷纷坠下，落地上活蹦乱跳。我们逮蛐蛐那样扑过去，抓手里，滑腻腻的，然后丢进蒲包。一拨儿吃完西瓜的人刚走，又来一拨儿，我们闲不住，很快能装满半蒲包瓜子。倒霉的时候，就一个人吃瓜，瓜子落下来，四五只小手上前抢，瓜子没抓到，却抓住了谁的脏手。手背抓出条条血道子。这无法避免出现纷争。谁都认为那粒是自己先抢到的，属于自己，互不相让，先吵，然后骂街，末了干脆通过武力解决。一方把另一方摁到地上，连踢带打，挨揍的鼻青脸肿，被迫放弃那粒瓜子。那晚来宝挨了秃子一顿揍，他一边抹着眼泪，一边心不甘地说："秃子，我告你妈妈去。"得胜的秃子把那粒用血汗换来的瓜子丢进他的蒲包，朝走老远的来宝喊："有本事你去找，我不怕！"一晚上瓜子能捡一斤二斤的，洗净晾干，能换五毛钱。虽说来宝打不过秃子，可他捡瓜子很在行，而且常有意外收获，他趁卖西瓜中年人不注意的时候，顺手牵羊地"拿"来一瓶"山海关"汽水，让给我喝一口。我胆怯地问："你偷的？"来宝夺过汽水瓶，气哼哼地说："偷多难听，这叫'拿'。你懂么，拿！"他又让我喝一口，然后讨价还价说："根儿，明天小组学习你得让我抄你的作业。"

2

我们那时候上学不像现在的孩子那么紧迫，上半天课，就四节，下午集中到学习小组做作业。

学习小组的组成很简单，附近住的四五个同学自愿组成，其中必有一个学习好的同学担任组长，小组的地点大都选在哪家房子宽敞、人口清静的家里。发面饽饽他家只有两口人，赵老师在课堂上征求他的意见说："章瑞琪，你家放个学习小组行吗？"发面饽饽好像挺乐意，又装作不乐意地样子说："那我得回家问我妈，我妈说行才行。"同学们借机起哄，嚷着："发面饽饽，上学也带你妈妈来吧。"老师笑了笑，对发面饽饽说："好啊，明天我听你准信儿。"第二天，发面饽饽到办公室跟赵老师说："我妈答应行，但得让宁慧心同学进我们家的小组，让刘根当组长。我妈还说要谁都行，就不要秃子，他太淘太坏。"发面饽饽家的学习小组就这样决定下来的，我当组长，组员有宁慧心、发面饽饽和来宝，除去宁慧心，剩下的都住在慎益里胡同。秃子没人要，每天晚上到我家抄我的作业。他恨发面饽饽，咬牙切齿地说：“看我哪天不整治整治这小子，叫他知道马王爷三只眼。”

班主任赵老师规定学习小组必须坚持作息时间，下午两点钟开始，四点钟结束。有时作业留得少，一个钟头就完成了。剩下的时间干什么呢？玩呗。童年游戏中，适合男女同玩游戏是“逮木头人”：经过拼“剪子、包、锤”，决定输赢，谁输谁逮人，其他人跑，他追，将要追上时，被逮的人喊一声“木头人”，站住不动，逮人的便徒劳无功，再跑去追别的人。“木头人”需要被人解救，才能恢复功力，恢复自由。解救的方式很简单，别的人拍他手一下，他立刻功能复苏。如果不幸所有被追逮的人全部变成“木头人”，那么逮人的胜利，下一个倒霉蛋再从“木头人”中选。宁慧心终归是女孩儿，跑不快，常常头一个沦为“木头人”，她不必着急，我、发面饽饽、来宝都争先恐后去解救她。拍她手一下的感觉真美妙。这种违反游戏规则的做法，常常造成“全军覆没”，但我们痴心不改。玩到四点钟，我意犹未尽地宣布：“散组”。宁慧心背起书包，她脸蛋红红的，额头沁出汗珠，朝我们挥手告别。仨男孩傻瞪瞪地望着她走向胡同的背影，谁心里都琢磨伴她走一程，却不好意思讲出口。

第二年夏天，我自己把荣耀整个糟蹋了。本来我是内定的第一批少先队员，赵老师找我谈过心，要我积极表现，争取当上中队委。

二年级放完暑假一开学，全班同学一个不落地重新坐到原先教室，老留级生秃子这回终于没留级，赵老师仍旧当我们的班主任。那年夏天特别热，毒日头像电熨斗一样烘烤着靠窗户一溜坐的同学。赵老师叫我拿牌儿去教务处领窗户帘。暑假光顾贪玩，不知何时弄丢了那个代表荣耀的牌牌儿。当着同学可怜巴巴的目光，我把书包翻个底朝天，竟找不到那小小圆牌儿。急得我浑身冒汗，湿透白衬衣。赵老师走近我，问："领窗户帘的牌呢？"我羞愧地说，"丢了，不知道怎么丢的。"赵老师很生气，"刘根同学，你太缺乏责任心和集体主义精神了，很令我失望。"说着，她立即招呼靠窗户坐的两排同学，全部挪到中间的座位。"刘根同学不许挪座位，晒晒他，头脑会清醒些。无论谁都必须为他缺乏集体主义精神的错误受到教训。"我毫无怨言，这是对我马虎的一种惩罚。同学们"哗啦啦"地纷纷离座，挤到中央两排座位，唯独坐我身边的宁慧心纹丝不动。赵老师问她："宁慧心同学，你为什么不听话，不挪座位，还坐那里挨晒？"她假装没听见的样子，把脸朝向窗外。在那个阳光暴晒、燥热难耐的上午，她整整陪我晒了四节课。宁慧心为什么陪我挨晒？还用问为什么吗？我十分感动，忘掉了丢牌儿的耻辱。

紧接着，我又犯了错误。在班里我管收看电影钱，一次，学校组织观看电影《铁道游击队》，学生场五分钱，全班四十多人，我敛了一大堆钢蹦儿，总共有两元多钱。课间休息时，来宝和发面饽饽拉我去操场玩。我将装钱的纸包往书箱里一塞，跟着他们向操场跑去。上课铃一响，我匆忙回到教室，却发现书箱空空如也，那两块多元硬币的纸包不翼而飞。当时我吓坏了，脸色煞白。钱丢了，我赔不起不说，在赵老师和同学面前多丢面子！放学后，赵老师叫我去办公室，问我怎么回事？我实话实说："丢了，不知怎么丢的。"赵老师气歪了脸，数落我一句："又不知怎么丢的，你真笨！"我从未见过她这样对我发脾气。

我委屈地哭丧着脸离开办公室，迎面围过来秃子、发面饽饽和来宝。秃子说："告诉你，不许怀疑我，我可没拿。"发面饽饽、来宝也洗清自己："我们都没瞧见谁拿的。"放学回家后，我不敢把丢钱的事告诉奶奶，独自愁得连饭也吃不下，坐在胡同口的便道芽子上发呆。苦苦思索怎样才能找回那丢失的钱赔给同学们。宁慧心悄无声息地走近我，将一卷东西掖进我的口袋。她嗔怪地说了句："这回别再丢啦。"我掏出那卷东西，原来是一卷钱，全是一角一张的，一共两块五。我惊诧得目瞪口呆，打算感激她或跟她说什么时，她已经匆匆越过马路，闪进“元兴公寓”的穹形门洞。

那年“六·一”儿童节，学校第一批少先队员没有我。秃子他们热情地围住我，好像祝贺似的对我说：“你现在跟我们一样了，也没加入少先队。”我心中就有气：“谁跟你们一样，我是好同学，你们是坏同学。”宁慧心戴上了红领巾，而且她胳膊上戴上“两道儿”，中队长。鲜艳的红领巾配她洁白的衬衣，格外醒目。她左臂佩戴着中队委标志：白色的布，缝着两条红色的杠杠。本来它们应该属于我。

心里酸溜溜的，皮笑肉不笑地向她表示：“你进步比我快，我要向你学习。”她不时瞟瞟胸前的红领巾，脸蛋绽放灿烂的笑容，说：“没关系，刘根同学。我帮助你进步，当你入队介绍人。哪天你来我家，我们谈谈心。”她的邀请对于我来说，是个振奋。这样的荣誉比红领巾更具有诱惑力。

3

我说过宁慧心的家住在"元兴公寓",那里是慎益里孩子们既憎恨又羡慕的地方。

宁慧心家住3号,在左面一排楼的第三个门栋。她拿拴脖颈处的钥匙旋开门,那扇很厚的木门上半截分成四块彩色玻璃,外边装着黑色铁护栏。进大门朝里穿过一段甬道,由于光线暗淡,我仿佛在电影院里那样辨别不清周围的景物。只觉着拐弯上了楼,楼梯是木板的,踏上去会发出"咚咚"的声响。当眼睛能够适应黑暗时,我俩已站在一扇房门前,宁慧心拿钥匙开了门,走进一间宽敞的大屋子——不用说,这就是她家啦。

房间很明亮,犹如刚散场的电影院。每家都有各自不同的气味,她家的气味很像檀香皂味,香腻腻的很好闻。房间的家具古色古香的,古色古香的大床,古色古香的衣柜，古色古香的书架。书架靠墙一大溜，里面满满当当全是书。我情不自禁地被吸引过去，拉开玻璃门，伸手拿书。“刘根，不许你动！那是我妈妈的书。”宁慧心尖叫一声，吓得我把刚拿到手的一本书掉地上。她奔过来，捡起地上的书，爱惜地用干毛巾擦拭干净，重新放回原处。

我弄个大红脸，很窘地站在原地束手无策。大概宁慧心发觉她过分了些，像哄小孩般地说：“你看你的手，多脏，指甲都是泥。你洗一洗，再看书行吗?”话音未落，她拉我到洗脸盆前，把我的双手摁到水里，说：“洗呀，洗干净点儿。”手往水里涮了两下，拔出来，拿毛巾擦。她说，“不行，你这叫洗手哇，光沾一沾。得拿香皂搓。得了吧，我给你洗。”索性，她摁住我的手，用香皂在我的手心手背来回搓，肥皂泡像棉花一样胀起来。然后，她用水反复冲洗。等手洗干净了，洗脸盆里半盆泥汤，我的手有了一股檀香皂的气味，一直存留好些天。后来我工作了，自己能挣钱了，我开始买这种檀香皂使，直到市面上根绝了这种产品。

我在她家书桌的玻璃板底下，发现两张照片，一张是她妈妈，浓妆重抹，穿着便装。另一张是个军人，四十多岁，胸前挂满奖章。乍瞧比她妈妈老得多，丑得多。宁慧心指着照片上的那位军人，说："他是我爸爸。"我说："你妈妈真漂亮。你爸爸老，像你爷爷。"她不爱听："胡说。我爸爸就是我爸爸，怎么会是我爷爷。"我又说："唉，我从未见过你爸爸哪？"宁慧心立刻垂下眼睑，忧伤地说："我也没见过，但他真是我爸爸。别东拉西扯啦，咱们说正事。"我问："说什么正事？"她说："你想不想参加光荣的少年先锋队？想不想当革命接班人？"我说："当然想啊。"

她说："你想加入光荣的少年先锋队，首先应该听党的话，学习好，表现积极，严格要求自己，不能马马虎虎。"我点头。她又说："还有一点，你不能再进女厕所，要去你们胡同的男厕所。这是考验你是不是封建迷信，是不是毛主席的好孩子。"

这有什么难的？我发誓般地答应下来。

我兑现了自己的诺言。一次也没去过“元兴公寓”的女厕所了。当然更不敢去大杂院的男茅房。实在憋不住的时候，我潜入马路对面的南市旅馆。那里的厕所比“元兴公寓”更干净，尿池铺着洁白的瓷砖。此外，我在学校的表现更加突出，上课认真听讲，考试门门100分；放学后主动留下来打扫班里卫生。秃子说我假积极，骂我是巴结狗子。不管真积极还是假积极，我决不辜负对宁慧心许下的诺言。

二年级下学期，我加入了光荣的少先队，那次，班里戴红领巾的人特别多，其中有发面饽饽和黄毛，学校特地在南开区体育场召开大会，老队员给我们新入队的戴上红领巾。我的红领巾是宁慧心亲手系上的，她和我面对面站得很近，我可以闻到她身上一股檀香皂的香气。我的心很没出息地怦怦跳个不停。随后，我们排着整齐的队伍，高唱革命歌曲走在大街上——

我们要做雷锋式的好少年，
歌声嘹亮，步伐矫健。
我们要像雷锋叔叔那样生活，

为了共产主义的明天。

热爱集体，毫不利己，专做好事，不怕困难，

毛主席的教导永不忘，

雷锋叔叔永远活在我们心间。

他是我们的好榜样，

鼓舞我们永远向前，永远向前，永远向前……

红领巾飘扬在胸前，我们雄纠纠气昂昂地前进在尘土飞扬的马路上。秃子和来宝的面孔猝然闪过。当时他俩站在马路边，秃子双臂环抱前胸，满不在乎地冲我们冷笑。来宝抹着鼻涕，害臊地将小脑袋瓜藏到秃子身后。

共产主义理想种子播在我们心底，它像看得见摸不着的梦想。我白天想，夜里盼，备不住哪天一觉醒来，共产主义突然实现，共产主义究竟什么样，我想象不出来，反正是光辉灿烂、无比幸福的明天。秃子对共产主义理解得“深刻”，他说：“共产主义好，到那时人人吃不愁喝不愁，穿着漂亮的衣裳，不用花钱地进入高级饭馆随便胡吃海塞，买东西用不着粮票布票油

票肉票麻酱票棉花票肥皂票，白拿！为了早一天实现共产主义，我们要学雷锋叔叔那样，做好事。”我们几个异口同声地问他：“好事怎么做？”秃子：“听我的，响应学校号召，捡废钢铁献给国家。”从此，这个“白牌”留级生，成了我们的头领，每当放学或学习小组解散后，他率领我和大伙走街串巷寻找钢铁。那时，全民都在捡废钢铁，废钢铁显得比金子稀罕。秃子有办法，人家自行车上的铃铛盖，工厂门口放的空油桶，统统成为他猎取的目标。见哪家门口盛垃圾的破铁盆子，秃子趁人不注意，把垃圾往地上一扣，抄起盆子就跑。我们在背后气喘吁吁追他，说：“秃子，这哪叫捡，纯粹是偷！”秃子理直气壮：“谁让他不献的，咱们积极替他献。”

骄傲的来宝单挑独干不追随秃子，他自有做好事的方式——除四害，讲卫生。左手拎着老鼠夹，右手举着苍蝇拍，时刻追寻四害的踪迹。可惜收获甚微，半个月没逮住一只老鼠。他跟我抱怨，说：“怪呀怪呀，这么大的慎益里胡同，竟逮不着一只耗子。”我幸灾乐祸："不如跟我们捡废钢铁吧。"来宝轻蔑地撅起嘴，说，"少在我跟前提秃子，我瞧不起他，有勇无谋。逮不着耗子没关系，我打苍蝇。我瞄准个地方——男茅房。那儿的苍蝇准多。"我叮嘱他："当心啊，男茅房里闹鬼。"

来宝不信邪，整天憋男茅房里拍苍蝇，从早到晚有打不尽的苍蝇，然后将苍蝇的尸体装进玻璃瓶，拿到赵老师那儿邀功。来宝最后一次打苍蝇损失惨重，他奋不顾身地扑打一只狡猾的苍蝇时，一脚踏空，很不幸地掉进茅坑。来宝他艰难爬出来，齐腰以下沾满黄灿灿的屎尿汤。他哈巴双腿，一步步迈向天井，当时正值大杂院吃晚饭的时刻，来宝臭烘烘的坐在潮湿砖地上，敞开嗓门哇哇大哭。

4

发面饽饽做好事，险些丢条命。

深秋的一天，发面饽饽上街寻找好事，赵老师说过，好事遍地都是，看你是不是个有心人，是不是忠诚。还真让发面饽饽瞎猫碰上死耗子，捡着一个钱夹，一个用牛皮纸叠成的钱夹。他翻翻里面，惊得心怦怦跳，钱夹装着粮票、布票和十几块钱。发面饽饽站在马路边东张西望，巴望着丢钱夹的人尽快出现，拉着他的手感谢他，夸奖他是毛主席的好孩子。那天刮大风，路上行人稀少，黄昏时，发面饽饽依然没等到失主。他饿了，肚子像破风箱那样咕咕叫。这时，一个穿中山装戴口罩的中年人越过发面饽饽，经过几步又退回发面饽饽身边。他问发面饽饽："孩子，你在这儿等人?"发面饽饽对这位说话和蔼的中年人举举手里的钱夹，说，"我拾金不昧，等着丢钱的人来认领。""真是好孩子，"中年人抚摸发面饽饽的脑袋说，"备不住丢钱的人着急，去派出所备案了。这样好不好，你继续在这里等，我呢，先把钱夹送给派出所交给警察叔叔，丢钱的人拿到钱夹，就会和警察叔叔来接你，表扬你，给你的学校送感谢信。"一番话说得发面饽饽心花怒放，他把钱夹交给中年人，说，“谢谢叔叔，你将它送派出所吧。我在这儿等失主，决不离开一步。”中年人接手里就走了，边走边叮嘱发面饽饽：“好孩子真聪明。一定听话啊，你一刻也不能离开这儿，等着失主。警察叔叔会来表扬你啊。”

发面饽饽像个士兵一样，笔直地站立风中等候，心中充满幻想：警察叔叔当众表扬他，丢钱的人敲锣打鼓往学校送感谢信……可他始终没有等来这些，等到的是饥饿和寒冷的深夜。后来他偎在便道芽子上睡着了，第二天凌晨醒来时，发现扫马路的阿姨站他面前。阿姨问他干吗在马路边睡。发面饽饽就把昨天的经历述说一遍，扫马路的阿姨乐了，说，“傻孩子，你被坏人骗了。那人把钱昧了，让你在这儿傻等。”发面饽饽呜呜直哭，他的梦寐以求的好事变成一桩丑闻。

丑闻传播全学校。可班主任赵老师严肃地对我们说：“虽然章瑞琪同学上了阶级敌人的当，这只能说明阶级敌人的狡猾，说明阶级斗争无所不在。但是，章瑞琪同学有一个突出的优点，那就是忠诚。无产阶级革命接班人必须对革命事业忠诚。”发面饽饽很得意，逢人便说，“老师表扬我了，说我忠诚，我别的不会就会忠诚。”

发面饽饽受到表扬，中队委宁慧心却惨遭批评。

宁慧心每次交废钢铁都很少，只是一些锈钉子、螺丝帽什么的。赵老师严厉地批评了她。当着全班同学的面，说她没有起到模范带头作用。宁慧心委屈的模样叫人心酸。何况她是我的入队介绍人，我想我应该帮她，责无旁贷。放学后，我东奔西走，盼望碰见发面饽饽那样的好事或捡着什么废铜烂铁。运气故意跟我作对，夜色降临后我什么都没捡到。垂头丧气往家赶，踏进大杂院那刻，我猛然想起花老婆子以及她家那口盛香肉丸子的大铁锅。

花老婆子已经死了。当发现她时，已经咽气好几天了。临死前她特意化了妆，描了眉，穿戴得整整齐齐，一副十分安详的模样。大杂院的人们顾念她没儿没女，孤苦伶仃，就自发凑份子。七婶负责收钱，然后买副廉价的棺材装殓了，组织大家追悼一番，最后送至北仓公墓安葬。花老婆子死了，幸好她的大铁锅尚在。

花老婆子屋门虚掩，推开门进去，里面漆黑一片。我的心怦怦剧跳，害怕花老婆子突然从哪个地方钻出来，冲我古怪地笑。我划根火柴照亮儿，影影绰绰瞧见铁锅放在地中央，里边遗留一大堆东西。像肉皮，时间久了，已经发干，上面长着灰色的毛。什么动物的皮？我划根火柴仔细端详，有小尾巴。噢，是老鼠皮！花老婆子生前扒那么多老鼠皮做什么……陡然，我想起我和秃子他们吃过的香肉丸子！产生这个念头极其可怕，勾起胃里一阵翻江倒海，里面的秽物不可遏止地喷射而出……不知吐了多久，反正胃液全吐个干净，直至头昏眼花、浑身绵软无力，我坚强地拼尽最后的气力，拖着大铁锅离开花老婆子家，在胡同口用砖头砸个大窟窿，让它变成废品，双手抱着送到“元兴公寓”。宁慧心惊喜异常，说：“你真行，哪捡的?”我说，“你甭打听，反正是老远老远的地方。”她大概想感谢我，说："刘根，你真好！我要带你看我妈妈的演出。"

时隔不久，我告诉秃子说，你知道在花老婆子那儿吃的肉丸子是什么肉做的吗？是老鼠肉，扒了皮的老鼠肉……话说一半，我止不住地干呕起来。秃子很不以为然，说，瞧你的德行，管他老鼠肉还是老虎肉，是肉就能吃。说罢，扭身走开。望着他离去的背影，我不免隐隐感觉惭愧，秃子比我强，能够藏污纳垢。

7

戏园子的“戏”，小人书铺里的人

1

我装满两口袋爆米花，蹲“元兴公寓”大门口。宁慧心说今天领我去聚华剧院看她妈妈的演出。

那是1964年夏季的一个傍晚，我凝望着马路，心中充满神秘的期待，期待进入戏院后台将是什么样的情景。正值吃晚饭的时候，街上阒无一人。我们小时候马路哪像现在这么拥堵，这么多的人，这么多的形形色色的汽车。那时，偶尔才会过一辆解放牌卡车，根本见不到小轿车，马路很清静，空气中飘散槐花的清香。

偶尔，我一抬头瞧见对面胡同口走出来的英丽姐，正和一个将近五十岁的秃顶男人站一起。我忘记说，英丽去年从技校毕业，分配到一个局机关招待所，当了光荣的人民服务员。英丽姐很积极很要求进步，天天从早忙到晚，我很难见着她的影子。那天英丽姐值夜班，吃过晚饭从家里出来，正巧与我在过道碰见，我看到她蓝卡其布列宁装的胸前镶嵌一枚团徽。英丽姐入团啦！多么令人羡慕啊。我本打算同她搭讪几句，英丽举举手中的饭盒，说，我忙着去上班。改天吧，哪天我请你看电影。说完，她脚步匆匆下了楼。我一直望着英丽姐的身影消失天井口，心里泛起淡淡伤感，英丽姐和我越来越疏远，不像过去那么亲如姐弟。

秃顶男人拉起英丽姐下垂的手，两人溜进胡同旁边煤厂暗影里。我产生一种莫名的紧张，睁大眼睛观察动静。他俩面对面站得挺近，低声说着话。说了老长时间，英丽姐哭了，那种纤细嘤嘤的抽泣，随后她偎进男人怀中，紧紧箍住秃顶男人的腰，扬起脸寻求什么。接下来我目睹电影《魂断蓝桥》男女主人公激动的一幕：他们亲起了嘴。我傻眼了，顿觉天旋地转。从前英丽姐在电影院捂住我的眼睛，最不愿意让我见到电影里类似的镜头，现在我更不愿意瞧见她和与她爸爸差不多大的秃顶男人亲嘴。

“刘根，你蹲在这儿干吗，拉肚子啦？”宁慧心突然出现我面前，一脸吃惊的神色。

我说：“谁拉肚子啦，我蹲着就说明我拉屎？”

她依旧正儿巴经：“不是，你的脸色很难看。”

我有些恼：“去去，我天生长这模样。不耐看。”

我们的对话惊扰马路对面那俩人，秃男人甩开英丽姐，忙不迭地朝街口一溜小跑，英丽姐痴痴望着他背影，又扭脸冲我们扫一眼，眼神有怨也有怒。我狠狠地往地上吐口唾沫。

宁慧心尖声叫起来：“不许随地吐痰！”

她又说：“往后还不许你不讲卫生。”

我不想搭理她，自顾自先走了。

聚华戏院的后台门开在一条胡同里。门紧闭，里面隐约传出锣鼓琴弦的声音。我有些紧张，寸步不离地紧随宁慧心身后。宁慧心敲敲后台门，不大工夫，推门探出个年轻阿姨，二十多岁模样，化了妆，勾了脸，一身男衙役打扮。她跟宁慧心很熟，说：“小慧，你来干什么?"又用眼瞟瞟我。宁慧心说："找我妈，来看戏。"女扮男装的"衙役"迟疑起来，说："小慧，今儿个不行！宁老师正带着我们开会，改天吧。"话音未落，她缩回身子，关上后门。宁慧心发火了，抡起小拳头擂门，边喊着："孙阿姨，孙阿姨开门哪!"结果，无济于事。

宁慧心气咻咻地说："哼，小孙阿姨是我妈的学员，怕我妈妈着哪。看我不叫我妈教育她。"

我心想，吹牛皮呗。哪有看戏不买票的。我说："白跑了吧，我的爆米花也白买啦。"宁慧心不服气，她拉住我的手，朝胡同外面奔。我很吃惊，"干吗呀，你!"她说，"后台进不了，我们从大门进。"我担心地说："告诉你呀，我没带买票钱。"宁慧心根本不理睬我，一直拉我至聚会戏院前门。尚不到进场剪票时间，自动门关着，挂着纱帘。她推门便进，被里边一位四十多岁的大叔拦住，那人张开双臂，像轰鸽子那样轰我们："喂喂，小朋友，不到放人的时候，你们乱闯什么?"宁慧心理直气壮："我找我妈。"大叔说："你妈是哪位?”宁慧心说:“演贾宝玉的宁淑琴。”大叔长长地“哦——”一声,端详宁慧心一阵,说:“嘿,真跟宁团长的模样差不多。行,别乱跑。你们进去吧。”宁慧心自豪地瞥瞥我,说:“走哇,跟我听戏去。”

这时我俩已经不手拉手了,我感觉有些空落落的。从进场门进去,剧场里面光线暗淡,没有观众,排排座椅全空着。舞台上灯光雪亮,围簇许多人,个个化了妆,好像正准备着演出。背景画的是一片波浪滚滚的大海,一轮红日跃跃欲出。宁慧心的妈妈不曾化妆,穿着平时的衣裳端坐桌子后面,旁边站立十几位化好妆、穿上戏服的年轻阿姨,其中就有装扮成衙役模样的孙阿姨。桌子前跪着个瘦瘦的老女人,她不化妆,也不穿戏服,光穿件松松垮垮的老头衫。我觉着这里不像在演戏。

果然,令我们惊骇的场面出现了。宁慧心她妈一拍惊堂木,冲着跪她面前的老女人怒喝道:“梅怡君,你老实交待,你在旧社会做过什么坏事!”

称作梅怡君的女演员哆嗦着声音说:“我,我丈夫过去干过汉奸伪师长，解放后被政府镇压了。他有罪，我也有罪。"

"不对！"宁慧心她妈又拍一次惊堂木，说："你到底就是不老实。除了你丈夫做过伪事，你自己还有其他历史问题。"

"没，没有……"梅怡君在狡辩。

宁慧心她妈扭脸问站她旁边的年轻演员，说："梅怡君态度不老实，对抗改造，你们说该怎么办？"那些年轻人一拥而上，挥拳头的、用脚的，还有抡棍子的，照着姓梅的老女人劈头盖脸一通乱打。我旁边的宁慧心害怕地捂住嘴。

姓梅的女人"哎哟哎哟"叫着，连喊："我交待，我交待，我成分不好，出身地主。"宁慧心她妈一摆手，众人散开。她说："上级要求我们开展小文化革命多么正确，像这些出身地、富、反、坏、右，存在重大历史问题的人，怎么能继续占据无产阶级的革命舞台，演主角？同志们哪，文艺工作者是人类灵魂的工程师，像梅怡君这样的人，只会弄脏人民的灵魂。"说着，她向跪她面前的女人说:“梅怡君你听好了,往后只许你老老实实接受人民的监督改造,扫后台、搬道具,不能再上戏了!”姓梅老女人“嗯嗯”地应着,颤巍巍站起来,或许跪的时间过长,又挨一顿臭揍,她的瘦弱的身子有些摇晃,刚迈出两步,突然头朝下跌下舞台。

“啊——”宁慧心失声尖叫起来,惊扰了舞台上忙乱的人们。她妈妈瞪起错愕的眼睛,朝我们叫喊什么。宁慧心甩下我,奔跑出剧场。

我十分好奇:“怎么唱越剧的全是女的? 女扮男装太假,哪有京戏好看。”

宁慧心不回答我的问题。她精神恍惚,嘴唇不停抖动,不知嘟囔些什么。

我由衷地夸赞她妈妈,说:“你妈妈真威风。”

她喃喃道:“我妈妈不是这样的。”

我还说,“你妈妈好厉害!”

她急了,眼泪迸出眼窝,对我大声叫喊:“跟你说,我妈妈不是这样的人!”然后,捂住脸蛋跑走了。

从那以后,我再也不曾看过宁慧心她妈妈演的戏,倒不是因为宁慧心不给我机会,而是听说不久她妈妈的剧团散了,演员们被重新分配了工作。有的去了半导体元件厂,有的进了理发店,有的改行当了建筑工人,宁慧心她妈宁姨分配到南市玉清池对面的小人书铺。

2

玉清池澡塘子对面的小人书铺——我童年的乐园。

十平米左右的一间临街的铺面,平房,低矮又潮湿。光线也暗,阳光常年只照进半间屋。靠墙一排顶天立地的旧书架,书架的格格里码放着一本本小人书。书架用的木料很结实,全是水曲柳,油漆褪尽了原先的本色,岁月却给它涂上一层釉光。柜台其实是书案,紫檀木的面,像珍藏许久的琥珀。青砖铺的地面坑洼不平,排放着几条长凳,那是供看小人书的人坐的地方。屋子中央立个煤球炉子，专为冬天冷时取暖用的。没有窗户，光线很暗，大白天就点盏25瓦的灯泡照明。朝北开两扇门，挂着门板，早上开门卸门板，晚上打烊上门板——这就是鸟市小人书铺的格局。

赁小人书的原先是一个三十多岁清瘦的男人，他脸上总笑眯眯的，不太爱说话，小孩们背后唤他“老蔫儿”。头一次进小人书铺，“老蔫儿”伸手抚摸我的臂章，说：“了不起啊，一道儿，小队长。你今天看什么小人书?”我扒着跟我差不多高的柜台，朝书架指指：“我要逮特务的。”他拿出一本《国庆十点钟》，笑容依旧地递我手里，我交给他一分钱，坐到条凳子上去看。周围全是小孩儿，他们聚精会神地瞅手里的书，谁也不打搅谁，间或，有人先看完自己的小人书，偷偷捅你，想跟你换着看，这样可以省花一本书的钱。“老蔫儿”明明瞧见，也假装没瞧见。

宁慧心的妈妈宁姨从剧团分配到这里赁小人书，她对待我们的态度跟那中年人“老蔫儿”截然不同。

轮到她上班的时候，像监考的老师那么紧盯着我们，碰见小孩们偷着换书严惩不贷。尽管我和她女儿是同学，一定也不照顾，甚至更狠。她瞧见我跟别的小孩偷换书看，疯了似地冲过来，夺下我们手中的小人书，罚我们在柜台前站半个多钟头，还罚我们钱，罚款五倍，一次罚五分。难熬的半个钟头过去后，宁姨打发走另一个犯错的小孩，留下我单独教练。

她站柜台里面教育我说："我知道你是我们家小慧的同学，当着少先队小队长，可你的思想品质太差了。花一分钱，要看两本小人书，明明占国家便宜嘛?！老师教你们向雷锋叔叔学习，学习什么呢？人家雷锋叔叔拾金不昧，把捡到东西还给失主。而你呢，从小就占国家便宜，跟小偷又什么区别？这样发展下去，将来还了得？我不准备告诉你的老师，但你必须按我的话去做：第一，多读书，多看报，加强学习，促进思想改造。第二，树立正确的人生观，学习雷锋叔叔，站稳革命立场，做一颗永不生锈的螺丝钉；第三……第四……"

宁姨絮絮叨叨教育我到黄昏，站得我两腿发软，听力越来越混乱。她的声音仿佛变作一群蚊子在我耳畔嗡嗡乱叫。我羞愧得无地自容，恨不得离开小人书铺后，直奔海河，一头扎进大河死了算了。

我怕见宁姨，怕去小人书铺，童年的乐园化作废墟。

碰见宁慧心，我提起她妈妈，说："你妈妈比咱们班主任赵老师能说，罚人也狠。"本来谈笑自若的她，忽然变了脸，说，"你少在我跟前提我妈妈！"说罢，弃我而去。我丈二和尚——摸不着头脑。

失去小人书铺，日子变得索然无味。年幼的我不懂珍惜宝贵时光，整天在马路闲逛。

在胡同口碰见秃子和来宝，从他俩闪烁不定的眼神，我断定他们一定在策划什么阴谋。秃子跟我打招呼，说："根儿，你来得正是时候，参加我们的秘密行动吧？"我走过去，同他俩一起坐在煤筐上。胡同紧挨一家煤厂，装煤球的煤筐堆在胡同两旁。不待我开口问，来宝说："秃子带头，加上你我仨人成立'夜袭队'。"我很纳闷："什么'夜袭队'呀?"来宝说，"你不听电匣子说的评书《敌后武工队》，里边有支夜袭队。天天夜里出来活动，多好玩。"我正儿八经地纠正他：夜袭队是汉奸特务，武工队才是八路军。要干就成立武工队，我参加。秃子不耐烦地插嘴，说："管他武工队夜袭队，没屁用。我瞧得起你们俩，才带你们玩。天黑一起出动，刘根你负责掩护，我和来宝出击，沿鸟市大街一路扫荡：对面冰棍车间的冰条，拐角'永记'干果店的西瓜，旁边煤球广的煤球，咱逮什么拿什么。"我一直不习惯秃子和来宝将偷说成"拿"。于是，我胆怯地说："你们这是盗窃，我不参加。因为我是少先队员!"来宝啐了我一口，骂道："德行!"你这样的胆小鬼，想参加还不要你哪。秃子揪住我的红领巾，使劲一提，勒得我不停地咳嗽。他恶狠狠地警告我：不参加可以，但不许暴露我们的秘密。否则我要你的脑袋!

隔不久，鸟市大街风传一个恐怖的消息：一个特大流氓团伙经常在南市一带频繁出没，大概二三十人，号称“夜袭队”，天天深夜进行疯狂盗窃。冰棍车间丢了一车冰条；“永记”干果店失窃两筐鸭梨；副食店没了鸡蛋，连煤厂的煤球、劈柴接连不断失窃……我闻听后，偷偷地乐：什么“夜袭队”，二三十人的流氓团伙，不就秃子和来宝两人嘬祸么？大人们光会虚张声势。

一天过午，几位警察由七婶带领，先去秃子家抓秃子，又去来宝家抓来宝，在天井里正好和我碰个照面。我发现秃子对我发射一种毒辣的光。我心里说：活该！谁让你们偷东西。我没参加夜袭队是正确选择。

黄昏时，七婶领回了秃子和来宝。不久传来他俩悲惨的哭号声，各自家长正给不争气的儿子“上刑”。秃子他爸抡起两寸宽的皮带，劈头盖脸地抽得秃子皮开肉绽；来宝他爸用烧红的火筷子，在来宝的胳膊上又烫出一道。我暗自庆幸，好在我没爸没妈，没人管我打我，倒落得逍遥自在。不过，仅仅逍遥两天，秃子、来宝一前一后在胡同口堵住我，秃子不怀好意地对我说，我们俩找你谈谈。不等我问明谈话内容，他俩一拥而上，将我连推带搡弄进煤厂。

"哗啦——"一声，秃子拉严煤厂的大铁门。阳光被关在外面，黑的煤球，黑的世界，还有来宝黑沉沉的脸。

我感到事情的严重性，颤抖着问："你们要干什么?"

来宝窜我面前，指着我的鼻子尖吼："你是个叛徒！你向派出所告状抓我们。"

我说："我发誓，我没告密。"

秃子扒拉开来宝，揪住我脖领子，说："不是你告密，警察怎么知道我们'夜袭队'? 来抓我俩? 这个秘密就咱仨知道。"他转回头征求来宝的意见："来宝，你说，对叛徒怎么惩罚?"来宝脸色苍白："你真要他的脑袋?!"秃子沉思片刻，说，"要他的脑袋，咱得偿命。活埋他！"

我听说活埋比要脑袋更痛苦。我大声喊叫起来："救命呀！救命啊！"秃子用手捂住我的嘴，把我推向煤球堆。我挣扎起来，又被他一脚踹倒，然后他俩挥舞铁锹往我身上堆煤球。很快煤球连带煤灰淹没了我，光露个脑袋喘气。

秃子和来宝丢掉铁锹，拍拍衣服上的煤灰，冲我说：“这就是叛徒的可耻下场！说完，他俩扬长而去。”

我动弹不了，喊破喉咙无人应。眼瞅大铁门外面的光亮逐渐暗淡下来，说明天已经黑了，恐怖涌满胸膺。如果天一黑，煤厂躲藏的鬼魂跳出来吃我怎么办？越想越怕，我“呜呜”地哭。

铁门外传来轰轰的卡车声，有人拉门，原来是送煤球的工人。工人叔叔从煤球堆扒出我，奇怪地说：“这孩子玩出了圈，往煤球堆里钻。”我获得解救，便失魂落魄地跑回家，奶奶根本不同情我，反而责怪我：“根儿，你哪儿淘去啦，弄得像个煤黑子。”我哭着扑进奶奶怀中，说，“我要妈妈，我要爸爸！”奶奶不理我，推搡着说，瞧你浑身脏的，赶紧脱下衣裳我给你洗。

我非常痛苦，奶奶为什么不能理解我呢？如果我有妈妈，就必定有爸爸，有了爸爸就不会眼瞧我受欺负，他必然找秃子、来宝他俩替我复仇，要他们的脑袋，或者活埋他俩。

3

事后，我向宁慧心讲述我的遭遇。她表扬我，说："刘根，你做得非常对。证明你是明辨是非、品质优秀的好学生。叶大元他们是坏学生，老师说过，近朱者赤，近墨者黑。以后不要跟他们玩。"可不跟他们玩，我干什么呢？小人书铺又不能去，我怕宁姨胜过一切。但是，这话不能对宁慧心讲。

幸亏我运气好，一年后小人书铺突发事变：和蔼的"老蔫儿"被戴上坏分子帽子送去改造，宁姨同样不再在那里赁小人书，当上鸟市居民委员会主任，我又成了小人书铺的常客。

事后我才知道，小人书铺的"老蔫儿"四十多岁娶不上老婆，孤零零一个人。白天在小人书铺赁书，夜里睡在二楼独居的小屋。几年前，祥福里胡同的孙寡妇在玉清池澡堂子门口摆个茶水摊。一张方桌、三条长凳搭成的摊，一只带盖的搪瓷桶沏好满当当的茶水，旁边放两把装开水的暖壶。桌子上面倒扣几只大海碗，有客人来喝水，孙寡妇把倒扣的碗翻过来，掀开搪瓷桶，舀起桶中茶水斟入大海碗。没客人的时候，她站立方桌后边吆喝，那声音像唱歌："大碗茶，二分一碗——"

孙寡妇刚三十岁出头，我们大杂院的男人们私下说她长得俏，眉眼会勾人。我不管她勾人不勾人，反正小孩喝茶，她从不要钱。我从小人书铺出来，直接跑到茶摊找她讨水喝。她将大海碗倒点水涮涮，然后斟上半碗，用嘴吹吹，说："慢点喝，烫嘴。"我喝水时，她在一旁长久地端详我，眼睛弯成月牙，总是说："我儿子和你一般大。"

孙寡妇守个十来岁的儿子，是傻儿子。每天晌午她得赶回家给儿子弄饭，茶摊由"老蔫儿"替她照看。有客人喝水，"老蔫儿"热情地张罗给人家斟茶，帮着收费。傍晚该收摊了,"老蔫儿"忙着洗碗、倒茶根、搬凳子,装上一辆排子车。他前边拉,她后边推,一路奔向吉福里胡同。

谁也不知道"老蔫儿"怎么和孙寡妇好上的,大家都在暗地里传,却从不点破。我们鸟市大街存在一种约定俗成:打人不打脸,骂人不揭短。两个可怜巴巴的人将就一起不容易,何必拆毁人家呢?偏偏宁慧心她妈宁姨不懂鸟市大街的规矩,她把"老蔫儿"和孙寡妇的私会当成一桩政治事件来看,她不但看,而且付诸行动。在一个细雨绵绵的秋夜,宁姨暗中盯视,瞄准孙寡妇已悄悄爬上小人书铺二楼小屋那刻,她冒雨跑向派出所。以后的事情顺理成章:在床上缠绵的二人当场被捉奸,"老蔫儿"成了坏分子,孙寡妇从此不见了踪影。宁姨因觉悟高,当上居委会主任。

小人书铺换了新主人,是个胡子拉碴的老头。

8

胡同来了“大洋马”

1

那年冬末，马芬娜一家搬进了慎益里。

一天早上，我和全班同学正坐在淮海电影院里看电影。学校组织观看《在烈火中永生》，五分钱一场，我同发面饽饽、黄毛一窝蜂似地挤到二楼前排，成心挨着宁慧心旁边坐。我们哪有心情看电影，只是觉着挨宁慧心近一些挺好玩的。她身上有股清香的气味，很像奶奶头上插的把兰香的味儿。

电影刚演半截，灯一亮，片子断了。当我们把电影院的楼板跺得“咚咚”乱响、哗众取宠般地齐声呐喊着给徐鹏飞起哄的时候，一个瘦高个儿的陌生男人悄悄溜进慎益里胡同尽头的大杂院。他匆匆登上三楼，用钥匙打开北边一间空房。那间小屋夏天时死了姓何的孤老太太，至今一直空着，里面积满尘土。男人进屋后，手脚麻利地扫了地，擦了玻璃，之后将随身带来的大塑料盆注满凉水，溶开粉刷墙壁的大白。他打算沏蓝靛粉时，才发觉没有热水。没有热水，沏不开蓝靛粉，没有蓝靛，墙就刷不白。他有些茫然地跨出屋子，站过道里发呆。

陌生男人的一举一动早被隔壁的发面饽饽他妈瞧在眼里。发面饽饽他爸1961年死在饥荒的年月，从那时起，发面饽饽他妈开始守寡，一直守了将近4年。那天一早，发面饽饽他妈出去买菜回来，正要抽去别在门鼻上的火筷子时，听到楼梯响，便情不自禁扭回头，刚好同上了三楼的陌生男人打个照面，心里不由自主地“咯噔”一下，陌生男人跟她早死的爷们儿太相像啦，长脸剑眉俊目，高挑个头，黑黢黢皮肤。这男人的出现竟搅动她旧情复萌，心惊肉跳。男人进屋打扫房子，她隔着墙用耳朵观听邻家动静。男人停止手里活儿，站楼道为缺少开水发愁的当口，发面饽饽他妈神使鬼差地拎出自家暖瓶送到他跟前：“寻么水呀？”

男人先一愣，转而连连致谢：“老姐姐，您猜着了，我正愁没开水沏蓝靛。可谢谢您啦。”

发面饽饽他妈脸羞红得像朵桃花，把暖瓶交男人手里，转身回了屋，坐床沿手捂“怦怦”激跳的胸口，喘息如刚干过重活一般。好不容易静下心，男人又来借了回条凳。发面饽饽他妈待屋里坐也不是，站也不是，犹如百爪挠心。隔壁刷墙的“沙沙”声，刺激着她早已麻木多年的神经。

两小时后，男人刷完浆，过来送还暖瓶和条凳，立在屋门口说了好多感激的话。

发面饽饽他妈道出了在肚子里转悠老半天心思：“忙了这么半天，累了就进屋歇会儿，喝口水?”

“不啦，往后挨您住，您多照应点。”男人憨笑着，转身朝楼下走。

发面饽饽他妈情不自禁追出来，眼瞧他下三楼，走出天井，没了人影。她依然呆呆地望。

晌午没风，阳光从“棺材”口照进来，穿过大杂院半空搭晾的棉被，旧衣服的缝隙，散落在阴潮天井中。女人们站在各自家门前炒菜做饭，葱花炝锅的香味混合着铲子碰撞铁锅的清脆声响。小孩们放学归家啦，打老远就叫就喊：“妈，我饿……我饿……”回应他们的永远是那种千篇一律的骂声：“小死鬼儿，叫唤你妈的×呀！饭就熟，要卧(饿)就往后卧卧，别让人踩着爪子。”

这时候，胡同口停辆三轮车。早晨来过的男人往下搬箱子，扛包袱，一件件挪进胡同里边。他后边紧随个三十来岁的女人，那女人很高很丰满，空手领俩儿子，她不帮男人忙，顾自在前头走，慢悠悠地一摇一摆，把肥臀摆得勾魂摄魄。她不像搬家，倒似逛街回娘家。大杂院的人闲下手中活儿瞧热闹，女人奇特的外貌让他们看傻了眼：她深凹眼，高鼻梁，棕色眼珠，自来卷的黄发，山丘般的乳房把紧身对襟棉袄支起老高。女人领孩子上了三楼，扭扭进入小屋，“咣”地关严屋门。

人们尚未从惊愕中醒过味来。恰好，我和发面饽饽他们看完电影，跑进大杂院，秃子傻呆呆地盯了那女人老半天，忽然嚷起来：“嘿，美国人！洋娘们儿！”

七婶站自家门前炒菜，接茬说："屁，嘛洋娘们儿，不就是匹'大洋马'吗。"于是，马芬娜便有了这么个外号。

紧接着又发生一件事，让大杂院的人都大惊失色。

马芬娜进屋后不再露面，她男人忙上忙下搬东西。"噔噔噔"跑上三楼，"噔噔噔"又奔下三楼，一趟趟运家什。大约过午两点多钟，男人将三轮车上所有东西全搬进小屋，站过道擦汗。屋里传出"大洋马"哼哼叽叽的说话声："喂，你傻愣着干吗？还不赶紧去给我们娘仨买二斤包子。想饿死我们哪。乜都玩艺儿，心都叫狗吃了。"然后，门扯开条缝，捅出只钢种锅。男人也不搭话，接过钢种锅下了楼。

半小时后，他端锅热包子回来，想推门进去。谁知门扯开条缝儿，手中的锅被夺了进去，人被挡了出来。他嘬嘬牙花子，也不怒不恼，点着根烟卷蹲过道默默地抽。

这一切全让发面饽饽他妈隔条极窄的门缝瞧个一清二楚，她有些愤愤不平。其实她哪里知道这不过是平淡的序曲，几分钟后发生的突变，差点把她吓瘫过去。

正值下午，大杂院的人们都待家里睡午觉。男人被遗弃门外的窘况，只有发面饽饽他妈瞧得真切。男人依旧在那儿闷头抽烟，她便蹑手蹑足蹭出屋，带上门，拿火筷子插进门鼻儿，随后轻步奔向楼梯。经过男人面前时，发面饽饽他妈轻声问了句：您还没歇着哪？男人忙起身让路，讪讪地搭腔：“啊啊，没哪。”她加快脚步走到楼梯口，忽听背后男人边用力推门，边朝屋里低声唤：“芬娜，芬娜，撂我外边这么半天啦，叫街坊瞧着笑话。”

门“吱呀”一声开了，屋里的女人说：“活儿没干多少光惦歇着。废物点心能干吗？去，把羊皮袄晾外头绳子上。晾完喽，再进屋。”

发面饽饽他妈纳闷起来，那女人怎么一下子变得温柔了。当她愣怔的瞬间工夫，马芬娜捧件旧羊皮袄拉门走出来，递到男人手里。男人举着皮袄探身栏杆外面，往拴在天井上空的一条铁丝上晾，身子刚好悬在半空。突然,马芬娜疯子一般扑上去,从背后狠力朝男人后腰一推……

几乎同时,男人“啊”地惊叫一声,身躯朝楼下一闪,幸亏他的一只手抓住了栏杆,否则他准会跌下三楼,摔个粉身碎骨。

那男人脸色蜡黄,怒吼一声:“我×你妈的!你琢磨害死我呀。”他一脚踹开门冲进屋。接着屋里响起扭打嘶叫的声音。

这么一闹腾,搅醒了大杂院人的午觉,纷纷涌到过道、天桥,莫名其妙地张望新邻居紧闭的家门。

目睹这场面的发面饽饽他妈,好半天才恢复原气,哆哆嗦嗦奔下楼。当时,我正站在二楼地沟前撒尿,亲眼瞧见发面饽饽他妈挤过我身边,径直奔向七婶家。她究竟跑进七婶家说了什么或做了什么——我无法知道。但以后院子里发生的一切,桩桩件件都跟这天下午发生的事紧密相关。

2

其实我站二楼地沟撒尿时，旁边还有来宝，我俩正比赛谁尿得更高，工夫更长。比赛结果，来宝胜了。我系上裤腰带，他憋紫了脸孔，使劲往外挤尿水，嘴里不停显摆道：“你不行吧，刘根。你鸡巴小，尿水就短，瞧我还没撒完哪。”我不理他，背起书包往三楼发面饽饽他家跑，急得来宝在背后直叫唤：“嘿嘿，等等我呀！”他边提裤子边追我，我早已窜到三楼天桥。

发面饽饽趴他家门前的铁栏杆上，凝视着空荡荡的天井。天色悄然转阴，灰蒙蒙的云遮住太阳，云薄厚不匀，厚的地方如同块磨砂玻璃，薄的地方仍能透出太阳的亮度。天井则昏暗了许多，仿佛一口幽深的地洞。宁慧心肩挎书包，轻盈地走进天井。时隔三十年后，我依稀记得那天她穿件黑色紧身棉袄，戴着红领巾，胸前挂一串钥匙。秀丽的小辫，一左一右搭在双肩。她属于很稳重的女孩,不多言多语,总透着一股大人气,要不老师挺器重她呢,从二年级开始戴“两道”,当中队委,甚至取代了我的学习小组组长的位置。

来宝的一只手指头在嘴里含着,自言自语说:“长大了,我娶宁慧心做媳妇。我妈告诉我,她脸上那颗痣子长得好,有福,能托爷们儿。”发面饽饽闻言勃然变色,伸手做钳子状,迎面给他来个“掖脖儿”:“瞧你这副德行,也不撒泡尿照照自己。”来宝被发面饽饽掖得倒退几步,依然辩解道:“干吗? 尿刚撒完,我就不照自己。”此刻,宁慧心已出现在三楼的天桥,我们全不作声了。

发面饽饽家和大杂院所有住家差不多,一间屋子半间炕。炕上搁个方桌,我们四个人围方桌上写作业。写作业之前,宁慧心模仿老师的样子,郑重其事地布置任务:“今天先做作业,做完作业讨论电影《在烈火中永生》,我们少先队员应该怎样向革命先烈们学习,做好革命接班人。”来宝从来不做作业,他挨个帮我们修铅笔、刮铅，要不跑外边玩一圈。等我们谁先写完，他毫不客气地拿过来抄。

那天，发面饽饽成心要整来宝，他瞟着玩一圈转回来的来宝，把算术作业本推到来宝面前说：“你抄吧。”来宝习惯于这样的恩赐，并不答谢，拿过来就抄，头也不抬，字写得龙飞凤舞。发面饽饽在一边诡秘地“嘻嘻”笑，眼瞧来宝抄完作业，一合上作业本，他忽然高声笑起来，笑得前仰后合：“哈哈哈……，傻吧你，来宝，你抄的是我昨天的作业……”来宝先一怔，很快明白过来是怎么回事。他从作业本上撕下刚刚抄写的两页纸，团了团，用力朝发面饽饽的头顶扔去。发面饽饽接手里，又扔向来宝：“活该，就得治你这种不劳而获的人。”来宝显然被惹恼了，骂骂咧咧地跳上炕，扑倒发面饽饽，骑他身上抡拳头就打。

世间什么都可能错，唯有外号没有起错的。章瑞琪之所以叫“发面饽饽”，就因为他外表很壮实，内部很松，很软弱。没挨几下打，便哭鼻子。一旁，宁慧心操一口纯正的普通话，训斥他们俩：“你们干什么？是写作业，还是打架？再闹，明天我告诉老师。”她的话挺管事，来宝、发面饽饽立刻停止打闹，蔫不气儿地坐回自己的位置上，发面饽饽拿袖子抹干眼泪，抽抽噎噎地开始写今天的作业。刚好，我第一个写完作业，来宝抢过去埋头便抄，嘴里嘟嘟囔囔着：“刘根，晚上我去‘永记’给你拿俩大鸭梨，不给发面饽饽，馋死他。”他所说的“拿”就是偷，来宝在鸟市大街“拿”东西堪称一绝。

太阳彻底收敛去它的光芒，天越发阴沉下来，我们完成作业的时候，空中落起似雪似雨的东西。来宝有些失望地说：“完啦，玩不成‘木头人儿’啦。”“木头人儿”是我们童年的一种游戏，很好玩的。宁慧心说：“你光知道玩，下面我们开始讨论电影《在烈火中永生》。”我们全不吭声，整部电影打都不打，光在监狱中受罪，有什么劲，还讨论。宁慧心自个发言，眸子闪耀憧憬的光亮。她说：“先烈们真勇敢，是我们学习的榜样。如果在万恶的旧社会，她要向江姐学习，在敌人的严刑拷打面前，脸不变色心不跳。”来宝很不服气的样子，把嘴一撇，说：“我不信，你胆子最小。碰着秃子他们家的小狗，吓得直哭哪。”宁慧心说：“狗是狗，敌人是敌人。不信，你们可以考验我。”发面饽饽说：“怎么考验？”宁慧心想了想说：“就用老虎凳考验！给我上刑试试？”我们面面相觑，拿什么上刑呢？来宝鬼点子多，他拉住我和发面饽饽，说：“照电影那样，让她坐炕边，脚放凳子上，我出去搬砖头，往她脚底下加砖。江姐加三块砖就昏过去了，嘿嘿，给她上两块，她准得疼死。”发面饽饽又问：“她疼死了怎么办？”来宝说：“疼死就疼死，我哪知道怎么办。”

于是，我们给宁慧心上“老虎凳”。方法很简单：宁慧心坐炕边儿，我负责摁她双手，来宝到外边搬来砖头，发面饽饽一块一块往她脚底下垫。宁慧心神情自若，一副大义凛然的样子。垫头一块砖时，她的眉头微微一蹙，垫第二块时，她顺势躺炕上。垫了第三、第四块，她面不改色心不跳，比江姐还勇敢镇定，我们感觉一定哪儿出了差错。宁慧心自豪地平躺那里，多少有些讥笑我们。发面饽饽扭身指责我：“怪你，光摁她俩手没用，你应该骑她身上，狠狠压住她。”情急之中，我跳上炕，压在宁慧心身上，边指挥他们：“快，加砖头……”忽然，我闻到一股把兰香的气息如曛风拂面，低头看看我身下的宁慧心，她眯缝着眼睑，面色绯红。我发觉有什么不对劲儿，连忙溜下来。来宝对我临阵脱逃行为正要发作，屋子外面响起一阵杂乱的脚步声，涌进很多大人，为首的发面饽饽他妈，还有七婶、来宝他爸爸，他们簇拥着“大洋马”的爷们儿——晌午险些被推下楼的男人。

发面饽饽他妈对我们说：“你们的学习小组该散了，赶紧回家去。”

3

发面饽饽家的房门倒锁。

我、来宝和发面饽饽扒着门缝，偷听里面大人究竟干什么。偷窥大人之间的秘密，是我们这般般大孩子的童年嗜好。大杂院里的大人们经常吵架，通常是在家无所事事的女人们，闲得慌便找碴“骂海街”，“骂海街”属于那种含沙射影的骂法，表面看不像骂谁，实际暗指某个人。通常骂着骂着准骂出个对头来。两女人开始对骂，骂急了，开始动手打架，你扯我头发，我撕你衣裳，两人揪到一起，从楼梯滚到天井里。末了，居民代表七婶出面干预，派人召唤来户籍警老郭将她们送去派出所解决问题。一般情况下，我们紧跟其后跑着去瞧热闹。警察厉害，虎着面孔轰小孩儿，我们不散，站外边偷听，或者爬到派出所的窗台上偷窥。

宁慧心背书包先走了。天空依然飘着似雪非雪的东西，落到发面饽饽和来宝的发丛中，像白晶晶的细盐末。无风，却很冷，那种能穿透棉袄的寒气，冻麻木了皮肤。我很羡慕挤满一屋子的大人，他们有的站着有的坐着。炉子上的绿色搪瓷壶“咕嘟嘟”开着水，水蒸汽涂得玻璃窗满是水珠，像蚯蚓一样往下爬。“大洋马”的爷们儿围在人们之间，默默地卷烟叶抽。黧黑的脸庞愁云密布，好像遭受天大的委屈，跟他英俊的容貌极不相称。

起先，大杂院的女人七嘴八舌地议论，替那男人鸣不平。但她们真实的目的并非如此，主要想知道男人和“大洋马”之间的故事。大杂院女人眼皮子浅，见识短，探听外人秘密，常常成为她们在一段时间内串门聊天的谈资。显然，男人心里装着太多的委屈，也想借此机会倾诉一番，所以，当女人们“嘁嘁喳喳”说累的时候，男人开始说话了。他头句话，令在场女人们惊得目瞪口呆。他说：“姐姐们，我是劳改犯……”

现在，我依稀记得那长着黧黑而英俊面庞男人所讲述的故事。从此明白大人很难，难在他们会身不由己卷入一些可怕的事情中去。所以，从那天开始，我恐惧长大。

男人首先讲起他从前的媳妇，说他媳妇长得很漂亮，她的漂亮与“大洋马”不同，不属于勾搭人的那种漂亮。当时他在运输场开大卡车，隔三岔五跑长途，一走便是十天半拉月的。后来男人才知道车队的工会小组长一直惦着勾引他媳妇，趁他不在家时，溜进家属宿舍，在他媳妇面前讲一些十分寒碜的话。女人老实，怕爷们脾气暴惹事，瞒着不说。在他最后一次跑长途的路上，工会小组长闯入他家，把他媳妇糟蹋了。

"那晚上我就觉着邪兴，心里头七上八下的不踏实。住旅店的晚上做个怪梦，梦见我媳妇坐着大红的轿子，被好多人拥着走。我别扭呀，咱的媳妇怎么嫁别人家去啦？我一边追轿子，一边喊我媳妇的名字：'桂兰，桂兰啊，你干吗要走哪，扔下我和儿子不管啦?!'我媳妇撩开轿子帘，探出半个身子朝我摆手，也不说话，光哭。我一惊，就醒了。第二天一早，我开车往家赶，到家一看，媳妇真没了，停炕上，等我回来入殓呢。原来我媳妇被工会组长糟蹋之后，没脸活上吊自杀了。我一怒之下，抄起菜刀，跑单位找那王八蛋算账，把他砍个半死。这不，进了局子，政府念我情有可原，轻判我劳教三年……"

男人是在劳教期间，同"大洋马"认识的。至于怎么相识，又如何搞到一块儿，男人没讲，只是说，这女的像吸铁石，哪个男的被她吸上，想跑也跑不掉，最后死她身上算完。“大洋马”丈夫是中学教师，老实而怯懦，对于自己女人跟别的男人偷情，他睁一只眼，闭一只眼，从不过分干涉。老师好面子，况且接茬有仨儿子，这种丑事嚷嚷出去，一家老小都不好看。可是，“大洋马”不甘心和劳改犯做露水夫妻，吵着要离婚。中学教师坚决不同意，她便让她兄弟堵半道打他。中学教师很坚韧，宁肯挨揍，绝不妥协。“大洋马”拿出最后，又是最绝的一招，欲将从法律意义上的丈夫置于死地。一个星期日，两人又在为离婚争吵。“大洋马”忽然将一瓶“敌敌畏”倒入新蒸熟的米饭盆里，端到中学教师面前说：“究竟离不离吧？你不跟我离婚，我把这盆饭端到街道上去，说你谋害我们娘几个。”中学教师吓呆了，他料不到“大洋马”会有这一手。他默默地想了一下午，最后随着媳妇去了街道人民法庭。离婚后，她带俩儿子（中学教师留下大儿子）在原地界待不下去，就和劳改犯搬到慎益里胡同。

其实，劳改犯男人与“大洋马”之间早已存在危机，并不因为男人的身份，而是男人在性能力方面不如人意。“老姐姐们，今儿个我也不嫌害臊不要脸啦。实话跟你们说吧，这娘们儿太浪，性太大，我应付不了。她嫌弃我不行，找茬跟我打架，轰我走。我忍着性子将就她，可她不将就我。恨不得我给她腾地界儿，她再换个能满足她的男人。今儿个晌午的事，老姐姐们都瞧见啦，她想害死我呀……我前半辈子摊上俩女的，有过两个家。前边那个家，叫人毁了，我成了劳改犯。说嘛，我得保住现在这个家呀！嗨，谁让咱命不济，该着一辈子打光棍儿……我算全完啦！”男人说着说着，便“呜呜”哭泣起来，嘴撇得很斜，鼻涕眼泪流得一塌糊涂。

大杂院的女人们跟着抹眼泪，其实我理解她们内心不光是同情，更多的是欢心鼓舞。因为她们的目的终于达到了。

那夜，雪悄然下了一宿。“大洋马”终究没有允许男人进屋，他披条碎花棉被，把浑身包裹得严严实实，光露半张脸，在三楼过道蹲了一夜，抽了一夜烟卷。

第二天早晨，男人走了，从此没在慎益里出现过。

七婶的幸福生活

1

我恨七婶，因为她曾经用不光彩的手段夺取了我奶奶的居民代表资格。

何况七婶有个不雅的外号“骚老七”，小时候的我不理解“骚”的含意，反正觉着七婶与别的女人不同。

那年七婶刚好40岁，风韵犹存，能说能干，况且敢打丈夫。时不时见她手举擀面杖追着她的丈夫麻子李前后院地鼠窜。听大杂院老辈人说，七婶早年在南市一带卖唱，麻子李给她弹三弦伴奏。七婶他们组成的草台班子，大多属于亲属关系，组合一块卖唱，没有固定地点，也进不了剧场，一般走街串巷或在妓院里唱，唱一些粉段子糊口。在他们松散的团体中，七婶排行老七，再加上她长得漂亮又风骚，所以拥有了那么个外号。解放后，要嗓子没嗓子、光会靠唱粉段子“抓人”的七婶收心当了家庭妇女，麻子李凭弹得一手好三弦，被招进了区曲艺团。偏偏好景不长，1964年演出界不景气，区曲艺团解散，麻子李被拨到土产店卖条帚、土簸箕，土产店就在鸟市大街上。七婶为人处世争强好胜，既然爷们儿没本事给家庭带来荣耀和富裕，她只得亲自出马打天下。起初，她竭力拉拢巴结下片民警老郭，每当老郭胳膊底下夹着户口册子踏进大杂院，七婶准头一个迎上前，亲亲热热打招呼，之后连拉带拽把老郭请进屋。一杯酽茶，一根儿“大婴孩”，一个媚眼，哄得老郭晕头转向。俗话说：哪只猫不吃腥。何况七婶又主动奉献，没隔多久，俩人的关系发展到不能再亲密的地步。麻子李睁一只眼闭一只眼，权当没瞧见。只要老郭一来，他借故躲开，去玉清池泡澡。接着，七婶搬弄是非，将一桩敛电费的贪污事件，巧妙地移花接木在原居民代表我奶奶身上，借助老郭的力量挤对我奶奶下野，她取而代之，统治了慎益里。街坊们都怵她怕她，谁惹着了七婶算倒了血霉，她准堵你家门口“骂海街”，从上八辈儿一直骂到你们家族的未来。老百姓总推举他们所惧怕的人当领袖。其实七婶这人并不算太坏，她采用极不光彩的手段篡取居民代表位置，也是出于无奈。对于像她这样目不识丁又渴望出人头地的家庭妇女，大概唯此捷径别无选择，何况代表每月十二块的津贴费是极富诱惑力的。

四十出头以后，七婶安稳了许多。“骚”在她过气的年纪已无任何意义。不过七婶开始热衷于一种新的事业——当红娘。她当红娘也与众不同，只给女方介绍对象，绝不管男方的孤独。这样全胡同的未婚女青年都成为她捕捉的目标，不管你乐意不乐意，嫌她不嫌她，七婶一定服务上门，举着一叠男人照片，让你瞧，让你挑。有时她存在强买强卖的意思，从纷乱的照片堆中选出一张，毅然决然地指示你，“他跟你最合适”。至于安排时间、定地点见面以及双方闹矛盾调解，七婶一概全包，直至结婚为止。

我的英丽姐自然逃脱不掉七婶的猎捕。

我曾在胡同见过英丽姐和一个半秃顶男人幽会，我不相信那是她的爱情。半秃顶男人年岁实在太大了，可以做英丽姐的父亲。我不想说，英丽姐和那男人亲过嘴，我宁愿相信当时我眼花了，看错了。无数次蒙着被子躺床上，我总幻想自己拿把匕首，将半秃顶男人捅个稀巴烂。后来，不再见到他的踪影，好像风一样刮没了。可是，我常常发现英丽姐伫立楼道中，手扶铁栏杆，冲着渐渐黑下来的天空发呆，她那副孤独伤心的样子，很可怜，叫人瞧了心痛。

暮春的一个过午，惆怅的细雨飘进大杂院天井，隐隐透出丝丝凉意。

门玻璃外面晃荡着七婶焦灼的脸："刘奶奶，刘奶奶在家不?"

那年奶奶已经六十多了，眼睛花了，不能再为街道做锁扣眼的活儿。她闲不住，捡些碎布块，用浆子一层层沾接一起，糊成"夹子"，照男女大小鞋形剪下来，供妇女纳鞋底用，换些零花钱。奶奶往木板上涂浆糊时，七婶叫门，奶奶揩干手，前去开门。

七婶嘴甜，进门来先是夸赞奶奶一番，什么勤俭持家，拉扯个孙子不容易呀，什么不靠政府救济，自力更生呀，稀里哗啦唠叨一通。奶奶平静地拦住她的话头，问："七婶，你找我有事吧?"七婶满面春风："是呀是呀，我是无事不登三宝殿。"我奶奶腻歪七婶，说话很生硬："七婶，啥事呀，赶紧说。我得忙着粘'夹子'。"七婶亲热地拉住奶奶的手，往床沿一坐，说："可不，好事呀！我这人天生爱做好事，为人民服务嘛。您隔壁瞎姥姥的孙女英丽都多大了，还孤零零一个人。二十七八岁的大闺女，再放就放馊喽。我打算给英丽介绍个对象。"

"这敢情好。"奶奶目光柔和起来，"您先坐会儿，我去叫瞎姥姥。"

片刻工夫，奶奶扶着隔壁瞎姥姥走进来。瞎姥姥凭空摸半天，终于摸着七婶的手腕，摇几摇，说："七婶呀，您积德发善心哪。"七婶备受鼓舞，说："不是跟两位老太太吹，我的眼是王母娘娘的眼，相人一准。拿咱大杂院说吧，论长相、论人品，谁拔尖? 咱闺女英丽呀！长得跟外国洋娃娃似的。那位'大洋马'也像外国人，她人老珠黄，跟英丽比，简直就是一堆臭狗屎。"

七婶越扯越远，奶奶打断她，问道："你介绍的男方咋样?"七婶说："哎哟，甭提啦。工作是前进中学的语文老师，说长相，那可叫个英俊。人也老实，跟咱们英丽正般配。真像戏文里说的：天作一双，地就一对。"瞎姥姥很感动，摇着七婶手腕，说："您哪，真是救苦救难的活菩萨呀。"越受到激励，七婶便把强买强卖的架势使出来："明儿我把男方小任领过来，见面地点在刘奶奶家，时间晚上七点钟。就这么定啦，我还得去居委会开会。"说完，她拍拍屁股走了。

瞎姥姥有些犯嘀咕，说："老姐姐，英丽脾气倔，自打跟她单位的经理断了以后，赌誓一辈子独身。七婶好心好意的，英丽不乐意见面咋办?"

奶奶叹口气，说："你放心，我劝劝她。横竖都为她好哇。"

屋子里光剩下我和奶奶时，一直纠缠我许多年的老问题又浮上脑际。我问奶奶："英丽姐为什么长得像外国人?"奶奶一如既往地避开话题，凶巴巴地冲我喊："小屁孩子瞎操心，写你的作业去!"

转天吃过晚饭，奶奶叫我钻被窝眯觉。我根本睡不着，露着双眼，专等那相对象的场面出现。

七婶领男方先到了。我偷眼瞟那姓任的老师，不满三十，中等个儿头，黑黢黢的人，模样挺英俊的，留着分头，涂着头油，穿一身毛料蓝制服，胸前口袋别管钢笔。奶奶起身要去叫瞎姥姥和英丽姐，七婶说，瞎姥姥瞎目糊眼的添乱，你光叫英丽一人就行。奶奶颠颠地去了隔壁，片刻工夫，和英丽姐一同走进来。

好久不曾见到英丽姐，她变了许多，深凹进去的大眼睛漂浮一种苦涩的忧郁。

七婶为他们相互介绍："英丽，他叫任志新，前进中学语文老师；英丽在局机关当服务员，还是先进工作者哪。你们俩先聊聊吧。"

英丽姐低着头，像害羞，又像应付差事；任志新挺害羞，手指慌乱地绞来绞去，不敢瞧英丽姐，目光总在七婶脸上转。七婶有点恨铁不成钢，她咧任志新一眼，焦急地说，"该问就问，加深了解嘛。"任志新很听话，吞吞吐吐地问英丽姐问题。他问一句，英丽姐答一句，无非是你上班远吗？工作累吗？你喜欢什么？爱看电影吗？爱划船不？我躲被窝里偷偷乐，原来爱情这样？男女凑一块儿瞎扯淡？

扯淡的局面让七婶先烦了，她对英丽姐说："我们在，你们不好意思吧？英丽呀，你和小任同志出去遛一遛，顺便交交心。"不料，英丽姐摇头表示反对，说："天太晚，明天我上早班。"遭受拒绝，七婶挂不住脸，说："好好，你先回屋睡觉。"她扣留住任志新，劈头盖脸一通数落："你傻呀，乜呀？见女的放不出个屁呢？"任志新支支吾吾地说："我怕人家不同意。"七婶教他："管人家同意不同意，你同意就行。男同志嘛，得会追女同志。拣她喜欢的话说，照她喜欢的事做。烈女怕缠郎，死皮憨脸地追，准能追到手。"任志新点头，忽然突发奇问："英丽同志不是中国人吧？"七婶差点没啐他一口吐沫："胡说八道，人家英丽可是真正中国种。人一长得漂亮，就像外国人。师父领进门，修行在个人。小任同志，往后就看你的本事啦。"

任志新果然言听计从，见面之后，他隔三差五地往慎益里跑，今天帮助瞎姥姥做饭，明天给英丽姐家贴煤饼子。时不时地请英丽姐下馆子，看电影，逛公园。瞎姥姥逢人便说，七婶可给我们家找了个好女婿。我观察英丽姐，她眸子里的忧郁一扫而光，脸蛋有了光泽，笑容总在上面跳跃——她恋爱了。

2

该发生的事，终归会发生的。

那年“五一节”前夕，学校忽然增加了好几节音乐课，教音乐的黎老师发我们学生每人一张“红五月”歌篇，整堂课教全班同学唱《我们走在大路上》。放学后，班主任赵老师召开紧急班务会。她谆谆教导我们说：“同学们，五一节就要来临了。五一节期间，会有许多外国贵宾来我国参观。如果你们在马路上在公园里遇到外国朋友，一定要面带微笑，问候一声‘您好’。绝不可尾随、围观人家。他们是我们的阶级弟兄，是我们请来的贵宾。让全世界的无产阶级联合起来，去帮助世界上那三分之二受苦受难的阶级弟兄！”

出了学校，我、秃子、发面饽饽豪气万丈，并排走在马路上，扯起喉咙高唱《我们走在大路上》——

我们走在大路上，
意气风发，斗志昂扬。
毛主席领导革命的队伍，
披荆斩棘奔向前方，
向前进，向前进
革命洪流不可阻挡，
向前进，向前进
朝着胜利的方向……

天空出现一阵轰轰的古怪声响，我抬头仰望，一架飞机掠过头顶。秃子和发面饽饽也看到了，我们不约而同地高喊：“唉呀，飞机，大飞机！”在那个年代，在南市，不用说飞机，撞见轿车都算很稀罕的事。秃子振臂一呼，“同志们，追飞机呦！”飞机在天上飞，我们在地上追，追过一条条马路，直至飞机消失于云层之中，我们气喘吁吁停住追逐的步伐。秃子沮丧地说，“妈的，飞机飞得太快。”

进胡同，上楼。我瞧见“大洋马”手扶栏杆站天桥上。她多么像外国朋友啊！我想起赵老师教育我们的话，上前对她微笑，她也对我微笑。我朝她一鞠躬，礼貌地道声：“您好！”她还笑，笑的模样怪怪的。忽然，她凑近，伸手对我的裤裆部分掏一把，顿时疼得我尖叫起来，兔子般地连蹦带跳逃回家。奶奶问我，慌里慌张的怎么啦？我说，“大洋马掏我家雀儿。”奶奶“呸”地啐口唾沫，骂道：“破烂货，以后你躲她远点儿！”

大约晚上九点钟，我已经迷迷糊糊睡去。七婶惊慌失措地闯进我家，对奶奶说：“坏啦，坏啦，刘奶奶，您赶紧把英丽招呼过来，可千万别叫瞎姥姥知道，我怕她岁数大受不住。”奶奶给她端碗茶水，说，“你先稳住神儿，究竟咋的啦？”七婶懊悔地说，“刘奶奶，我这回算是瞅打了眼，把一个忘恩负义的陈世美介绍给英丽。”奶奶听不明白，“谁是陈世美？”七婶说，“就那个臭小子任志新。他原先在老家说过农村媳妇，进城后变了心，把人家甩了。这么个坏蛋，他能配得咱上慎益里的姑娘吗？我要叫英丽跟他吹！”

我在被窝里手舞足蹈。

奶奶感觉事态严重，赶忙叫来英丽姐。听罢七婶从头到尾的叙述，她久久愣在那里，缄默无语。

七婶说：“千不怨万不怨，就怨我七婶长着俩瞎窟窿，把这么个忘恩负义的坏蛋介绍给你。英丽你一定跟他断，七婶再给你找好的。”

英丽姐沉吟片刻，说：“谢谢七婶做好事，给我俩牵线搭桥。”

七婶闻严，蹦起老高：“孩子你说这话，寒碜死我了。”

英丽姐忽然摇头，说：“七婶您误会了。我不跟小任断。我爱他。”

七婶几乎叫嚷起来：“傻孩子，他身上有黯儿！他不清白！”

英丽姐激动得涨红着脸，说：“他有黯儿，我身上没黵儿吗？我从降生到这个世界上，就带着黵儿。七婶，刘奶奶，其实你们都知道我的身世，故意瞒着不说。其实我早就知道了。旧社会我妈妈跟个美国大兵要好，怀上了我。后来大兵回国了，我妈妈跳河死了，把我这个混血野种甩给我姥姥。我清白么？我比小任更龌龊。谢谢七婶，您好心劝我，我领情。我只求您把我的身世跟小任讲清楚，他不嫌我，我就很知足了。"

七婶一屁股跌坐我家床上，先发愣一会儿，然后幸福无比地笑："哎呦呦，孩子你这么说，我心里踏实多了。不容易呀！算上你们这对，我的成功率百分之百。"

奶奶在一旁垂泪，我猜想奶奶的心情跟我相同。

经历一番山重水复，英丽姐和任志新这对搞成了。七婶被成就感冲昏了头脑，她准备给"大洋马"介绍男人。

孰不知，她犯下个致命的错误。

3

自从那个劳改犯的男人离开后，慎益里平静下来，恢复往日的秩序。但人们的视线从未离开过马芬娜，主要是男人们的目光，混合着贪恋、慌怯、焦灼，无时无刻不扫向“大洋马”那间半开半阖的房门。每逢傍晚，三楼天桥聚集的男人越来越多，聊天的，下棋的，玩扑克的，他们亮着大嗓门说话，夸张地大笑，甚至像小孩那样相互打逗骂街。天热下来时，这些男人故意脱光膀子，将皮肤黝黑肌肉发达的胸脯亮出来。如果你细心观察，会发现他们在显摆自己的时候，多少有些心不在焉。他们心灵的“眼睛”时时偷窥着那个令所有男人垂涎三尺的女人。

马芬娜似乎对慎益里的男人并不动心，尽管她很孤单，整天守着两个儿子闷屋子里，除去买菜做饭接自来水倒尿筒，几乎足不出户。黄昏时分，很多人看到她站门口炉子前炒菜，她个儿头高，炒菜时必须猫腰，圆鼓鼓的乳房在紫色衬衫里面来回滚动，深且美妙的乳沟散发着甜腻腻的蛊惑。她那硕大的肥臀和纤细的腰肢，随着挥动菜铲的动作左右摇摆，搅得人魂不守舍。往往此时，天桥上的男人们都屏声静气，空气好像窒息一般。有时，马芬娜要到自来水管子前接水，必须经过天桥那堆男人。她轻脚轻声穿过天桥，从不跟任何人搭讪，有时她会站在下棋的旁边伫立片刻，端着洗菜盆挺内行地观棋，但从不支嘴，之后无声地走开。跟她站很近的男人，事后跟媳妇说："这娘们儿身上有股味儿，忒呛人。"媳妇故意问，"什么味儿?"男人琢磨半天说，"说不出什么味儿，钻鼻子。"媳妇就试探："是臭夹肢窝的味儿吧?"男人摇摇头："不像，挺香的。"媳妇受不住了，火了，扬手敲他脑袋瓜："哼，是骚味儿，别把你魂儿勾走啦。"

慎益里的女人们开始懊悔，不该放走那劳改犯。已经寡居的"大洋马"，产生一种显而易见的危险，威胁着每一个有爷们儿的女人。她们不约而同地同仇敌忾，经过潜心谋划，向危险的女人发动突然袭击。慎益里的女人没特殊本事，就会骂街，骂一种毫无边际、却让当事人心知肚明的海街。无非是抓住你本身某些弱点，旁敲侧击地进行人身攻击。头一个跳出来开骂的是秃子他妈，因为秃子他爸爸说过“大洋马”身上有股好闻的味儿。

那是1965年春季的某一天黄昏，男人们依旧聚在三楼天桥下棋、聊天，恰好马芬娜接完水，站下棋的旁边观望，秃子他爸紧挨她身畔，一切都没显示出有什么不寻常。忽然，二楼响起一阵奇异的声响，秃子他妈手拿根火筷子，猛烈敲击破洗脚盆，声嘶力竭地骂起来：“臭浪货，浪货臭，八国联军把你揍，美国佬的爹，小日本的妈，揍出你这匹大洋马……”马芬娜猝然一惊，脸色煞白，骂语明显影射到她。刹那间，马芬娜的脸由白变红，疾步匆匆奔向自己的家，“砰”地关上门。秃子他爸一怔，拧身“噔噔噔”下了楼，冲到他媳妇跟前，不由分说，一脚将秃子他妈踹进屋里，接着，里面传出“噼里啪啦”的摔打声。天桥上的爷们儿们没了兴致,“嗯啦”一下散了伙。那夜,两种哭声响彻一宿,委屈的哭音是秃子他妈,凄凉的哭声来自“大洋马”家。

慎益里的女人们坚忍不拔,虽然秃子他妈被丈夫打得三天没起炕,其他女人前赴后继,车轮战似的叫骂接连不断。今天这个女人挨顿爷们的揍,明天另一个女人挺身而出接着骂,七婶赞扬说,这叫“革命自有后来人”。在以后很长的时间内,大杂院的女人们挨个骂海街,所有的咒骂全部指向“大洋马”。令人意料不到的是,马芬娜始终保持缄默,最初她伤心地哭过,后来不哭了,甚至不愿意露面。像买菜做饭或接自来水等事情,开始由她的俩儿子干。这反而助长慎益里女人的气焰,她们越骂越露骨,越骂越理直气壮,连她们的爷们儿再不敢出手揍她们。事实上,她们犯下的错误无可救药,“大洋马”开始反击,一招便把她们打得一败涂地。

1965年暮春,天气骤然转暖,大人们说比往年暖和许多。“五一”节刚过,天热得人们不得不穿起单裤单褂，不耐热的人连背心裤衩也穿上了。“大洋马”选择这个时机，开始她的报复行动。现在回忆起来，所谓她的报复，无非是利用女人的特点，气气她的同类罢了。有一天，人们忽然发现“大洋马”出现在三楼天桥。她上身穿件黑色背心，下面套条紫红色短裙，手托香腮，挑衅般地傲视全院。坦白讲，她的裙子不算很短，刚好在膝盖处。可她那双腿长得实在美，修长而白皙。其实不光她的腿美，大洋马浑身上下，没一处不散发着蛊惑。黑色背心恰到好处地映衬出她凝脂般的皮肤，故意裸露出一片酥胸，让人不禁想入非非。她颀长丰腴的身材，线条柔和，做作的忸怩举止，当即将大杂院所有男人女人全镇住了，镇傻了。这不算完，“大洋马”的第二招更绝。天一热，院里女人全在家里洗澡。如果像男人那样去玉清池澡堂子洗澡，得花两毛五分钱。她们舍不得，一般拿个大盆坐里边擦洗身子，洗澡时常常不关门，挂竹帘子，怕别人瞧见，就在竹子中间缝块布。这样既凉快，又能遮掩。“大洋马”的洗澡方法不同，她把屋门大敞大开，挂的帘子不是竹的，而是塑料条编的，像流苏，更不用缝布阻挡。所以里面的一切可以看得十分真切。她洗澡时，一件件脱衣裳，好似舞台上表演，然后一丝不挂地站大盆里擦拭，慢条斯理的，会洗上一个多小时。大杂院的爷们儿睁大眼珠，影影绰绰看到帘子后面赤条条的"大洋马"。马芬娜的种种行为，招致新一轮的臭骂，可她不以为然，继续她的报复。再后来，索性光着上半身出来倒洗澡水。一到天色暗下来，我就坐自家门槛上，等候"大洋马"的出现。只听门"吱呀"一响，"大洋马"端着大盆扭出来，她赤裸着上半身，两只硕大的乳房左右滚动着。她走到地沟倒完脏水，再接盆水，慢悠悠往家走，肆意宣泄她的风骚。

慎益里女人间的明争暗斗，以"大洋马"的最后胜利而告终。凡骂过恨过马芬娜的女人，一个个败下阵来，接着就主动跟她修好。最有心机的应属代表七婶，她发挥特长，准备给马芬娜介绍个对象。在她看来，这是让"大洋马"安分下来的最佳方式，在她身边安置个男人，越强壮越好。"大洋马"因此收心过日子，化解了大杂院愈演愈烈的战火。七婶先后给马芬娜介绍过七八个男人，最后马芬娜相中的男人是排水工人，高大而强壮，佝偻着腰，戴一副深度近视镜，像一头笨重的狗熊。相对象仪式安排在七婶家，双方见面后没什么意见，一桩意外婚姻就这么定下来。

1965年国庆节那天，修地沟的男人搬进“大洋马”的小屋。女人为感谢大杂院人的恩情，特意买了很多糖，亲自送到各家。她欢天喜地地给我家送来四块，是“起士林”的咖啡糖，用红色的亮纸包着，糖块是方的，麻酱色，比水果糖甜，我从来没吃过。

胡同里的人们不禁赞美七婶的功德无量。她为“大洋马”配个男人，安抚了“大洋马”的骚动。同时胡同的男人不再狂躁，女人落平悬着的心，一切安居乐业了。其实不然，实际上七婶的致命错误在于，她在不知情的情形中埋下了定时炸弹，在一年后准时爆炸。它不光掀翻了大杂院的平静，同时撕碎了所有人的尊严。

10

世外桃源

30年后的一天，我坐在曾经是慎益里胡同旧址的一堆砖头上，阳光和煦，微风里有呛人的灰尘气味。在晚报上看到一则消息，说南市一带开始动迁，在废墟上将建起一片高档住宅区。我决定最后一次走近它，对曾经的乐园作个告别。

令我吃惊的是南市已不复存在，到处都是断壁残垣、破砖烂瓦。一条条马路没了，一个个胡同没了，电影院、戏院、饭馆、副食店、食品店全没了……连同旧时的风景一起消失得无踪无影。

恍惚之间，我想象破砖烂瓦重新堆积而起，按照过去的模样，组成窄长的马路、幽深的胡同、纷杂的大杂院和一间间潮湿的小屋。人们的欢声笑语从透着昏黄灯光的窗户中飘荡出来，凝聚到南市的上空。可惜，这只是我的幻想而已，时间淹没了一切，不仅淹没了南市昔日的风景，也淹没了许多人情世故，包括我的少年时代。

我感觉眼窝有些湿热，是怀旧，是感伤，是追忆？我说不清楚，也许是对失乐园的一种惋惜吧。

匆匆地在社会上周游了三十年的一大圈之后，我发现南市纯属世外桃源。

并非什么地方都可以称为“世外桃源”，它首先必定是被遗忘的，原生态的与世隔绝的；其次它是僻静的，安逸和孤独的。拿我们的鸟市大街来说吧，从上一代人起，不论外面的世界发生了什么，这里仍然因循着固有的模式和节奏生活。任何力量都无法打乱它的规律，打破它的纯粹；而且这里的人们不反感被隔绝、被遗忘。他们祖辈都是一无所有的无产阶级。既然一无所有了，还担忧什么呢？

1

1966年那个多事的夏天开始的时候，这里依然一如既往，波澜不惊。

实际上，大杂院里无人亲眼目睹过，光听秃子瞎吹，说他看见红卫兵了。

秃子又说，8月里的一天，几个身穿绿军装，扎武装带，胳膊戴“红卫兵”袖章的小将，稀里糊涂闯入了这块封闭的世外桃源。他们雄赳赳气昂昂，并排从鸟市大街东头走到西头，愤慨地瞪圆了眼睛。这里满眼还都是“四旧”啊！四周围上一群瞧热闹的人，个个神态麻木，颇有点像鲁迅先生所描写的那些眼看日本人屠杀同胞还叫好的看客。一场伟大的革命运动正在全国各地风起云涌，为何这里无动于衷，如一潭死水呢？难道这里是水泼不进、针扎不进的独立王国？革命小将们义愤填膺，下决心揭开鸟市大街的阶级斗争盖子。他们先用棍子捅掉了干果店门框上悬挂五十多年的“永记”牌匾当众砸烂，砸成一堆劈柴，接着将玉清池下面的小人书铺中的小人书堆到当街，当众点把火烧个干净，勒令从即日起鸟市大街改成“永红大街”，末了，呼喊一通革命口号才扬长而去。

事后，我和发面饽饽严肃地问秃子：“什么叫红卫兵？他们为什么捅掉干果店的牌子？为什么烧了小人书？鸟市大街多好听的名字，为何要改为‘永红街’?”秃子招架不住我们一连串的问题，他倒退几步，说：“得得，信不信由你们，反正要闹革命运动了！”我和发面饽饽就笑，“拍着胸脯对他说，我们是革命接班人，天天在干革命。”秃子说不过我俩，抹一把鼻孔下摇摇欲坠的鼻涕，扭身走开。

过了两天，永红大街的电线杆子上安装了高音喇叭，从早到晚播出什么“十六条”。播完一遍，中间插段豪迈的革命歌曲：“工农兵联合起来向前冲，拿起笔杆去战斗，革命路上打先锋……”

胡同里的人们充耳不闻，在他们看来，这不过是夏天的云彩雨，云来下阵雨，云走，依旧艳阳天。平安度日才是人生第一要务。又过了几天，七婶摇晃她的胖身子，挨家挨户敲门，用她过去唱大鼓的嗓音通知：“要‘除旧立新’啦，你们当点心，留点神啦，翻腾翻腾家里旧东西、老玩意，都算‘四旧’统统打发啦。”

大杂院的人们不明不白地跟着闻风而动。扫“四旧”，弄不清楚什么东西算四旧。反正家里头凡是旧的东西全鼓捣出来清除砸烂，面缸外贴的福字，神龛里供着的灶王爷，靠水缸墙上贴的一幅大胖娃娃抱条鲤鱼的杨柳青年画——“莲年有鱼”，前几辈儿亡人的照片，旧家具上的铜货儿，遗留下来的金圆券，戒指，银手镯，香炉，帽筒，就连新中国发的国债券也当成四旧。该烧的烧；烧不了的就偷偷倒进茅房坑。一天晚晌，奶奶坐在床边，捋下手腕上的银手镯，恋恋不舍地看了好半天，猛地塞到我手里说，根儿，快去，把它扔茅坑里去。奶奶的手镯是个银质的细圈，我丢进二楼下水道，奋力撒泡尿，把它冲进地沟眼。打那儿之后，奶奶变傻了，总张着嘴，舌头半吐半露，说话颠三倒四。我一直觉着她是假装的，竟然假装到她临终前的那个雨天。

完成了这一次彻底革命，慎益里胡同照常踏踏实实地过日子。

鸟市大街另一边却不平静。“元兴公寓”的宁姨学着红卫兵小将改街名的样子改胡同名。“元兴公寓”首先改为“革命楼”，慎益里不甘落后，七婶动员全体居民集思广益，终于取了个“战斗里”的名字。嘿！你

“革命”，我“战斗”，看谁把谁震喽！

深宅大院的“革命楼”觉悟早，行动迅猛，一夜之间大字报铺天盖地贴满了每家每户的大门。唯一出身红五类的宁姨抖擞精神，大开杀戒，今儿揪出个“反动资本家”；明儿逮住个“逃亡地主”，后儿又挖着个“狗特务”，轮番押到玉清池澡堂子大门口搭的台子上批斗。大杂院的男女老少纷纷围上去瞅热闹，稀里糊涂为宁姨充当革命群众，跟着她扯脖子高呼：“打倒×××！”之类的革命口号，劲头比对面的人还高涨。这大多源于积累多年的旧恨，居住“元兴公寓”的人自视高人一等，牛气烘烘地不把慎益里胡同的劳动人民当回事。叫你牛吧，我们打倒你们，战斗你们，叫你们还拿豆包不当干粮?!

看批斗大会，比看戏热闹、刺激，批斗会之后要押着牛鬼蛇神游街。别的地界无非戴纸帽子、举孝子幡、挂大木牌子的老一套。“永红街”则别出心裁——穿“装裹”，就是死人穿的寿衣。据说是麻子李的主意，为此，麻子李振振有辞，说，牛鬼蛇神算什么东西？不算人哪，就得穿“装裹”。批斗会一散，牛鬼蛇神押下台子，这边儿的人一涌而上，麻子李将清朝官帽翅往牛鬼蛇神脑袋上一扣，其他人将五颜六色的寿衣往上一披，叫他边走边敲着破锣，凄凄惨惨地喊：“我是牛鬼蛇神……我是反动的……”“战斗里”的群众嘻嘻哈哈跟着走，一路欢声笑语，沿永红街转几个来回，好戏才算散场。

宁姨完成了一次次革命，大杂院的人也解了旧日的恨。不过，每逢曲终人散时，“战斗里”的革命群众个个垂头丧气，心里空落落的。他们发觉上了宁姨的当，无意中给她帮了忙。何况，“革命楼”的革命汹涌澎湃；而“战斗里”的造反死水一潭，到现在连一个牛鬼蛇神也没揪出来。冤哪，又让对面占了先，抢了便宜。

不言而喻，最焦虑嫉恨的当数七婶。七婶在慎益里胡同，哦，如今称“战斗里”可算得上举足轻重的人物，她怎肯败在宁姨手下。

话扯远了。时隔如许年，我逞其想象也难以揣度七婶在1966年夏天时的心情。一切明摆着，她的政敌宁姨干得热火朝天功绩卓著，“革命楼”的居民个个都被她打成了“阶级敌人”。而七婶毫无建树，大杂院的老街旧邻太不争气，统统八辈子的“红五类”，没一个配得上挂牌子挨斗。不妨试着推理：居民委员会内，屈居治安委员的七婶惨遭打击和排斥，身为一把手的宁姨不但趾高气扬地炫耀其赫赫战果，肯定还会指责七婶没能揭开“战斗里”的阶级斗争盖子。这种指责在当时是非常危险的，换言之，七婶是在袒护阶级敌人，那么就等于阶级敌人。最可怕的厄运随时可能降临她头上。

七婶沉默了。院子里再难见着她吆喝“开会啦！”的尖利的声音和威风凛凛的身形。她整日躲家中不愿见人，偶尔瞅她出屋来买菜，也是低头耷脑，胖脸如害过场大病似的苍白。大杂院笼罩着惶恐不安的气氛中，人们不禁联想到那回敛电费事件，而且从七婶额发遮掩的眼睛里瞧出了寻觅猎物的杀气。这天，七婶的老闺女三丫飒爽英姿地回到大杂院，胳膊上凭添个红箍，印着黄漆字：“捍卫毛泽东思想——赤卫队”，七婶脸上皱纹舒展了许多，只不过那目光更加焦虑和冷森。

仲夏一个十分闷热的傍晚，大约晚六时许，马芬娜家传出吵架声，由于房门关得很严，吵架声时隐时现。谁都知道马芬娜在跟再婚不久的丈夫怄气。主要因为那位身材魁梧的男人在床笫间却不尽如人意，马芬娜的性欲过旺在慎益里胡同出了名的，她的前两任爷们儿皆因难以跟她进行持久战而被她相继淘汰，她同新的继承人的吵架从洞房之夜不久便开始了。院里人对类似家常便饭式吵闹不以为然，七婶却眼睛一亮，她低声关照来宝：“去，接根儿电线，拴楼梯口上。寻么个灯泡，越大越好。噢，我家有。二百瓦那个。”随后，她高声吆喝着，嗓门恢复了往日的洪亮。

大杂院的人们面面相觑，不懂七婶葫芦了卖什么药。

2

那天傍晚，慎益里胡同的男女老少刚吃过晚饭。

通常是这个有六十户人家杂居的大院最热闹的时候。一帮孩子在楼下天井里连喊带叫追逐打闹；男人们从各自家里晃悠悠溜达出来，一手提拎马扎，一手摇着蒲扇，仨一群俩一伙凑到三楼天桥上，抽烟、喝茶、聊闲天、下象棋、打“大跃进”。屋里头光留下女人，她们忙乎着刷碗扫地，麻利地干完这一切就串门子，坐邻居炕头上说东家长道西家短，一般要持续到夜深风下来时，才各回各的家上炕睡觉。

那日却非同往日，异乎寻常的沉寂笼罩着大杂院。天才擦黑，一阵骚乱从三楼响起。当时我正和我般般大的孩子——发面饽饽、来宝、秃子在玩“逮特务”，楼上乱哄哄吵嚷声勾住我们这群十一二岁孩子的魂儿，个个忽然像木撅子一样戳立原地朝楼上张望。三楼狭窄过道和天桥涌满黑乎乎人影，内里夹杂吼叫与哭啼声。被大杂院背后叫作“大洋马”的女人马芬娜的家门敞着，灯亮着，屋门口堆了一疙瘩人。骚乱就发生在那儿。楼下的我们你瞧瞧我，我瞅瞅你，突然，秃子振臂高呼一声：“同志们，跟我冲啊！”随着“啪啪啪啪”脚跺楼梯的震响，我们一齐冲上楼挤进人堆。

大人们，主要是些男人，里三层外三层围着马家，屋里也挤满了人。居民代表七婶披件单褂双手插腰站立屋中央，大约刚刚用脏话和革命的辞儿相混淆地怒斥过马芬娜，余怒未消的脸上的横肉抽搐不停。身高马大的马芬娜战战兢兢藏在她矮胖的身影里，转动深凹眼眶里的棕色眼珠琢磨脱身之术。马芬娜的丈夫是个戴瓶子底眼镜的粗壮男人，他搂住俩儿子蜷缩在床旮旯惊恐万状。屋子里的空气紧张得让人透不过气来，马芬娜忽然说了句，“我就不下去，我要脱衣裳睡觉。”之类求饶的话，然后闪电般地脱掉白色棉圆领衫，赤裸出上半身，吓得看热闹的男人见了鬼一样往屋外涌。屋里屋外顿时乱成一锅粥。“人粥”中，七婶吼着：“嚯，臭娘们儿，到现在你还敢犯浪?！招娣，三丫，揪她下楼，斗！”三婶“斗”字刚出口，纷乱陡起，大人们挤来涌去，语声嘈杂模糊，马芬娜的尖叫声格外刺耳。我的视线被一片黑乎乎的人影挡住。

记忆暂时中断。

再记起的影像是这样的：大杂院天井的楼梯口，胡同里所有男女老少围堆天井中，马芬娜垂头耷脑兀立楼梯最末一级台阶上，嘴叼着只脏破鞋。显然这场批斗会早有预谋，楼梯两立柱间有人提前安装了一盏二百瓦大灯泡，灯光耀眼，把马芬娜光裸的上身映照得雪白。在一个当时仅有十二岁的男孩的视网膜所留下的印象极为惊骇。可我未能想象到中国正开始的那场让当时全世界都傻眼的革命的深远意义，那刻的情景却永恒地在脑际里定了格。

我跟着秃子屁股后边，从大人们腋下钻过挤到台阶前，抬头望定正受难的女人。她个头很高，比慎益里所有男人的个子都高，尤其她的长相跟大杂院或纯种中国人迥然不同：深凹眼，棕色眼珠，高颧骨，高鼻梁，深黄色头发，牛奶那么白皙的皮肤。她双手交叉胸前护住乳晕，脸上流露的神情绝非恐惧，甚至连一星半点的惊讶都不是，眉头微皱，睫毛低垂，嘴角稍稍往上翘，仿佛是一种别致的矫揉造作。我的目光始终没离开她那对几乎完全裸露的乳房。自从我记事起还从未见过女人的那东西，光滑细嫩，像两团凝固的液体，散发着无穷的诱惑。

发面饽饽在一旁“啧啧”嘴，挺有把握地说，“大洋马”这俩个个（指乳房）比我妈的大得多。

忽然，我感觉下身在膨胀，胀得很痛。紧接着一股又黏又热的东西涌出来，浸湿了我的裤衩。

3

去年国庆节结婚之后，“大洋马”一家过得挺“和谐”。她家的和谐，直接关系到慎益里胡同的安定团结。大杂院的女人们心眼儿窄，嫉恨曾经把她们丈夫搞得失魂落魄的女人，不愿同“大洋马”接触，甚至碰面假装不认识，连招呼都不打。唯独七婶和她走得热络，七婶常去“大洋马”家串门，一坐就是一下午，具体聊什么无人所知。“大洋马”常常端着她亲手做的宁波汤圆、米粉肉什么的往七婶家送。偶尔，七婶牵着“大洋马”的手，亲姐妹似的并肩走出胡同，边走边叽叽喳喳咬耳朵。逢人问，七婶答茬说：“我们姐俩去百货大楼扯块布做衣裳。”“大洋马”手巧，会织毛衣会扎缝纫机，七婶和麻子李穿的毛衣、毛坎肩是她织的，七婶家大小孩子过节的新衣裳是她亲手裁剪，用缝纫机扎的。

在我们大杂院，七婶同马芬娜二人关系最密，岂料，最亲密的人结果反目为仇。

“大洋马”一家很幸福地生活着。掏地沟的男人工资高，粮食定量也高，总领着“大洋马”和她两儿子出去吃馆子。入夜时分，她家屋子中准时传出“大洋马”奇怪的叫声，似欢乐过了劲儿又似装疯撒娇的叫声，节奏时缓时快，一般持续一个多时辰。说叫声奇怪，是指它给人一种心惊肉跳的感觉。有一次，我和秃子在男茅房拉屎。我问秃子："'大洋马'怎么天天晚上那样叫唤哪?"秃子就乐，怪模怪样地乐。他不搭腔，给我一支烟卷非要我抽。我说："我不会。"秃子说："谁生下来就会抽烟，你抽一回，下次就学会了。"我摆手说："我不学。"秃子说："你不学，我就不告诉你'大洋马'干吗那样叫唤。"出于好奇，我接过他的烟屁股吸一口，呛得我连鼻涕眼泪全流出来。秃子这才告诉我："'大洋马'那是'叫床'。懂吗? 你爸爸跟你妈妈钻被窝时，也这么叫。哦，对了，你没爸没妈，石头缝里蹦出来的。"我听了，很生气，秃子羞辱我。

"大洋马"那种心惊肉跳的叫声没能坚持多久，1966年春天姗姗来迟时，她家开始传出激烈的吵骂声，"大洋马"的欢叫变成恶毒的咒骂。后来，吵骂演变做厮打，掏地沟男人时常鼻青脸肿地被轰出屋子。可怜的男人不得不在屋门口蹲上一夜。

几乎天天连吵带打，搅得四邻不安。最先不堪忍受的是七婶。“大洋马”两口子的美满婚姻是经她一手撮合的。每当他们打完闹完之后，掏地沟男人总去七婶家，请求七婶帮着劝架。由此，七婶开始恨上“大洋马”，以为“大洋马”打爷们儿，就是打她的脸。七婶断绝了与“大洋马”情同姐妹的关系，她更不情愿管这鸡毛蒜皮的事，那时七婶的心思全部用在争夺居委会主任的位置上。

“大洋马”家的战争逐步升级，竟然发展到动刀子的地步。有一天大杂院的左邻右舍目睹“大洋马”高举菜刀，逼迫着那男人：“有本事，你把我们娘仨都砍死，你砍哪……”健壮的男人落荒而逃，一溜烟逃出天井。大洋马此举触犯众怒，发面饽饽他妈、秃子他妈，包括来宝他姐姐，纷纷要求七婶主持正义。七婶不得不出面了，她“咚咚咚”奔上三楼，站“大洋马”房门前，要“大洋马”出来，去派出所解决问题，“大洋马”不开门，隔着玻璃骂七婶：“你咸吃萝卜淡操心，狗拿耗子多管闲事。你管着我和我爷们儿的事吗？你心疼他，你向着他，就弄炕上去×你呀！”在慎益里哪个敢跟七婶如此放肆，七婶火了，指住“大洋马”说：“好哇，你等着，看我不治死你。”

转天上午，七婶叫来民警老郭，带“大洋马”和她男人去派出所解决问题。我和发面饽饽他们一同起哄般地跟了去，攀上派出所的窗台往里边瞧。掏地沟男人声泪俱下地控诉“大洋马”对他的虐待，当众脱掉裤子，让警察瞧他被大洋马掐成紫色伤疤的下身。俗话说，清官难断家务事，何况男女床上的问题怎能分清孰是孰非。警察没什么办法，只好让夫妻双方立下保证，打发他们回家。

恰好，那场突如其来的革命波及鸟市大街，“大洋马”她家刚刚安宁几天，又战火重燃。于是，八月那个多事的黄昏出现了。七婶毫不犹豫地挺身而出，准备拿“大洋马”开刀问斩。

11

我和宁慧心

每天早上，我总被奶奶千呼万唤地叫醒。

“根儿呀，根儿，快醒醒，爬起来，倒土车来啦。”朦胧中我听见一阵模糊而遥远的摇铃声。

我揉揉眼，撩开毛巾被跳下床，蹦到屋外。双手端起门口沉重的土箱子抵在肚子上，摇摇晃晃穿过窄小的过道，奔下“吱呀”作响的木楼梯，又跑过被冒烟炉子笼罩的天井和大院外面长长的胡同，冲到马路上。马路边停辆解放牌垃圾车，车下站着俩大人，一个摇晃手里的铜铃，另一个接过我怀中的土箱子，随手抛向车里。

身后永红大街每家每户纷纷出来人倒脏土，等半天唯独瞧不见同学宁慧心。正当我打愣的工夫，那人把倒净的土箱子递给我，又使劲摇了摇两下铃，对开车的说：“走哇，没倒土的啦。”他和另外那人爬上车厢。旧卡车呼噜噜地咳喘起来，四只轮子开始转动。

这时，我瞅见对面革命楼的宁慧心端着土盆子气喘吁吁朝这边跑，用线绳吊在脖颈的门钥匙左右飞摆。我急得直跺脚，飞奔前去，夺过她手里土盆返身跑回马路。垃圾车已经驶过半条街，我拼命在后边追，边追边冲大卡车喊："停停，同志叔叔，还有倒土的哪！"

坐脏土上那摇铃人好像没听见，头扭向前方。卡车拐个弯儿，飞似地开没了影儿。我一气，把宁慧心家的土倒在马路边。

我慢吞吞走回胡同口，宁慧心正等在那儿。她接过她的土盆，说："刘根，今天返校，别忘了。"

其实我根本没忘，一个暑假就这么轻易地过去了，实在叫人失望。我十分感激地说声："知道啦。"

我俩一前一后往家走，她去"革命楼"，我去"战斗里"。在马路中央分手时，她蓦地对我说："吃完早点，咱们一道去学校?"

"哎——"我应着，心里像吃了蜜一般甜。

拎着土箱子"噔噔噔"跑上楼，进门管奶奶要早点钱。奶奶掏出二分钱，塞我手里说："省点儿花。"我"哦"地答应一声，从竹浅子里抓个干馒头，背起书包，直奔玉清池浴池对面的"五福林"早点铺。

“五福林”早点铺人满为患，上班的工人，三轮社蹬三轮的老头儿，剩下的大多是学生。方桌周围坐满了人，好多人站着吃早点。那时，豆浆二分一碗，豆腐脑三分一碗，油酥烧饼也三分，俩根馃子一两粮票四分钱。我从不买牌儿，径直挤到盛浆子的师傅跟前，说：师傅，我买一分钱的。师傅并不搭腔，冲装牌儿的罐一努嘴，我掏出一分硬币丢进去，他给我盛了大半碗。我央求他说：“添点老豆腐行吗？”他气哼哼嘟囔道：“没门，一分钱打浆子还要老豆腐。”我冲他做个鬼脸，端着豆浆碗退出排队的人群。

发面饽饽也在吃早点。他趴桌子上“唏溜唏溜”喝豆腐脑，手里举着一根馃子。我凑到他身旁，一边往豆浆里泡馒头，一边盯住他手中的馃子：“发面饽饽，你妈真疼你，今儿个给你多少零花钱？瞅你又是豆腐脑，又是馃子地猛塞。”大概豆腐脑放多了辣椒糊，辣得他龇牙咧嘴，直淌汗珠。发面饽饽得意地竖起俩手指头说：“两毛。吃完早点，我还有钱买冰棍儿。告诉你，根儿，我买了一两馃子，刚吃一根就撑着我啦，这根我说嘛也吃不下去。”发面饽饽这傻家伙忒容易上当，我一把夺下他举着不舍得吃的馃子，泡进我的碗。发面饽饽一惊，急赤白脸地说：“你干吗抢我馃子？”我憨皮赖脸地说：“怕撑死你，我替你打扫。”他急不得恼不得，骂我一句：“臭馋猫！”

俩十二岁的孩子吃完早点，走出“五福林”，站当街吼着同一首歌：“我们都是雷锋式的好少年，在那光辉灿烂的春天……”太阳高高升起，慢慢展开它那炽热而刺目的光芒。溽热弥漫开来，化作厚重无形的盖子，蒙盖住鸟市大街。发面饽饽突然停止歌唱，眼神凝固在革命楼大门前，宁慧心站在水泥挡雨檐下，显然在等谁。发面饽饽一副自鸣得意的样子，跟我吹牛道：“宁慧心在那儿等我，非要同我一块儿返校。”我心中暗笑，睁眼说瞎话，刚才倒土时，宁慧心约的是我。

宁慧心同时发现了我们，冲这边招手。我们凑过去，并排向学校走。路上，发面饽饽喋喋不休地跟宁慧心套近乎，说，他妈疼他，给他好多零花钱。返校后，他要请宁慧心吃冰棍儿，先说请水果的，后又改口说请奶油的。宁慧心始终不吭声，故意与他保持距离，挨着我走。大舞台小学离永红大街不远，拐过两个弯就到。拐过头一个弯，便瞧见乱哄哄的许多同学。有明显的迹象表明学校似乎发生了什么事情，过去返校，同学们一个个懒懒散散，迈着极不情愿的步子，好像去学校是进监狱。而今日却非同寻常，他们脚步匆匆，脸上战栗着亢奋和激动，如同去看一场“打仗”的电影。宁慧心不曾留意这些，只是自顾自喃喃道：“暑假过得真快呀。”

是啊，暑假一眨眼就过去了。现在想起来，那时候我特别不乐意上学。不光我，像发面饽饽、秃子、来宝他们，跟我同属一丘之貉。所以，暑假是我们最快乐最自由的时光。不用上学了，不用坐在教室的小椅子里，倒背双手，度日如年般地度过四节课。那是多么痛苦的事情啊！

1966年的暑假尤其惬意，不知出于什么原因，学校在暑假期间没有组织返校，听老红军、老八路进行革命传统教育一类的活动，也没留什么作业，我们光剩下玩了。对于慎益里像我这样不爱上学的孩子来说，痛痛快快玩，就是最大的幸福。

白天几个要好的孩子开始策划一天玩的内容：比如大杂院里秃子、发面饽饽、来宝和我最要好，我们整天凑一块儿，举着苇子秆黏老喝（蜻蜓），黏知了，拿铅丝做的弹弓打鸟。要不就聚树荫底下，用扑克牌赌杏核儿。我们管那种玩法叫“五张帕斯”，很像现在香港电视剧赌王玩的那种东西，不用钱赌，代替筹码的是杏核儿，或者冰棍儿棍。“五张帕斯”游戏的诀窍在于能蒙敢唬，不管牌势怎样，亮出底牌之前你唬得住，敢于押赌注，吓蒙对方，那你就胜券在握了。来宝是这方面的高手。

再不就挖沙阱玩。可以说在当时属于很普及的童年游戏，具有锻炼计谋的功能。在一堆沙子上，挖几个很深的坑，坑口交叉插着冰棍棍，上面覆盖废报纸一类的东西，然后再用沙子做好伪装，目的叫人觉着它不像陷阱。秃子狡诈，技高一筹，他脱下臭烘烘的球鞋，在沙阱上轻轻印个鞋印，表明有人在此踩踏过，绝无危险。沙阱布置已毕，我们坐离沙堆很远的地方冷眼观察，专等傻孩子落入陷阱。放心，有人布陷阱，准有人落陷阱，要不世界上的阴谋家还有饭吃吗？果然，一个小孩儿爬上沙堆玩沙子，一脚踏进秃子的沙阱，右腿陷坑里拔不出来，呆在那儿呜——呜地哭。秃子跳着高地拍巴掌，哈哈哈，敌人踩着我的“地雷”了！原来秃子损，在坑底拉了泡屎。

上当踩“地雷”的终归少数，有的孩子很狡黠，窥察出沙阱掩盖物的破绽，冷笑着举起砖头“噗”一声砸毁沙阱。秃子无法容忍这种强盗行径，他呼叫着冲上沙堆，对那砸毁他沙阱的孩子一顿臭揍，并且监督那孩子重新挖个更深更大的陷阱，揪住他的脚陷进去一次，秃子心满意足了，才肯放走他。

这些把戏玩腻了，玩更刺激的。秃子带来我们玩“逃票”，结伙在和平路南市站混进公交车，成心不买票，躲在拥挤乘客里面。快到劝业场站的时候，秃子朝我们使眼色，意思是向车厢后车门转移。我胆子小，心怦怦乱跳，生怕打车票的阿姨逮住我，她长着圆圆的脸，浓眉毛，嗓门特别响亮，看样子挺厉害。车即将到站，秃子已然挤至车阶处，专等车门一开冲出去。我惊慌地拽住他的衣襟。公交车停在劝业场站，车门一开，秃子呼唤一声："同志们，全线撤退！"我们几个呼啦一下子往车后跑——这是秃子叮嘱的，往车后跑，卖票的女乘务员追不着。其实，也不像秃子所保证的那样，我们常有失手的时候，我、来宝，发面饽饽都让圆脸女乘务员抓过现行，挨过罚钱。究竟到劝业场做什么吗？不，什么事也没有，我们穿越马路对面，再从劝业场车站采用同样的逃票方式折返回南市。秃子总结说："不花钱买票坐车过瘾。"

胡同对面有家制冰车间，生产人造冰，每天准时有人推地排子车来拉冰。我们估摸拉冰人快到的时候，秃子带我们在制冰车间周围潜伏，拉冰的人背一大块长冰条放车上，再进里面背冰时，秃子一声口哨，我们一起冲过去，拿砖头砸块碎冰撒腿便跑。即使拉冰的大人发现我们也为时已晚，只能在原地跺脚骂我们"兔崽子""小王八蛋"之类的废话。其实人造冰没什么好吃的，一点也不甜，我们把人造冰攥手里，让它在手心慢慢融化，化成鸡蛋大小，整个吞进肚子里。一凉到底，特痛快。

晚晌，天色暗下来，最是好玩的时候。我跟随秃子，拎着蒲包，在“永记”干果店门前捡瓜子。夜越发深了，“永记”干果店前灯熄人散，鸟市大街沉淀了喧嚣。暑气尚未消尽，风还没下来，蒸笼一样的闷热压抑得人透不过气。屋子呆不住人，慎益里胡同很多大人小孩都出来乘凉。发面饽饽搬出他家的躺椅，放到胡同口。来宝扛着床板和凳子，在街边搭个床，铺上凉席，悠哉悠哉地躺上面。我家没有躺椅，奶奶也不让拆床板搬凳子，我只好把胡同旁煤铺的煤筐当凳子坐。此时，秃子晃晃悠悠地出现我们中间，大模大样叨着烟卷，挤进我们中间讲男女的事。他比我们都大，留过两年级，懂男女的事比我们也多，常把我们讲得目瞪口呆。

下半夜，风来了。秃子打着哈欠，摇晃着壮实的身躯，说是回家睡觉。蜷缩躺椅里的发面饽饽，还有睡凉席上的来宝，早已发出轻微的鼾声。我却毫无睡意，静静坐着煤筐等待凉风，边聆听夜的呼吸。真正沉静的时候才能听到夜的呼吸声，徐缓地从遥远处飘然而至，夜的呼吸均匀而酣畅，仿佛来自天外的某个地方。不久，风来了，沁凉的风习习轻拂，在不知不觉中抚慰你昏昏欲睡。我常梦见一个长得跟“大洋马”一模一样的高大女人，站立我面前，指住一只新躺椅，说要送给我。躺椅的骨架是水曲柳做的，涂着漂亮的透明漆。小帆布很厚，躺上面既舒服又吸汗。我十分感激她，不知说什么好。她慈爱地抚摸我的头，说：我是你妈妈，亲的。

我们仨踏进学校大门时，果然发现学校发生了重大变故。校大门挂着的牌子遭人篡改，原先白漆红字的“大舞台小学”中“大舞台”仨字，用白纸覆盖，上写“代代红”，大舞台小学变成代代红小学了。踏进前厅横挂无数条铁丝，铁丝上悬满大字报，仿佛一道道纸墙壁。我们穿过纸墙，涌进教室，教室更是一团遭。

桌椅板凳东倒西歪，残破不全，窗户玻璃和灯管不知被谁砸碎，稀里咣当悬在半空。我和发面饽饽、宁慧心面面相觑当口，来宝挥舞课桌腿儿，喊叫着什么奔跑而过。原本来宝说话就不清楚，大舌头，常把“山”说成“三”，把“肉”，说成“又”。我们仨紧追出去，从背后叫他：来宝，来宝，你等等我们……来宝顾不上搭理我们，一边跑一边扭头招呼着：“走哇，掏地道去。”我们不明所以，尾追他后边跑。原来，有人把一间间教室的墙壁掏个大窟窿，等于一层楼的教室全部打通了，穿过一个个大窟窿构成的长长的“甬道”，进入东头阶梯教室，见秃子指挥同学掏墙打洞。他们挥舞着榔头敲开墙皮，扒出砖头，在教室的墙壁掏出一个圆圆的洞，正好能通过一个人，通向隔壁的教室。

好些天没在胡同露面的秃子，神气活现地连说带比画，边指挥来宝他们掏地道边朝我挥手，说：“过来，我是司令，他们是我的兵。”追随他的“兵”们更加拼命地挖墙。我瞧见他左臂戴红袖珍，写着“捍卫毛泽东思想——代代红小学造反团”。我问他：“秃子，老师们呢?”秃子严肃地纠正我,“嘛秃子,叫我叶司令。”我连忙改口称:“叶司令,怎么见不着老师们呢?”秃子不耐烦地说,“统统靠边站啦。代代红小学现在由我说了算。刘根,你参加挖地道吧。将来老师再罚我们站,我们跟他打地道战,从一班教室钻地道,一直钻到八班教室。老师逮不着我,干着急没辙。”我举举瘦细的胳膊,说,“我没力气,挖不动地道。”秃子理解我,说,“你呀,四肢不勤,五谷不分。咦,你写字好看,去写大字报。来宝,领刘根他们写大字报。”来宝屁颠颠奔过来,领我来到另一间教室。

许多桌子拼成大字台,上面放着毛笔、旧报纸、墨水和浆糊什么的。我站“大字台”前,铺开报纸,用毛笔蘸满墨水。忽觉背后有人扯我的白衬衣,扭头一看,是宁慧心,她冲我边使眼色边摆手。我犹豫了,问来宝:“大字报写谁呀?”来宝说:“你恨哪个老师就写他的大字报。”我说,“我哪个老师都不恨。”来宝又说,“写你腻味的。”我说,“想不起腻味谁。”来宝有些焦急,说,“我腻味教音乐的‘大酸梨’,她老数落我五音不全。你写她的大字报，替我写。”教我们年级音乐的黎老师，是学校最漂亮最会穿衣服的女老师，坏学生背后喊她“大酸梨”。我执意推诿，假装发愁地说，“我不知道写什么呀?”来宝骚着头皮冥思苦想，片刻工夫，他有了词，指使我说，“我说你写：大酸梨搞对象，好几个都看不上，奇装异服高跟鞋……”他突然停住，显然没词了。来宝瞧瞧我，又瞅瞅宁慧心，说，你们接着往下琢磨啊！我说，我琢磨不出来。发面饽饽挤进来，说，“我想了一句词，爱抹香水把头烫。”来宝连声说：“好，就照这么写——合辙押韵。”无奈，我被逼完成了今生头一张大字报，一张牛唇不对马嘴的顺口溜式大字报。

一只冰凉的小手探入我的手心，宁慧心惊慌地冲我使个眼色。我会意，趁别人不注意随她溜到学校外面马路边。不知怎地宁慧心哭了，用手帕擦拭眼泪，恨恨地说：“叶大元(秃子)、江来宝他们坏，污蔑黎老师、欺负黎老师。”我很想安慰她，嘴唇哆嗦着讲不出话来。学校发生的事已然吓蒙了我，油然而生一种大祸临头的不祥预感。发面饽饽踉踉跄跄跑到我们身边,双手忙不迭地系裤子。他煞白着脸说:“根儿,躲这儿来也不告诉我。我吓尿裤啦。这就叫干革命造反哪?”谁能回答他这个问题。宁慧心自语道:“老师们在哪儿呀?”发面饽饽幸灾乐祸地说:“我刚扫听了,不让老师教课了,我们也不用上学啦! 革命到底到多会儿,永远革命永远不上学才好哪!”

于是,我们在便道牙子坐下来,沉闷地思索,企图消解内心的惶恐和不安。

我们一直默默地坐着,好像在等待,又不清楚究竟等待什么。那天的阳光很凶,像火一样灼热,烘烤得我光冒汗。晌午悄然而至,我们竟不觉着饿,甚至忘记该回家吃饭。

学校门前响起一片嘈杂的嚷闹声,秃子被很多同学簇拥着,昂首阔步跨出学校大门。他们那些人胳臂带着红箍儿,来宝也在其间。经过我们面前时,秃子停住脚步,朝我走过来。秃子对我说:“刘根,参加我的造反团吧,我们一共有二十多个人哪。比胡传奎的队伍人多。”胡传奎是京剧《沙家浜》的土匪司令，汉奸队伍的头儿。我紧张得要命，不知怎么回答他。秃子又说：“参加我的组织就是革命造反派的，不参加就是不革命！”我不敢多想，急忙答应：“我参加。”秃子让来宝递我手里一个红绸子做的箍儿，上面印着黄色的字“捍卫毛泽东思想——代代红小学造反团”。发面饽饽战战兢兢凑上前，说：“叶司令，我革命我造反，我也要参加你的组织。带我吗?”秃子轻蔑地瞟他一眼说：“你? 门儿都没有。谁叫你妈妈不让我进你们学习小组的。”发面饽饽吓哭了，鼻涕眼泪喷射而出：“那我不能革命造反啦。”来宝趁机踹他屁股一脚，说：“活该，叫你不让我抄作业。”秃子他们走了，纷乱的步履蹚起团团尘土。无意间扭脸，我发现宁慧心什么时候没了踪影。

我狠心甩掉哭哭啼啼的发面饽饽，悄悄溜进革命楼，叩响宁慧心家的房门。她拉开门，眼睛还红肿着。

“你不是参加叶大元的造反团去造反了，来我家做什么?”

我心中有愧，嘟哝道："我怕他们，假装参加。我打心眼里不乐意参加。"

宁慧心一脸正气："人不应该心口不一。你违背心愿做事，就不算诚实的人。我不想和不诚实的人做朋友，你还是走吧。"

我赖着不走，低着头，脸发烧似的滚烫。宁慧心问我："你会跟叶大元他们砸学校的国家财产、欺负老师吗?"我赶紧表态："绝不！我向你保证决不破坏学校东西，决不挖教室的墙掏洞，决不欺负老师!"

宁慧心相信了我的话，脸色和缓许多，问道："那你找我有事吗?"

我毫无心理准备，沉吟一会儿，回答说："我借你家的字书看。"那时，我们管连环画叫"小人书"，管小说叫"字书"。

她瞥一眼我的手，我赶紧缩到身后。

"我帮你洗干净。"宁慧心打一盆热水，摁我双手进盆，拿檀香皂搓，又用清水洗。我尽情享受她的温存，此刻永远地储存我的记忆中。

我的手清爽许多，却不敢拿书，眼偷偷窥望。宁慧心心细，打开玻璃门说，你看吧。我连忙走过去翻书看。说实话，我打小从未看过字书，光瞧过小人书，上了四年级认识不少字，能瞧得懂。那个下午，我在宁慧心家翻了一下午的字书，印象最深的是一本《普希金童话》，爱不释手地捧着瞧，直到宁慧心提醒我："刘根，我妈该回来啦。"她的意思我明白，宁姨不喜欢女儿同慎益里胡同的孩子在一块儿。我起身欲走，手却舍不得放下《普希金童话》，鼓鼓勇气问她："我能借这本书看两天吗?"宁慧心断然拒绝说："不行。我妈知道会说我的。"我羞愧难当，恋恋不舍地把书放回书柜。临出门，她为缓和关系地说道："你可以拿书跟我换。我更气，她明明知道我们家光有小人书，却没有一本字书，除了上学用的课本。"

几天后的一个晚上，我和来宝捡完瓜子，躲到"五福林"早点铺后面的角落偷着抽烟。自打加入秃子的"造反团"，我跟他们学会了抽烟。我心情不好，接连抽了两根"战斗"牌烟卷，来宝看出我闷闷不乐的样子，很义气地说："根儿，谁欺负你啦告我，我拿砖头砸他们家玻璃。"我说："谁也没欺负我，我是生气自个，连本字书都没有。"来宝就笑："这事好办，没书咱'拿'去。"我说，"上哪儿拿?"他嘴一撇说："上学校'拿'呀。"这时，我猛然想起学校图书馆有好多书。我将烟卷头一丢，说道："对呀，明晚上去学校图书馆偷。"来宝"啧啧"嘴，强调说："你说话多难听，嘛叫'偷'，是'拿'！"

转天深夜，我跟随来宝屁股后面，翻墙头潜进学校，溜到二楼图书馆。来宝真能耐，掏出根铅丝，往锁头眼挖两下，门就开了。图书馆里一排排书架，架子上摆满各种书，比宁慧心她家多多了。我们不分好坏，拣厚的拿，一人装了一蒲包。这回，翻墙出去是不可能了，唯有从前门走。我有些胆怯，来宝鼓励我说："别怕，咱们是'捍卫毛泽动思想——造反团'的战士，哪个敢惹，惹咱就斗他。"于是，我俩扛着沉重的蒲包大摇大摆从学校前门朝外走。真有胆大的敢拦，是原先学校教导处的孙老师，外号"孙斗屁"，他很厉害，过去很能整学生，我们都怕他。这回我不怕他了，指指胳臂上佩戴的红箍，对他说："老子是造反团的，借学校几本书看。怎么着，你敢找岔？""孙斗屁"被我唬住了，一声没吭地缩回传达室。

两蒲包书倒出来一大堆，来宝一本没要，只说明天捡的瓜子全归他。拥有这么多书，我认为拥有跟宁慧心换书的资本。第二天，我拣出几本《科学家谈二十一世纪》《雷锋叔叔的故事》《小英雄刘文学》，找宁慧心换她那本《普希金童话》。宁慧心扫一眼我的书，挺轻蔑地说她全不爱看，却把《普希金童话》从书架里抽出来递给我。

那年夏天，我看了一些字书，大部分是宁慧心借我的，其次是从学校图书馆偷来的。

在偷书的那天晚上，七婶领着大杂院的革命群众斗争"大洋马"。

“大洋马”疯了

1

事与愿违，七婶盲目组织的那场批斗会以失败告终。

其实那天晚上，七婶作过充分准备，原打算把“大洋马”拉到玉清池澡堂子前面搭的台子上批斗，私下一扫听，鸟市大街一带揪出牛鬼蛇神太多，一拨儿接一拨儿地挨不上个儿。她情急之中，临时决定在大杂院里进行。偷偷叫闺女三丫买了十几米电线和二百瓦的大灯泡，预备着开批斗会时用。

马芬娜光着上身，脖子上吊只脏鞋，低头站立台阶上挨斗时，批斗会曾出现短暂的冷场。大约七婶从未掌握过这样的场面，不知该怎样进行下面的程序，天井中挤得满满当当的群众眼巴巴瞧着她，她低声跟身旁的三丫商量着对策。

这时我瞅见秃子妈暗自捅了捅闺女招娣，招娣飞步跃上台阶，掏出早准备好的剪刀，摁住马芬娜的脖颈，"咔嚓，咔嚓"把马芬娜的一头卷发铰个精光。那刻马芬娜没能保持住矜持，脑袋被动地挣扎两下，苍白的脸显出一种痛苦。我身后有个陌生的声音喃喃自语："这女人长得真够标致。"我扭头瞧那说话人，四十多岁上下的男人，面容清癯，戴副白框眼镜，胸口处贴块白布，用黑色毛笔字写着"反动资本家"。我认得他，他住在胡同对面的"元兴公寓"。"反动资本家"见我瞅他胸前的白布牌，赶紧捂住。知道我听见了他的自言自语，便冲我很友好地点点头，用手板回我的身子，让我朝前看。

七婶走到场地中央："革命的同志们，今儿我们在这儿开个批斗大会，批斗牛鬼蛇神马芬娜。马芬娜一贯流氓成性，搞破鞋，破坏了院里的革命团结。她自从搬进咱们战斗里，光爷们儿就换了俩，而且对她自己的爷们儿施行流氓虐待。马芬娜是反动洋买办的私生女，她爸爸旧社会给美帝国主义帮忙。她这是阶级报复！大家说，对她该怎么办？"

“叫她彻底交代怎么流氓她爷们的!”

革命群众嘻嘻哈哈地呐喊,仿佛看大戏时的喝彩。

“对,革命群众说得对,今儿让马芬娜交代她的流氓问题。”七婶威风凛凛,逼近马芬娜跟前喝道:“马芬娜,你听见革命群众的呼声了吗?”

“听见了……”马芬娜嗫嚅道。

“一看你就不老实。大声点儿说。”

“我听见了。”马芬娜提高了声调,有些嗲声嗲气的。

“看样子,她像是外国混血儿。”身后男人似自言自语,又似问我。我扭转身告诉他:“她叫‘大洋马’。”男人赶紧又扳正我的身子。

“马芬娜,你要老老实实交代你的流氓罪行。究竟怎么流氓你爷们儿的? 快说!”

大伙全心全意等,马芬娜吭哧着不作声。

批斗会继续冷场。七婶明显显出焦灼不安,她跟秃子他妈嘀咕几句什么,随后召唤三丫说:“你去,把她爷们儿汪富贵叫过来，揭发马芬娜的罪行。"

不久，掏地沟的男人慢慢吞吞走下楼，像一头笨重的狗熊，钻出黝黑的森林。他站到马芬娜旁边，一时惶然无措，不知该说什么，揭发什么。七婶鼓励他说："别怕，有'战斗里'全体革命群众给你撑腰。你就揭发牛鬼蛇神马芬娜怎么虐待你的。"汪富贵脑袋快低到裤裆地方，嗫嚅半天才说："……她不拿我当人，拿我当牲口，天摸天夜里叫我干那事，我白天上班，哪顶得住哇……她不答应，骂我打我，要跟我离婚，我不同意离，她就用菜刀吓唬我……群众同志们，马芬娜太流氓啦，我没见过这么流氓的女的……"

背后的"反动资本家"在偷偷窃笑。

猛然间，秃子他妈蹿上台阶，冲人们高呼道："这个臭骚货，敢欺负革命的爷们儿。来呀，大伙撕烂她的骚×！"

完全是突如其来，人们仿佛着了魔一般，"嗯啦"一下子涌向马芬娜。尤其大杂院的女人，有的举着拳头，有的挥舞着扫帚，怒骂着扑过去。接着，无数只拳头、扫帚杂乱无章地砸向“大洋马”。拳脚擂击肉体声，夹杂着马芬娜鬼嚎一样的尖叫声，乱成一锅粥。我只觉眼前黑乎乎一片的骚乱，那些拳打脚踹犹如落在我身上，撕心裂肺般地疼痛。

若不是几个红卫兵莫明其妙地闯入，鬼才知道这场骚乱怎么能制止住。

红卫兵一声断喝，“战斗里”的革命群众同时住手，猝然四散开。马芬娜倒在地上，双手仍旧护住前胸。她的嘴角淌着血，身上青一快紫一块，乳房划出好几条血道子。她惊恐地睁大眼睛，凄惨的呜咽声撕破天井暂时的宁静。其中一个红卫兵有些恼怒地数落七婶，究竟数落些什么，我没有听清，或者忘记了。在记忆里面，那可怖的场面掩盖了一切。唯一能想起的是，红卫兵走开后，马芬娜让掏地沟男人搀扶着，一瘸一拐地上了楼，革命群众一哄而散。闷热的天井中，只留下七婶，秃子他妈、他姐招娣，还有发面饽饽他妈。她们凑得很近，叽叽喳喳商量着什么。七婶的沮丧和气愤，在胖脸上颤动不止。七婶精心策划的批斗会，就这么半途而废了。

一连几天，战斗里胡同坠入了沉寂，所有人都错误地以为"大洋马"事件已结束。红卫兵小将明确指出，马芬娜算不上"牛鬼蛇神"，七婶导演的批斗会，完全属于冤假错案。既然斗错了人家，人家又没追究，论情论理，该息事宁人吧。其实不然，关键是七婶不肯善罢甘休，她不甘心所付出的阴谋就这么轻易化为泡影，那么正好授柄于人，让视她为眼中钉的宁姨趁机发难，将她置于死地。尽管斗错了"大洋马"，还可以再另寻新对象。七婶的眼珠子在冒火，她急不可待地四处寻觅，看还有哪个倒霉蛋是再合适不过的猎物。于是，大杂院重新笼罩在恐怖的气氛中，人人自危，惴惴不安，生怕被七婶瞄上，那算是倒八辈子霉喽。

也许，马芬娜在劫难逃，紧接着发生的事件，使她彻底坠进深渊。

大概一星期后的一个下午，胡同口开来一辆"大解放”。卡车刚一停稳，从车上跳下二十多个壮汉，他们穿着蓝色帆布工作服，戴着红箍，写着“天津排水系统造反铁血团”。铁血团的战士们押解一个模样像狗熊的男人，那人头戴纸帽子，手举招魂幡，胸前挂块木头牌子，上写“历史反革命分子汪富贵”，在“汪富贵”三个字上面，打着血红的×！

那阵儿，七婶招集院子里的群众学习“十六条”，天井很阴凉，时有微风掠过。妇女们围成一圈，昏昏欲睡地听七婶扯着嗓门朗诵。冷不丁闯进一伙陌生人，搅了她们的学习。七婶头一个发现了“大洋马”的丈夫，尤其他狼狈不堪的样子，使七婶立即明白怎么回事。她迎上前，跟铁血团头头搭讪。那头头说：汪富贵是掩藏很深的历史反革命，干过还乡团，背有血债。他们揪他到这儿来，就为批斗他，批臭他。“赶快把历史反革命分子汪富贵的娘们儿马芬娜弄下楼，叫她陪绑！”七婶欢快地应着，张罗妇女们原地别动窝，给掏地沟工人组织的铁血团站脚助威。然后，七婶带着秃子他妈、发面饽饽他妈上了楼，连退带搡弄下来

"大洋马"。依旧在一楼台阶上,声势浩大批斗会开了起来。

我没能亲眼目睹那场批斗会,当时我和来宝、秃子在劝业场抢传单,雪片一样的传单从劝业场四楼纷纷扬扬飘洒下来,我们蹦着高地去抢。实际上,传单的内容我们看不懂,也不想弄懂,只觉着抢传单很好玩,比我们童年的任何游戏都刺激。黄昏时,我们各自抱一摞五色缤纷传单回到胡同,批斗会已经结束。发面饽饽悄悄告诉了我一切。他慌里慌张地说:"根儿,你知道嘛,"大洋马"的爷们儿是坏人,历史反革命,解放前杀过人哪!下午来了一帮掏地沟的,把他和"大洋马"给斗了。你们回来之前刚散。"我沉吟片刻,问他一句:"'大洋马'又挨揍啦?"发面饽饽摇摇头,说:"没有,七婶给她脖子上挂块大牌子。"我恨恨地骂句街,扭身就走了。

记得,当天夜里我蹲七婶家门口拉泡屎。第二天,七婶站天井当央骂一天海街。

2

我始终想不通当初干吗那么憎恶七婶，同时，我憎恨秃子他妈、秃子他姐招娣，发面饽饽他妈，凡是欺负过马芬娜的人我都恨。好像七婶她们欺负的女人是我亲妈似的。

除去在七婶家门口拉泡屎，我乘学习小组的机会，在发面饽饽他家的被阁子里撒过尿，偷偷拿过秃子他姐姐晒外面的一双新偏带儿布鞋，甩手扔上楼顶。如果往深处想下去，有些捉摸到我感情的脉络。自打批斗会上见到马芬娜半裸的肉体，我开始有一种朦胧的冲动，特别是她高耸的乳房，使我产生如饥似渴的期盼。就像“度荒”年月，天天盼着吃大白面馒头一样。在以后很长时间里，我夜里常常做梦，梦见依偎马芬娜温暖的怀中，贪婪无度地嘬吸她的乳房，甜蜜的奶水淌湿背心……忽然醒来，发觉自己的哈喇子流在枕头上。混乱不清的情愫左右着少年时的我，一直等到有一天我真的扎进马芬娜的怀里，捕捉到她的乳房时，我猛然感觉自己已长大成人。当然，这是后话。

在这之后很长一段时间内，由于七婶继续欺负马芬娜，以至于演变成一幕幕惨剧，造成整个胡同从此不得安宁，连累许多无辜的人蒙受耻辱。

掏地沟的“造反铁血团”揪斗过汪富贵之后，那长得像狗熊的男人不再露面，据说送去劳动改造了，留下“大洋马”一家子可算遭尽洋罪。事实证明“大洋马”虽说算不上“牛鬼蛇神”，但她已属于历史反革命家属，自然在打倒之列。七婶怎肯放过这样机会？况且，大杂院革命群众也因七婶找寻到阶级敌人欢欣鼓舞。“大洋马”成了他们的替罪羊。

尽管我和发面饽饽整天瞎跑瞎玩，隐约间我嗅得到大人们在暗地里策划新的阴谋。这次不光由七婶几个人谋划，连秃子他爸等一些男人们也参与其中。每逢吃过晚饭，他们全集中在一楼拐角七婶家里，一研究便研究到后半夜，慷慨激昂的说话声时不时钻出屋子，响在空旷的夜空十分尖锐。晚上研究，白天行动，他们兵分两路，男人到外边采购东西，女人在家里制作，一连忙碌好几天。大人们鬼鬼祟祟的行为，表面上看根本不像筹备一场批斗会，倒像准备葬礼。这个葬礼专门给“大洋马”预备的。

“葬礼”开场地点安排在玉清池澡堂子大门前，那里早有人搭好的台子，整个永红大街揪出来的牛鬼蛇神，挨个揪到那儿批斗。八月份最火爆的时候，天天排不上个儿，也不知宁姨怎么一下子鼓捣出那么多阶级敌人。一些“阶级敌人”面子薄，经不住这么折腾，挨完斗后，转头就跳了海河。我常同来宝到海河游泳，游完泳打二十六中学门口上岸，总瞧见那儿摞着死尸。来宝胆大，揭开盖死尸的席子瞎瞧。有一天瞧着个熟人，是玉清池对面修表的。人已臃肿变形，脑袋胀得老大，脸是绿色的，爬满了蛆，当时恶心得我“哇哇”大吐，从那天开始我很少同来宝下海河游泳。实在想游泳，就去长征中学里的游泳池游，在那儿碰不着浮尸。

九月初的一个傍晚，七婶挨家挨护通知所有大人小孩集中到玉清池澡堂子前开会。我和奶奶去得晚，奶奶腿脚不灵便，已经两年多没下过楼，我搀扶她一步一蹭地走出胡同，打老远望见玉清池澡堂子跟前灯火通明，台子四周人头攒动，场面格外隆重。“大洋马”站在台中央，戴顶高高的纸帽子，脖子挂块大木牌子，木排子挺沉，坠得她的腰弯很深。她后面摆一溜桌子，七婶、三丫、秃子他妈、招娣齐岔岔坐在那儿，指挥这场畜谋已久的批斗。呼革命口号的声音此起彼伏，震天动地。我感觉身畔的奶奶哆嗦起来，以为她经不起夜风，就问她：“奶奶，你着凉啦?”她不吭声，嘴张得很大，舌头耷拉老长，连哈喇子都淌出来。我吓坏了，要哭。奶奶暗中攥我手一下，说：“根儿啊，听奶奶一句话。别昧着良心干坏事，到了遭报应。”

我和奶奶慢吞吞地走着，即将靠近人群时。批斗会陡然发生混乱，不知七婶喊一嗓子什么，台下的人纷纷呼喊着口号，跳上台子，一起涌向“大洋马”。他们挥动火筷子，有的还举着剪刀，疯狂地朝倒地上的“大洋马”连打带戳。七婶双手叉腰冷眼旁观，并不出头干涉混乱的局面，她闺女三丫带头高呼：“打倒历史反革命家属马芬娜！她不投降，就叫她灭亡！”没有人跟随三丫喊叫，慎益里的娘们，只顾着朝“大洋马”尽情发泄她们的嫉恨。后来，我一直在想，她们为什么如此仇恨“大洋马”，好像不置她于死地，就不肯罢休呢？可我怎么也想不通，如同我为什么憎恨七婶她们一样，人类相互仇恨有时说不清道不明的。

殴打持续一刻多钟，革命群众仍无罢手的意思。七婶开口说话了，她扒拉着拥挤到一团的娘们儿，说：“行啦，大伙歇歇手，解了恨就算完，别弄出人命……”

人们才依依不舍地四散开，跳下台子。“大洋马”倒在台上，无声无息，仿佛死了一般。她的头被打得鼓出好几个包，衣裳被撕扯得褴褛不堪，身上星星点点有许多伤口，受伤处浸出血渍与泥土混杂一块儿，显得血肉模糊。七婶等一会儿，不见“大洋马”动弹，怯怯地凑过去，拿脚踢踢她。突然，“大洋马”嚎叫一声，电击一般蹿起来，满台子乱转，一边转一边又哭又笑的。哭够了，笑够了，她跳下台子，嘴里嘟囔着任何人听不懂的话，沿永红大街飞奔，很快便没了踪影。

所有的人全傻呆住，四周寂静一片。七婶怔忡半天，一屁股跌坐地上，茫然地嘀咕道："她，她疯啦……！"

不知为什么，我放开奶奶的手，远远地朝面面相觑的人群破口大骂："我×你们的祖奶奶！"

3

七婶的担忧终于应验，马芬娜疯了。

我记不得哪天黄昏，大约在批斗"大洋马"后不久。大杂院的女人们守着过道的炉子做饭，爷们儿们聚在天桥玩牌聊天。谁也没有注意"大洋马"扭扭走出她家，站门口横扫一眼芸芸众生，眼神空茫而恬然。她的装束完全是典型的红卫兵小将的打扮，崭新的绿军帽、绿军装，腰扎武装带，胳臂套个红箍儿。但红箍儿上一个字也没有，实际就是块红布。大概见无人注意她，她就扬起左手的洗脸盆，右手挥起火筷子，“咣咣咣咣”地敲打起来。

骤然响起的敲打声，惊动大杂院所有的人，他们不约而同将目光集中在“大洋马”身上，顿时，惊骇不已。“咣咣咣——”“大洋马”又敲几声后，开始半吟半唱起数来宝——

革命同志请听着，

听我把胡同里的怪事说一说，

战斗里庙小妖风大，

水池虽浅王八多。

“大洋马”念念有辞重复好几遍，然后举起火筷子一指二楼正做饭的秃子他妈说：“刘玉凤是旧社会的臭窑姐儿，”后一指天桥上下棋的秃子他爸：“叶俊富是窑子里的‘大茶壶’。革命同志们振奋精神，揪出这对牛鬼蛇神！”念完数来宝，“大洋马”拧身进了屋。

大杂院一切陷入了沉寂。令人窒息的沉寂一直持续到夜色降临。

晚上八点多钟，七婶率领革命群众涌进秃子他们家，连扯带拽，把秃子他妈他爸，还有他姐姐，揪到玉清池澡堂子前的台子上批斗。批斗会依照先前的模式，挂牌子、铰阴阳头，穿装裹，最后游街，折腾到后半夜才散。开批斗会时，我跟发面饽饽、来宝站一块儿，来宝正儿八经地说："秃子他爸他妈都是牛鬼蛇神，他还能当我们造反团的头头儿吗？不行，坚决不行！明天把这狗崽子撤了，我当。"发面饽饽举双手赞成："对对，撤他。来宝你当头头儿了，可以让我加入造反团了吧？"来宝说："没问题，明天我把秃子的红箍儿撸下来给你戴上。"

我没心情答理他俩，光琢磨"窑姐"和"茶壶"的含义。批斗会刚开一半，我就弄明白了："窑姐"就是旧社会的妓女，"茶壶"就是妓院里服务员。原来秃子他爸他妈是干那个的，真没皮没脸，恶心死我了。平时秃子多么恶，在学校逮谁欺负谁，经常在上学途中，堵着同学张手要钱，谁不给，得吃他一顿老拳。同学们差不多全遭受过他的勒索，谁都不敢吱声，也不敢告老师。怕他打击报复。凭秃子做人的准则，他肯定会这么干的。哼，他也有今天！真实大快人心！

夜里刚睡下，朦胧中听见二楼秃子他家乱遭遭的，其中夹杂着哭喊和尖叫。我一惊，光穿件裤衩跑到外面。秃子他家门前围了许多人，秃子他妈在哭，使劲拽秃子姐姐招娣。招娣披头散发，冲着大伙喊："我们家有电台，是敌特的电台，叶俊富他天天给台湾的国民党反动派发电报……"招娣一定是疯了，他们家那么穷，怎么可能有电台。再说，秃子他爸光会打"大跃进"，下象棋还处在臭棋篓子阶段，光输，那样的臭手怎么可能会发报呢？偏偏七婶信以为真，领人进秃子家乱翻一通，找出一台旧电匣子，根本没找到什么电台。闹腾至天亮，秃子一家才算安定下来。从那儿开始，招娣真疯了，隔三差五地撒疯，一辈子没搞上对象。前些年，我在马路上遇到过她，依旧疯癫颠的，拽住我说："根儿，你知道吗，我爸是双重间谍，给美帝人干，也给苏修干。前些日子去联合国了……"实际上秃子他爸刚死。

第二天,"捍卫毛泽东思想——代代红小学造反团"队员们在淮海电影院门口集合,临时召集紧急会议,商讨罢免秃子领导权的事情。二十几个队员到齐,唯独不见秃子出现。烈日照得大家头昏眼花,脑门光冒汗。发面饽饽挨紧我嘀咕着:"根儿,你说他们能同意我参加你们的组织吗?要不我花钱请客,请大伙吃冰棍儿。"我腻歪他这套臭巴结狗子的行径,厌烦地说:"我们造反团不兴巴结,关键看革命表现。你老老实实等着吧。"苦苦等了一个钟头,仍不见秃子的影子。来宝忍耐不住,跳上台阶,大声宣布:"咱们不等那个牛鬼蛇神的狗崽子,他准是被革命洪流吓尿了。我现在宣布:我就是造反团团长。"低下乱七八糟鼓一通掌,发面饽饽暗地里揪他裤腿,来宝忽然想起什么,继续说:"还有一件事宣布,欢迎章瑞琪同学加入造反组织!"大家又乱七八糟鼓一通掌。掌声忽然停止,来宝脸色骤变,蔫不出溜儿地上下了台阶。

我随着大家的目光扭头望去,秃子晃动壮实的身躯出现在街口。他将一件褂子搭在肩头,脚踩一双塑料凉鞋,可能刚刚用自来水冲过脚,凉鞋“啪唧啪唧”带着水音,朝这边靠近。秃子平常骄横跋扈惯了,大家惧怕他,不由自主地纷纷往后退。秃子在很远地方停住脚步,一扬手,红箍儿飞扬起来,轻飘飘落到来宝脚前。秃子叼着烟卷,说:“来宝,你小王八蛋行啊,想顶我。没关系,这个破团长我让你就是呗。反正老子当腻了。”队员们个个不敢出声,尤其来宝的小脸煞白,嘴唇哆嗦着吐不出半个字。

秃子转身往回走,走两步又停住,耷拉眼皮望着地面,喃喃道:“刘玉凤不是我妈,她冒充的。叶俊富不是我爸,我亲爸亲妈是根红苗正的红五类。我现在就去找他们,你们等着我啊。”说完这番话,他疾步走去,很快拐过街口。

“呸——牛鬼蛇神狗崽子,吓唬谁?!”来宝冲着已经空荡荡的大街骂道。

然后,造反团全体队员一同冲秃子消失的街口呐喊顺口溜——

大秃子有病，二秃子瞧，
三秃子买药，四秃子熬，
五秃子买棺材板，六秃子钉个小棺材，
七秃子抬，八秃子埋，
九秃子嗷嗷哭起来，
十秃子问他为嘛哭，
他说咱家死个“秃葫芦”。
“噢——噢——”大家又起一通哄，便作鸟兽散。

隐私与尊严

1

疯了的马芬娜成了人人畏惧的动物，只要她跳出屋子，张开嘴咬向谁，谁便坠进万丈深渊，转眼间由革命群众沦为牛鬼蛇神。即便“大洋马”家关门闭户，人们同样担心她的缄默，因为不知道她躲在黝暗屋子里，眨着眼珠琢磨谁。

几天后的一个黄昏，“大洋马”再度露面，依旧那身红卫兵小将装束，依旧用火筷子敲打破脸盆，依旧是那几句开场白——

革命同志请听着

听我把胡同里的怪事说一说，

战斗里庙小妖风大，

水池虽浅王八多。

大杂院家家关门闭户，但所有的耳朵都竖立着，战战兢兢地等候下文。

“大洋马”手中火筷子往来宝他们家一指：“江振东是日本汉奸伪警察，他娘们儿家开水铺。革命群众振奋精神，揪出这对牛鬼蛇神呀！”念叨完，她一扭屁股进了屋。七婶似乎得到最新指示，不由分说，立即纠集一群革命群众，把来宝他妈他爸拉出去斗了一通。

来宝的命运可想而知，没干上一礼拜的造反团的头头儿，就让手下的兵轰下台。大伙似乎仍不解气，一拥而上，掀翻了来宝，一顿拳打脚踢，边打边怒吼着：“打倒伪警察的狗崽子！”“揍扁你叛徒这甫志高！”不知来宝同《红岩》里的甫志高有何关系？反正都属于遭恨的人。末了，大伙打累了，才歇手。来宝从地上爬起来，掸掸身上的灰土，啐口血沫子，冲大伙说：“呸！你们盯我点儿的。哼，你们高兴得早一点儿，还不知你们的爹妈是什么东西变的哪！”说完，拐着伤腿，扬长而去。

他甩下的这句话，令在场的我们统统吓出一身白毛汗。在此之前，父母在孩子心目中像神仙一样地圣洁，像皇帝一样地一言九鼎。可是，“大洋马”打破了这种崇拜，像红卫兵小将砸庙里的泥胎一样，父母的形象一下子坍塌了。“大洋马”相继戳穿了秃子、来宝爹娘龌龊的过去，同我般般大的孩子情不自禁地怀疑起他们的爸妈，是不是他们的长辈也同样有过不纯洁的过去，干过见不得人的勾当？大杂院的孩子们开始忧心忡忡，生怕“大洋马”哪天敲着破脸盆，念叨出他们爸妈的名字。

唯独发面饽饽显得轻松自得，他嘬根小豆冰棍儿，跟我咬耳朵说：“根儿，叫他们嘀咕去吧。就你我没问题，大洋马咬不着咱俩。因为我爸爸嘎屁了，你是石头缝里蹦出来的。”我讨厌他说我没爹没娘，赌气地说：“终有一天我会找到亲生父母，他们肯定是红五类。”发面饽饽见我恼了，赶紧哄我：“根儿，你要是真能找着你红五类的亲爹亲妈，我推选你当造反团的头头儿。”我咧他一眼说：“谁稀罕哪，依我瞧谁当头儿谁倒霉。秃子和来宝不全完蛋啦？”发面饽饽死乞白赖地劝我当：“根儿，我请你当。你当上正的，就委任我当副的。看谁敢再惹我?”

伙伴们的担忧不无道理,在很短时间内,“大洋马”频繁出击,不知疲惫地敲打她的破脸盆,不厌其烦地念叨同样的数来宝。她今儿个揭发××是恶霸把头,明儿揭发××是窑主,后儿又揭发××是干过汉奸皇协军。而且她说得根有据,事实确凿。于是那些被揭发出来的大人们毫无怨言,一个接一个老老实实地轮着挨斗,他们的孩子难逃厄运,随之成为狗崽子,垂头丧气地退出我们造反组织。最后,造反团只剩下包括我和发面饽饽在内的五六个队员。发面饽饽还觉着傻不错,天天戴着红箍儿,挺胸腆肚地在马路上逛。我对他说:“快把那破箍儿摘下来,才五六个人还叫造反团,连个造反班也不算,要不要脸哪。”发面饽饽理直气壮地说:“你不懂,人越少越好,证明我们最革命。”

说话的时候,发面饽饽和我站立在海河桥梁上。我穿条红色游泳裤衩练跳水,发面饽饽在一旁帮我守着衣裳。他怕水。过午阳光的照耀下,河水反射着片片刺目的波光，风是潮湿的，带一股腥味。我先跳两个“冰棒式”，又跳几个“燕式”，发面饽饽瞧傻了眼，一个劲儿地给我鼓掌。后来我感觉有些烦，坐回发面饽饽身旁，说起那些话。大概为印证自己说话算数，我从衣裳堆里扒拉出白衬衣，撸下红箍儿，扬手扔进河中。发面饽饽吓一跳，他替我担忧道：“你，你，你敢扔造反组织的袖章，你会被打成反革命的。”我无动于衷：“反革命就反革命，反正我坚决退出组织。”红箍儿随着河水往远处飘，发面饽饽急得手足无措，他不会游泳，不敢往下跳，趴在桥梁边，朝河里的红箍儿大声喊叫：“你快回来，你他妈的快回来呀。”红箍儿斗气般地越飘越远。那一刻，发面饽饽好像丧失了理智，他紧盯着沉浮不定的红箍儿，像逮蛐蛐那样扑下去，整个身躯如同破麻袋一样坠入河中。我顿时吓慌了神，拼命喊发面饽饽名字。他顾不上应声，奋力挣扎，两胳臂上下拍打，溅起老高的水花。隔一会儿，发面饽饽开始朝下沉，光露出脑瓜顶。

虽说我会游泳，可不会救人，再耽误会儿，要出人命啦！急得我没法，沿着海河岸边奔跑边大呼："救人呀！有人落水啦！救命呀！"听到我的呼救，一艘救生艇驶过来。艇上有个大人飞身跃进河中，急速向发面饽饽游近，靠近发面饽饽时，大人拽住他夹在腋下，然后划着水，游到岸边，一用力将发面饽饽推上岸。发面饽饽灌了一肚子水，上岸后"哇哇"大吐，边吐边委屈地哭，全为了你，我差点见不着我妈了……我瞧见他手中紧攥着我扔进海河的那个红箍儿，心里说不出什么滋味。为了这个红箍儿，差点儿要了发面饽饽的命，我接过来，珍惜地套上右臂。待到天暗下来时，发面饽饽吐光胃里的存食，哭干了眼泪，感觉好了许多，我背着他往家走。路上，他悄悄告诫我："回去别说我掉河里，我妈心眼儿窄，往后准不叫我跟你玩啦。"我连忙答应着："不说，打死我也不说。"

2

就在我背着发面饽饽穿过和平路，朝战斗里的方向走的工夫，发面饽饽他妈泪眼婆娑地拿根麻绳举目四顾。

那天早上，“大洋马”堵家门口不停地骂：“刘秀梅别装蒜，你爷们儿是大坏蛋，刘秀梅搞瞎扒，锅里吃来锅里拉……”一句句刀子一样戳得她体无完肤。掩藏心底十几年的疮疤，被那疯了的女人残酷地撕开，发面饽饽妈像被谁扒光衣裳，站在人来车往的马路上——她觉着没脸再活下去。

正如“大洋马”所说的那样，发面饽饽的爸爸是个大坏蛋。二十啷当岁那阵儿，肩挂支盒子炮，天天从村头逛到村西，瞧见谁家的姑娘漂亮，那么有点姿色的好娘妇女，他一个都不放过。发面饽饽妈就是让他糟蹋后娶进家的，那年发面饽饽妈 16 岁，发面饽饽爸

30岁，村里的女人再剩下的他也瞧不上眼了，便收心成了家。结婚第二年，他只身离开村子，去了很远的地方。

刚解放那阵，发面饽饽他爸回到村子，把发面饽饽他妈接到天津。对于这些年他在外面干过什么，发面饽饽爸讳莫如深，有时跟发面饽饽他妈过完夫妻生活，情绪亢奋时，顺口说过，他在国民党军队混过，又起义到解放军。进城之后留在地方，当上鸟市大街三轮社的副主任。发面饽饽他爸属于狗改不了吃屎的那路人，见女人就想占便宜，时不时弄出点偷鸡摸狗的事，叫发面饽饽妈急不得气不得。五十年代运动不断，赶上运动，发面饽饽他爸就打蔫儿，整天嘟囔着他要挨整。好在他命大造化大，躲过好多次挨整的机会。1960年秋天，饥饿击垮了发面饽饽他爸，他饿得只剩皮包骨，水肿的肚子天天在膨胀。发面饽饽他爸感觉大限临头，一连好多日子神情沮丧。有一天，他对发面饽饽他妈说：我总算嘬到头儿啦，逃不过这关。瑞琪他妈，孩子小，你受累养他吧，我先走一步了。说这话的夜里，他“哗啦啦”尿了一宿的尿，撒腿归西了。

“大洋马”念念有辞地重复几遍，转身回屋，“砰”地摔上门，大杂院一片耐人寻味的沉静。发面饽饽妈“呜呜”地失声痛哭。“大洋马”嘴毒哇，骂人不吐核儿。她骂发面饽饽妈“锅里吃锅里拉”是最恶毒的骂人话，含沙射影地挑明发面饽饽妈跟她一奶同胞兄弟搞不正当男女关系。五年前一桩见不得人的事，掩藏许久，却冷不丁被人抖落出来，发面饽饽妈实在撑不住了。她终于找到安置麻绳的地方，扬手把绳子绕过房梁，垂下的一头做个套儿，结上死扣，又坐回炕沿发呆。其实她不想死，留下儿子一个人怎么活呀！

发面饽饽他爸死后，发面饽饽他妈没工作，属于家庭妇女，孤儿寡母的不容易。她靠街道救济和为服装厂缝扣子、锁眼，将发面饽饽拉扯大。1961年“度荒”可难为死了发面饽饽母子。眼瞧着六七岁的儿子饿得浮肿，她一跺脚去了趟老家，扛回半袋棒子面。打那儿之后，每逢快要断炊，总有个四十多岁的农村人送粮食来。那男人呆头呆脑的，逢人不懂得说话，扛一袋子粮食溜进发面饽饽家，发面饽饽他妈就塞儿子几分钱，哄他出去玩，随后拉上窗户帘。七婶跟发面饽饽他妈是同村闺女，知道她家底细，那男人就是发面饽饽他妈的叔伯哥哥，因为呆傻，一直娶不着媳妇。发面饽饽妈的叔伯哥哥来来去去有两年，“度荒”过后，城里的日子宽松起来，那男人就没再露面。慎益里胡同的男女老少懂规矩，懂得打人不打脸，骂人不揭短。从不点破发面饽饽妈的这段往事。可“大洋马”不懂，何况她疯了，疯子什么话都有权利说都有权利讲。

发面饽饽妈哭干了眼泪，哭没了气力，陡然想到过不了多长时间，七婶将要率领一帮街坊拉她出去斗，再把她的丑事张扬得满鸟市大街无人不知、无人不晓。到那时生不如死。嗨，早晚都得死，早死早托生。发面饽饽妈决心一下，便蹬上凳子，脑袋伸入绳套中，脚一踹，凳子倒了，人悬半空中……

我把发面饽饽从背上撂下来，装作若无其事的样子走进大杂院，发面饽饽猛然发现他家门口围簇许多人，其中有他的舅舅和老姨，他惊叫一声："哎哟，我们家出事啦！"遂之，抛下我，箭步如飞地奔上三楼。我在后面紧追不舍，等我挤进人群，瞧见发面饽饽他妈平躺床板上，从头到脚盖条白布单子。发面饽饽爬他妈身上嚎啕大哭，他舅舅、老姨在一旁哭着劝。我看半天看不出个究竟，便抽身回家了。

大半夜，有人敲我家门。我拉开门一瞧，吓我一跳。发面饽饽穿着孝服，戴着孝帽子站门口，手里攥着大半块砖。我问他："你怎么啦？脸色这么差？"

他说："我要把'大洋马'她家的门玻璃、窗户玻璃全砸了。"

我有些不相信，发面饽饽胆子那么小，敢做出这么勇敢的事来？

发面饽饽解释说："我给我妈妈报仇！根儿，明天一早送我妈妈走，送走我妈妈我就跟我舅舅回他家，往后不能跟你一块儿玩。你想我吗？"

我说："想！"他听完我的话，一扭头，勇往直前地奔向"大洋马"家而去。随即，一阵"噼里啪啦"玻璃粉碎的声响,夹杂着发面饽饽愤怒的咒骂。

第二天,“大洋马”的屋子糊满报纸,房门和窗户捂得严严实实,不透一丁点气。“大洋马”闷在黑暗的屋子里再也不露头,再也不出来骂街,一直到她彻底离开慎益里胡同。发面饽饽一顿砖头治好了她的疯病,大杂院恢复了久违的平静。

七婶功德圆满,她借助“大洋妈”的揭发,相继揪出不少的牛鬼蛇神,革命功绩盖过宁姨,理所当然地升为居委会的“二把手”。人的欲望没有止境,七婶不甘居人后,尤其不肯受宁姨的领导。她一心想着踢走宁姨,登上正主任的位置——那才是她梦寐以求的目标。

1966 年秋天即将来临的时候,七婶向最后的目标发起冲击。

3

发面饽饽走了,跟着他驼背的舅舅。

垂头丧气地走出胡同口，发面饽饽忽然驻足，回头朝马路对面的“革命楼”凝望，细小的眼睛暴露出急切的渴望。我猜他期待宁慧心突然出现，与他依依话别。可“革命楼”深邃的门洞静默如初，发面饽饽的目光黯淡下来。他舅舅扶着半新的“飞鸽”自行车把，头也不回地催促他：“瑞琪，快上车呀！”发面饽饽很无奈地坐上自行车后依架，他舅舅蹬起车，自行车晃悠几下，便急速驶起来。这时，发面饽饽才想到跟我道别，挥了挥他的小胖手，脸庞无一丝笑容。

我坐在煤厂外边的空煤球筐上，替代发面饽饽朝“革命楼”凝望，心里挺烦闷的。一辆拉煤的马车停在不远处，赶马车的不知跑哪儿去了，马呆着无聊，就撒尿拉屎，腥臊的尿水味被风吹送过来。我觉着自己很孤独，好像生活一下子被谁掏空了。小伙伴们一个个离我而去，谁还陪我玩呢？

正午的太阳高悬中天，像一个大火球。宁慧心拎着菜篮子走出门洞，我唤她一声，跃起身跑过去。她有些茫然地望着我。我说：“发面饽饽走了。”她微微一颔首，表示她早已知道。两人陷入沉默，至少我看得出来她不想说什么，但也不急于走开。

我问她："你去买菜呀?"她点点头。这时，我发觉她眉宇凝聚着忧郁。"秃子找他亲爸妈，来宝成了伪警察的狗崽子，现在发面饽饽又往他舅舅家住，没有人跟我玩啦，我能去你家借书看吗?"她摇摇头，然后开口说："我也要走了，带着我妈妈去找我爸爸。"

当时我的脸色一定很难看，宁慧心吃惊地看着我，眉梢微蹙。

"你真有爸爸吗，我从来以为你瞎说哪！"我很大声地问道。确实，在我的印象中她爸爸不过是压在玻璃板底下的一张照片。

宁慧心拿出个钱夹，从钱夹的透明塑料片里掏出张照片，伸直胳臂递给我。照片旧得有些发黄，一位年岁很大的军人占满画面，胸前挂很多奖章。我看看照片上的军人，又瞧瞧宁慧心，半信半疑地问："你爸爸?"她又点头，管我要回照片，小心翼翼地藏进钱夹。

"你爸爸住哪儿?"

“听我妈说在北京。”

“他为什么不跟你们住一块儿?”

宁慧心不回答。我想她不回答一定有原因。

我俩暴露在灼热的阳光下,可我并不感觉晒得慌。只是暗中思忖:为什么人人都有爸妈,而偏偏我一个没有呢?

我的默不作声引起宁慧心的怀疑,她不禁探问道:“我长得不像我爸爸吗?”我实话实说:“不像。”她伤心起来,眼窝浮出一层泪翳:“我也说不像,可妈妈偏说他是我爸爸。我从未见过这个人啊!”

“那你就不去认他。你瞧我,没爸没妈多好。秃子、来宝,还有发面饽饽都有爸爸妈妈,他们的爸妈都是坏人。”

宁慧心将脸扭向一边,似乎眺望远处什么东西,其实她在排遣心中的疑惑。

“我不能不去找我这个爸爸。我妈她……”宁慧心欲言又止。

“你妈妈怎么啦?”

“她得了一种怪病，天天夜里做噩梦，一做噩梦就大喊大叫，吓得我不敢睡觉。这些日子白天也闹，总嚷屋子的犄角旮旯藏着人。一会儿指东一会儿指西，叫我揪他们出来。我害怕极了。我怕这样下去，妈妈会死的。”

我听着，汗毛都竖起来：“坏啦，你妈妈那是被鬼缠住了。我听秃子讲过鬼故事，经常是这样的。人一旦被鬼缠住，白天能瞧见屋子里有鬼。好人是瞧不见的。”

宁慧心浑身颤抖起来，她说：“你别吓唬我，这是迷信。我妈妈指藏在我家的犄角旮旯人，都活着呢，都是那些被我妈妈打倒的牛鬼蛇神。有时还喊叫你们战斗里七婶的名字。我没有办法，只能带她找我爸爸，离开这儿，她的病兴许能好。”

我无法劝说宁慧心回心转意，别提心中多别扭。

“我该去排队买菜，给妈妈做饭吃。”说罢，她转身朝菜店那边走。

“宁慧心——”我情不自禁喊她一声。她扭脸望定我，似乎询问我有什么事？我想起发面饽饽临别时问我的话，我又问宁慧心："你去北京之后，会想我吗？"她一怔，低头思考良久，然后重重点下头。

我终生无法忘怀她那一次别离的点头。时间匆匆逝去三十年，此刻她也许在北京，也许依旧居住在和我同样的城市里，但是，命运再也没有给我机会与她相逢。在长达三十年的无数次梦境中，她姗姗走来，依稀是过去的模样：穿着白衬衣，绿裙子，胸前挂一串钥匙，胳臂挽着菜篮子，朝我深情地一点头。唤她，她不应，随后又姗姗离去……

晌午竟觉不出饿，我仍然呆坐胡同口煤筐上，朝寂寥的马路出神。来宝从身后钻出来，对我说：根儿，你奶奶叫你吃饭哪。自从知道来宝他爸是伪警察，我腻歪答理他。来宝也明白这一点，所以碰见我，老远地绕道躲开我。大概奶奶找不着我，才叫他来喊我的。我拍拍屁股粘的煤灰，扭头往胡同里走。来宝在后面追着我，怯生生地问道：下午咱们一块儿去李七庄逮蛐蛐儿吗？李七庄的蛐蛐儿个大、能咬。我睥睨他一眼，讥讽地说："谁跟你去呀，伪警察的狗崽子！"话一出口，来宝脸色昏暗下来，站原地一动不动了。

管他去呢，我连跑带跳地赶回家。奶奶早已把晌午饭做好，用浅子扣上面，怕飞来飞去的苍蝇弄脏饭菜。奶奶依旧那副傻呆模样，虚张着干瘪的嘴，舌头半含半吐，说话含混不清："跟没头苍蝇似的，往哪儿疯去啦？快吃饭吧。"我不想吃饭，摆在面前一个十分重要的问题，需要我思考。我上了炕，爬出后窗户，登上露台。所谓的露台，实际上是一家旅馆的房顶，只有我家的窗户能通过。房顶很平坦，比学校的篮球场还大，四周是一圈女儿墙。泄水沟那儿长出一蓬绿郁葱葱的瓜秧，是我把捡来的瓜子晾晒时，有一颗滑到泄水沟边，借着土和雨水长起来。房顶铺了臭油，上面还有层沙子，太阳哄烤透了房顶，踏上去，烫得脚生疼。好在我预先制造了避暑的凉蓬，也是属于我自己的王国——露台一角立张旧木床，将竹竿架住破凉席，留着一片阴凉。我钻进去，烈日的炎热被挡在外头。

我躲进我的“王国”，准备认真思考一个重要的问题，这个问题很多年来始终困扰着我，但此时此刻，比以往任何时候都迫切。我需要知道我的爸爸妈妈究竟是谁？他们现在哪里？他们过去干过什么？我曾经认为，能够知道这一切的唯有我奶奶，可我一问她，奶奶就犯糊涂，光“嗳嗳”地应着，既不说我有没有爸爸妈妈，更不说我的爸爸妈妈在哪儿？我失望至极，也许奶奶本来真不知道这些。我情不自禁地哭起来，不知道自己爸爸妈妈的人，是很痛苦的，它会令你一生都不安。因为他们曾经做过什么，他们的“出身”是什么？将决定你到底应该归在好人堆里，还是归在坏人堆里。

记得，那天我哭了很久，而结束得十分仓促。突然停止哭泣，是由于我恍然大悟，有一个人肯定知道我的身世，因为她通晓大杂院许多人的过去，自然会知道我的父母。这样，我满怀信心地从窗户爬回屋子，蹑手蹑足地跃过躺床上睡觉的奶奶，溜出家。

我在“大洋马”家门前站了老半天，好像储存勇气。她家的门窗都被报纸糊得严严实实，里面宁谧如谜。心里曾经出现短暂的退缩，很怕这个疯了的女人，会不会把我骂出来，但为了探听爸爸妈妈的底细，我硬着头皮推门闯进去。

里面黑乎乎一片，分辨不清屋子里的任何景物，暗中一股酸臭味呛得我想吐。过了片刻工夫，我的眼睛适应了黑暗，才渐渐看清屋子里只有“大洋马”一个人，她依靠床帮上，身上盖条脏布单。

她对我的闯入，感到惶恐而不解，眼神茫然地盯我老半天。

“大洋马”的家实在太脏太乱了，墙角放张桌子，上面堆满吃剩下的残羹剩饭，喝一半的水碗。显然，酸臭味是从那里散发出来的。水泥地很久没清扫过，烟卷头、碎纸、破袜子，茶叶末扔得到处都是。床更乱，不知谁的衣裳一团团的，有个尿桶放在床头。

“咯咯咯——”，她忽然咳嗽起来，几乎吓我一跳。咳过一阵，又归于沉默。她好像不打算跟我说什么。我一时找不出适当的借口。我们俩就这么僵持着。

她从床单下伸出一只光裸的胳臂，从旁边的烟盒抽出一棵烟卷，手摸索半天，又朝我脚底下指了指。我看到脚边有盒火柴。我拾起来，扔过去。她接到手里，点燃烟卷。我发现她的手颤抖不停。

我鼓了鼓勇气，大声向她问道："你知道我的爸爸妈妈是谁吗？快告诉我他们是干什么的？"

"大洋马"全心全意抽着烟卷，丝毫不关心我的问题。

"院里那么多人的事你全知道，那你一定知道我爸爸妈妈的事。告诉我行吗，求求你啦。"我苦苦地央求她。

"大洋马"依旧无动于衷，拿很怪的目光凝望我。

我快要哭出来了，我带着哭腔说："别人都有爸爸妈妈，为什么我没有。我一定有，别人不知道，就你知道……"

陡然，她笑起来，一种我从未听到过的奇怪的笑声，然后她一撩盖在身上的布单，说："我就是你妈妈……来来，上我这儿来吃个个。”我看到她什么都没穿，赤条条的一身在黑暗中显然很白。尤其那对令我垂涎三尺的乳房，仍像我初次见到那样圆鼓鼓的，仿佛凝固的液体。

她向我招手，连连说道：“过来吧，到我这儿来，我就是你妈妈……”

我像被什么东西强有力地吸引，身不由己地朝床铺靠过去。我感觉血液在燃烧，浑身在肿胀。当我刚刚走到床边，她一把搂住我，把我死死摁在她胸前。我的脸触到那两团软绵绵的乳房，不由自住张嘴嘬住她的乳头，用力吸了一口。一股又涩又咸的东西吸进嘴里。

“吃吧，吃奶吧，我的好宝贝儿……”“大洋马”抚摸我的头，梦呓般念叨着。

我嘤嘤地哭起来，真像偎在亲妈的怀抱里，贪婪地嘬吸着她的乳房，直到嘬得没有了任何滋味。

那个溽热难耐的过午，我仿佛找到了母爱。

14

永逝我爱

雨局促地下着，带着“哗哗”的喧声，斜倾进大杂院，抽打着邻家挡雨苇帘，发出“噼噼啪啪”的响声。密集的雨丝编织成雨幕，一阵风过，雨幕霰碎，乱作飞飘的水雾。幽深的天井仿佛一个巨大的缸，雨落下去，顷刻消失掉踪迹，化作无数个凹处的水坑。这场雨为初秋的天气，凭添几分凉爽。

那已经是三年后的秋天，15 岁的我骑在门槛上胡思乱想，其实主要是思念宁慧心。自从 1966 年仲夏，她悄悄离开“革命楼”之后，我对她的思念一刻也不曾停止过。

昨天，发面饽饽从他舅舅家搬回战斗里。他成熟了许多，过去眼神中的怯懦消匿殆尽，说话的口气坚定而自信。他说他在舅舅家搞了个女孩，比他大五岁。他俩时常在女孩家对过的小厨房相互抚摸，主要是女孩让他摸。他一摸，女孩就欢快地叫唤。女孩几乎是手把手教会他认识女人的。现在女孩“上山下乡”去了黑龙江建设兵团，他感觉舅舅家再没有值得留恋的，又回到大杂院。我问发面饽饽：“你想她吗？”

发面饽饽说："怎么不想，想得我天天睡不着觉。"忽而，他诡秘地对我说："根儿，你懂男女之间为什么会生孩子吗？告诉你，就因为你想她，她也想你，有一天你们在同一时候想到一块儿，她就怀上孩子了。这是那女孩跟我讲的，没错。所以，她要我千万别瞎想她。"

发面饽饽的话，吓得我脊背掠过一阵寒战。我也不应该光想宁慧心了，万一我想她，她想我，她和我想到一块有了小孩，宁慧心该怎么办呢。于是，我决定在这个雨天最后思念一回宁慧心，往后绝不再想她。

秃子比发面饽饽早些时候回到胡同。他也改变不少，逢人便讲他找到了亲生父母。爸爸现在任天津最大的造反组织"大联筹"的头头，组织过轰动天津市的几次著名武斗。我察觉秃子得了妄想症之类的精神病，说话没边没际，言过其实。比如：我们闲着没事，跑去看"过队伍"。像毛主席发表什么最新指示啦，庆祝什么世界革命胜利啦，和平路浩浩荡荡涌过游行队伍，他们高举标语牌，呼喊着革命口号，雄赳赳气昂昂地经过和平路。每个方队前，总有领队的。秃子随手指着那领队的头头儿，说："瞧哇，那个就是我亲爸爸。"后来再遇过队伍，秃子又指另一个陌生的男人说："快瞧，我亲爸爸过来啦。"我们分不清他究竟有几个爸爸，所以根本不信他。

游行队伍分"保皇派"和"造反派"，偶尔不幸遭遇时，两派队伍把游行变为一场血腥的武斗。原来标语牌摘掉三层板的标语，就是钉着大钉子的武器。双方挥舞着武器向敌人勇往直前地冲过去，队伍顷刻间混乱、混乱，只见棍子刀枪此起彼落，人声鼎沸，血光四溅。这时候，秃子总会不顾一切地闯进厮打的人群，帮助他认为是他爸爸的一方，攻击另一方。恶战过后，秃子衣衫破烂、伤痕累累地回到我们中间，喘息不停地吹嘘道："我帮我爸爸揍倒了六个保皇派。"在大杂院，秃子不管战斗里的爸爸妈妈称爸妈，而是直呼其名：什么刘玉风你给我干这个……，叶俊富你给我干那个……

连来宝都瞧不起秃子，他跟我说："根儿，秃子这人最没劲。你爸你妈是什么就是什么，别装孙子不敢承认。我爸爸是伪警察，就是伪警察，我承认一辈子。”这样，秃子在我们乌市一带失去了威信，傻大个儿也敢老远地嘲弄他：“大秃子，爸爸多，没一个是真的……”

轮到说“大洋马”。吃过她的奶像上了瘾，趁她两儿子出去玩时，我溜进她家，尽情享受那属于我的母爱。我安静地依靠在她柔软的怀中，闭上眼睛想些不着边际的事。神智清醒时，“大洋马”真像慈祥的妈妈，一边抚摸我的头，一边吟唱起童谣，偶尔，她不明原因地哭泣，边哭边推我说：“我不是你妈妈。我坏，哪有你妈妈好哇！……”三年时光就这么悄然逝去，1968年夏天即将结束的时候，她家来了两个男人，一个四十来岁，秃顶，瘦得像根麻秆儿。另一个十七八岁，身材壮实，深凹眼，头发是自来卷。后来才知道他们是“大洋马”的前夫和大儿子。大儿子要去内蒙插队，说要带“大洋马”以及两弟弟一起走。“大洋马”被父子俩说动了，决定跟大儿子去内蒙。离别战斗里胡同那天，大杂院的人们全出来观看。秃顶男人和大儿子拎着大包小包头前走，“大洋马”手领二儿子、三儿子磨磨蹭蹭地尾随她的前夫。这使我不禁想起她刚来慎益里胡同时的情景。

就在“大洋马”走后的一个月，掏地沟的男人来找她。隔着报纸封堵的门窗，轻轻唤“大洋马”：“芬娜，芬娜。”喊一阵不见应声，他推门而进，屋子里的现实令他大吃一惊：地上除了搭床铺的砖头之外，空空如也，连片碎纸都没留下。掏地沟男人退出来，径直奔向七婶家。大约过了半个钟头，七婶面色严峻地送掏地沟的男人出来。他站天井中央点着烟卷，想抽，又掐灭，随后迈动沉着的步子消失于胡同外。

1967年，七婶顺理成章地当上街道居民革命委员会主任，这是她梦寐以求的结果。慎益里胡同的人都发现，七婶彻底变了个人，首先她忽然衰老许多，似乎在一夜之间她变老了。胖脸的肉松弛，并且皱纹纵横，走道踉踉跄跄，召唤大伙开会或传达最新指示的嗓门，也不如从前那么洪亮。另一方面的改变是，她变善了，变和蔼了，特别爱做好事。什么好事都做，后来发展到梦游做好事的地步。比如，深夜下大雨，七婶披件衣裳出来，挨家挨户敲门，问人家房子是不是漏雨。这还不算完，七婶拿塑料布，把家家门口盛煤球和劈柴的破筐一一盖严，经常忙到后半夜才回屋躺下。冬天下大雪，胡同和天井落满尺吧厚的积雪。七婶深更半夜爬起来，独自一人将天井、胡同中央扫出条黑色的走道，甚至把马路边的雪也清扫干净。天亮后，人们挨个谢她，七婶一脸茫然，说：我怎么不知道哪。

学校“复课”了，我和秃子、发面饽饽、来宝他们仍然是同学，一下子升为初中生。在那个特殊年代，许多事情常常出乎意料，比如我们不用考试，不凭成绩，一跳跳了两级，从四年级小学生顺利升入初中一年级，天下哪有这等好事！人逢好事，心情愉快，放学回家后一块儿无忧无虑地瞎玩瞎跑，直到胡同有了存车铺。

存车铺里存车的，是个美丽无比的女人，比我见到过的任何女人都美丽，我无法用语言描绘。如果比喻的话，她像西施、貂蝉、杨贵妃、七仙女等我所不曾见到过的美女。她的到来，又搅得战斗里鸡犬不宁。我们这些刚刚长出毛茸茸胡须的小男人，整天围着她转，相互妒忌和争风吃醋。我和发面饽饽、秃子、来宝几个哥们儿之间闹得翻脸成仇。

七婶曾经将原因归咎于大杂院的天井不好。她说：这个缺德带冒烟的天井，阴气重，专门引来狐狸精。

15

"蓝美人"

1

新中学的校名叫“代代红中学”，其实仍然沿用过去的大舞台小学的校舍。如果确有什么不同的话，生源变了，同学不再是鸟市大街附近住的学生，新招收了和平区其他地方的学生，整个学校一千八百多学生不分年级，属于同一届，后来统称为“71届”，即都在1971年初中毕业的学生。其次，当时学校搞军事化，班称做“排”，年级称作“连”，全校以部队的“团级”建制。我隶属三连三排，不是冤家不聚头——“秃子”叶大元、“发面饽饽”章瑞琪，江来宝和我同在一个排。“黄毛”熊国庆分在三连四排，跟我们的教室门对门。

开学头一天，我坐在座位上，发觉自己精神恍惚、浑身不自在，究竟什么原因呢？寻思半天我有所发现：旁边的座位空着，原先属于宁慧心，她不在了，带她妈妈去北京找爸爸了。我感到了从未有过的孤独和失落。

江来宝用一种同情的口吻对我说："你一个人耍单多难受啊。你去跟老师讲讲情，让我坐你旁边吧？咱俩互相帮助。"我不理解他为什么偏要跟我同桌，满腹狐疑地问他："来宝，你怀有不可告人的险恶用心吧？"来宝不禁拿眼乜我："你瞧你，光不往好处琢磨。实话对你讲，我的同桌梁红狐臭，那种臭膈肢窝味呛人，我不躲开她得熏死我。"来宝最能编瞎话，我不信他，便逗他说："梁红臭膈肢窝，你臭脚丫子，谁也甭嫌谁，你们正好一对臭味相投。"来宝眨巴眼睛盯我片刻，末了"扑哧"笑出声："刘根，都说你老实，其实你心眼挺多的。不瞒你，学校正搞'一帮一，一对红'嘛，你学习好，我挨你坐，考试不发愁哇。"我说："现在考试是'开卷'方式，你照着课本抄呗。"来宝露出想要哭出来的倒霉相，说："我底子没打好，连抄都不会。你不愿帮我就算。"我心一软，连忙答应他："我明天上课就去找顾老师。"第二天课间休息，我在学校男厕所找到班主任顾老师，他正蹲坑。我把江来宝想调座位的请求讲了，顾老师不同意，告诉我："你旁边座位空不久，将要来一位女同学，江来宝该坐哪儿还坐哪儿。"随后，我向来宝转述了老师的话，他气狠狠地骂句街，说："新老师对我缺乏无产阶级感情。"

我又要有新同桌了，况且是个女生。天天望着旁边空座，盼着她到来。

一天刚上课，班主任顾老师领着大家"天天读"。

这属于当时的非常流行做法：每天上课前先由同学自编的"颂词"，领着大家一起读，千篇一律的词，什么"四海翻腾云水怒，五洲震荡风雷激。在当前一派大好的革命形势下，我们——无产阶级革命事业的接班人，胸怀祖国，放眼世界，决心沿着毛主席指引的革命路线奋勇前进，为了解放世界上三分之二受苦受难的阶级兄弟，为了早日实现共产主义而奋斗终生……"随后老师领着"天天读"。

那天朗诵"老三篇"。大家齐声高诵《愚公移山》时，外号"白蛋"的男生闯进教室，身后跟随一帮人。上小学时，"白蛋"曾经揪过我小辫子，我嫉恨他一辈子。

“白蛋”直目瞪眼朝我这边走过来，他说话大舌头，问我：“男美人哪?”我不明白他意思，“什么男美人女美人? 我不知道。”“白蛋”穷凶极恶惯了，指住我的鼻子尖，说：“男美人就是男美人，你小子不讲实话，老子废了你!”我怂了，不敢吱声。

顾老师奔下讲台走到我们中间，厉声斥问“白脸”：“你们是哪个连的? 到我们排捣什么乱?”“白蛋”翘起大拇哥指着自己的鼻子，说：“我找人。不许吗?”顾老师气得脸色煞白：“当然不许。你们找人，下课放学再找，上课闯教室破坏课堂纪律。你们是哪个连的，我告你们连长去。”“白蛋”胆怯了，不理睬顾老师，冲我说：“男美人哪天上课，你小子告诉她，‘南市白蛋’要会会她。记着，我在六连四排。”说完，他大模大样率那群人离开教室。顾老师用力摔上教室门，赌气地嘟哝道：“简直无组织无纪律。”

这时，教室里已乱成一锅粥，同学们围簇我四周，纷纷询问我未来的同桌为何叫“男美人”，究竟是男的还是女的? 他或她怎么招惹了代代红中学最凶最出名的流氓学生"白蛋"？我难以招架他们的提问，因为我对"男美人"一无所知。顾老师使劲拿板擦敲击讲台桌，叫喊道："还上课不上课？你们把组织纪律性都忘脑后了？快回到座位去，跟我继续学习'老三篇'。"大家有些扫兴地返回各自座位，这时下课铃响起来。

我、秃子、来宝、发面饽饽并排站在厕所尿池子前撒尿，话题依然离不开"男美人"。来宝说："刘根，顾老师分配给你的同桌是个'二尾子'吧？听那怪名字——'男美人'，不男不女，妖里妖气。"发面饽饽有些幸灾乐祸："幸亏不和我坐同位，娘们儿似的男的恶心死人。"秃子摆出一副深沉的模样，系着裤腰带，边对我们说："你们听差了，白蛋的大舌头讲不好中国话，不是'男美人'，是'蓝美人'。操，白蛋把'蓝'说成'男'。差壶啦。"发面饽饽自作聪明，凑近秃子咬耳朵："依我看'蓝美人'是起的外号。"秃子一把搡开他，"废话，傻子都明白，那像中国人的名字吗？去，滚一边去。"

上厕所的学生很多，放弃了蹲坑撒尿，围着秃子问这问他。

"'蓝美人'学名叫什么?"

"她住哪个区?"

"人长得顺眼吗?"

"'白蛋'干嘛专门找寻她?"

秃子摆摆手，讳莫如深地说："打住！别套我的话。你们问的这些我全知道个底调，但我不能说。"

大家异口同声："为什么?!"

"不为什么，就为不给我自己招祸。"秃子言罢，晃荡大秃脑袋挤出臭气熏天的男厕所。

约莫过了三四天，外号"蓝美人"的女生出现生在教室里，打扮另类，右胳膊架着单拐。全班鸦雀无声。

她高挑个头，有1.7米左右，皮肤黝黑，梳俩短发辫，格外扎眼的是她的一身国防绿色的四口袋军服，裤线笔直，簇新的黑色松紧口布鞋。瓜子脸，丹凤眼，眸子如朗星，嘴角骄傲地翘着。浑身上下散发一种令人敬畏又令人着迷的东西。时隔许多年后，我才明白那东西叫"气质"。

顾老师向同学们介绍：“欢迎新同学燕英姿加入我们班集体，希望大家加强团结，互相关心，互相帮助。”

“蓝美人”燕英姿架着拐，拎起书包朝我旁边走来，顾老师打算扶她，她拒绝说：“老师，不用。我自己行。”她一蹦一跳地来到座位旁，把书包放书桌上，书包不知放了什么东西，沉甸甸的。然后她空出一只手伸向我，说：“你好！”纯真的京腔，使我不由得想起宁慧心。

慌乱中，我不懂怎么回应她这种礼节，就愣在那儿。全班同学一阵哄笑，秃子带头吼叫：“乜笃喽，刘根，傻×了喽，刘根……”

2

她坐我身畔，我既尴尬又别扭，心里忐忑不安。同她搭讪吧，怕同学起哄，不跟她说话吧，“白蛋”交代我的事怎么完成?“白蛋”惹不起,他揍人跟家常便饭似的。燕英姿大概感觉我坐卧不宁的样子,悄悄问:“你紧张?”我支吾着:“不,不紧张。”她莞尔一笑:“你叫刘根?”我回答:“是,小名根儿。”她又一次伸过手,从书箱下面伸过来:“刘根同学,往后多帮助我。”我不再躲避,握住她的手,温热又柔软,却很有力。

“叮铃铃——”下课铃清脆响起,我起身欲追随秃子他们去操场玩。燕英姿唤住我:“刘根同学,你等等我。”我等她做什么? 她说:“我行动不方便,你搀我上厕所。”天大的笑话,哪见过男同学搀女同学去女厕所? 我脸臊得发烧,吭哧半天,才说:“我不能进女厕所。”她笑得很响:“谁让你进女厕所啦? 刘根同学,你听明白,我请你扶我走到厕所门口,我进去,你等着。然后搀扶我回教室。这有什么不对吗? 同学之间谁有困难就应该主动帮助他,体现集体主义精神。”我心想,你说的比唱的好听。我搀你去女厕所,同学还不拿我当笑料。我推脱说:“你找女同学陪你吧。”不料,燕英姿发火了,道:“嘿,你这孩子不守信用! 上课时你答应帮助我，男子汉说话不算数。再说，全班我光认识你一个人，就你啦。”说着话，她撑起单拐，拽着我胳膊，催促道：“快走，我坚持不住了。”

在教室一帮女同学灼热的目光下，我搀扶燕英姿一步一挪地向女厕所磨蹭。慢慢穿过楼道，一个台阶一个台阶地上至二楼。在女厕所门口，她叮嘱我：“不许离开，就一会儿。”燕英姿进去了，我在外边等。心中暗骂自己：“傻蛋、窝囊废，你干吗答应帮她，又干吗不敢拒绝她哪？你丢脸丢到家了！”

我搀扶上过厕所的燕英姿拐至楼梯口，打老远望见秃子、发面饽饽和几个男同学守教室门口，他们坏模坏样地盯住我。猛然我产生一个缺德的想法：倘若此时“白蛋”闯过来，纠缠住燕英姿，那么我便顺利逃脱一场羞辱。我左盼右顾，大救星白蛋并没出现。我小小的愿望不幸落空，松开手，对燕英姿说，你自己进去吧。尽管我的话音细如蚊鸣，她听清了，反而抓紧我胳膊，几乎踉踉跄跄地被她硬扯入教室。背后传来秃子带头起哄声：“噢——刘根偷看女厕所呦！”我羞愧难当，恨不得脑袋扎进裤裆里。

噩梦就此开始，我成了全排的公敌，不仅男同学拿我当笑柄，女生也以怪异的目光瞥我，并且窃窃私语。好像我真进了女厕所，偷窥了她们的某些秘密。最后一堂课行将结束时，顾老师出乎意料地当众表扬我，多少为我的善举做了证明，为我挽回点面子。顾老师的表扬词是："刘根同学乐于助人，他在课余时间帮助右腿扭伤的燕英姿同学上厕所，说明他作为革命接班人的觉悟……"顾老师仅讲了大半截，教室门被鲁莽地踹开，"白蛋"倚靠门框歪斜着眼朝里边逡巡。坏人都这样，当他该出现时不出现，不该他露面的时候，他却不合时宜地现身。可恨他冲断了顾老师对我的赞扬。

顾老师很愤怒，冲到教室门口，拽住"白蛋"的脖领子，斥责道："我知道你，六连四排的杨东明(原来"白蛋"叫杨东明)，又来捣乱哈？走，我带你找你们连的宫连长。好好教育教育你。"所谓"宫连长"就像如今的中学年级组长，管一个年级，顾老师也是我们年级的连长。其实白蛋怕他们连长，嘴却强硬："顾连长，你少碰我啊。我不捣乱，我找人。"顾老师明知他瞎话，往教室里一指："你找谁？"白蛋目光集中在燕英姿身上，说："就她，男（蓝）美人。"顾老师冷笑："哼，你这样的捣蛋学生我见多了。连人名都蒙不对，还说找人。"他转脸问燕英姿："燕英姿同学，你认识他吗？"坐我身旁的燕英姿微微一摇头。

顾老师厌烦继续同"白蛋"纠缠，冲江宝来招手："你立刻上三楼请宫连长下来，说我找他。杨东明同学，我不信治不了你。""白蛋"显然更怕宫连长治他，抽身欲逃。他慌里慌张消失的那刻，没忘对燕英姿喊了一句："男（蓝）美人，放学后操场上见。"

燕英姿神态自若，好像刚才发生的事与她无关。但是我如坐针毡，因为"白蛋"嘱咐过我，要我通知燕英姿，他要会会她。"会会"是一种双关语，语义为"见面"、"谈谈"、或者"挑逗""打架"的混合体。燕英姿这人真灵，察觉我心里有事，用朗星般的眼睛瞟我，问道："你大概有话对我讲吧？心跳的声音我都听见了。” 我迟疑，不敢抬眼瞧她。她催促我：“快放学了，有事赶紧说。”我的嘴变得笨拙起来，说话前言不搭后语：“前天，也不是前天，是那天。‘白蛋’，哦，就是杨东明，刚才闯教室的坏学生。他，他让我告诉你。其实你不认识他，我不明白他为什么要告诉你，说他想会会你。‘白蛋’可能认错人了，可他厉害，在代代红中学属他最厉害，逮谁欺负谁，欺负男生，也欺负女生。上小学那会儿，‘白蛋’半道截我，管我要五分钱。我不给，他抡起拳头捣我的眼，把我眼睛封了。告老师没用，老师也怵他……”

燕英姿很认真地听着。我感觉她的呼吸急促起来。

我接着劝她：“你别搭理白蛋，他要你放学后在操场见面，你千万别去。他手黑，打人往死里打。我亲眼见过他把五连的一个男学生的脑袋开了，用砖头开的，缝了十好几针；我还见过他揪住一个女同学的头发，用拳头照脸打，鼻子直流血。你说他多混蛋！咱俩是同桌，我不能眼瞧你挨‘白蛋’欺负。”

燕英姿莫名地笑着。我猜不透她的心思，就问："你怕不怕？"

她不置可否。

我追问："燕英姿同学，你说心里话，究竟怕不怕？"

她的嘴角骄傲地翘起来，说："当然我不乐意被人打。"

"那对了。你放学后赶紧回家，千万千万别去操场。'白蛋'带一帮人等你哪。"

燕英姿"哧哧"地笑，她对我说："刘根同学，因为我俩是同桌，我劝你放学后赶紧回家，不要去操场。"

我不解："我去操场干什么？"

"我担心你去操场瞧热闹，溅一身血。"

我恍然大悟她在讥笑我，同时我猜出她抱定决心去操场会会白蛋。聪明的人往往都倔，都自以为是小瞧人。我很失望，我的好心当成驴肝肺。

沉默。

片刻，燕英姿忽然凑近我，我闻到她脸蛋的雪花膏香味。她问:“这孩子,你不高兴啦?”

我确实不高兴。但我却说,“你腿瘸,怎么走到操场。”

她的眼神透出一股坚毅:“爬着我也要爬到操场。”

“我搀着你去!”连我都吃惊,为何脱口讲出这句话。

“你不怕挨揍?”她不是试探,是嘲弄。我不傻,听出弦外之音。

我说:“‘白蛋’他们想会会你,不揍我。”

“他们真揍你呢?”

她将我逼到墙角。我说:“挨揍就挨揍呗。我答应搀你去就搀你去,男子汉说话算数不后悔。”

燕英姿笑吟吟握住我的手,说:“这孩子够义气,行,往后我认你做哥们儿!”

话音刚落,下课铃“叮铃铃”响起。

3

男子汉不是好充的。我陪燕英姿向操场走去的时候，那没出息的样子简直惨不忍睹：控制不住的战栗颤遍全身，脑子空茫茫一片，松软的双腿机械地行走，一步步挪向操场。我的一只手紧紧拽着燕英姿的胳膊，实际上我借助她的力量防止瘫倒。

夕阳落在教学楼后边，它的余红浸染了一半操场，半红半黑的空地上站一溜人，白蛋在中间，两旁都是他的手下——小六、梆子头、祥子。秃子不在其中，他不够份。

燕英姿忽然停住脚步，手拎的书包移跨肩头，腾出一只手。书包很沉，好像里边藏着重东西。她跟我耳语：“这孩子，你的任务完成了，赶紧走，否则你来不及啦。”

说实话我真犹豫了。命运并不给我逃离险境的机会，白蛋一伙“呼啦”一下子涌过来，将我和燕英姿围在中央。燕英姿扭头对我说：“你的手真凉。”

白蛋跨前一步，高高扬起下颏：“你够牛×的。在和平区挑号‘男(蓝美人)’，南市是老子的地盘，甭琢磨插一杠子，更甭琢磨在代代红中学乍刺儿、占脚。我坚决不答应，我的小哥们儿也不答应啊。识路子，往后夹尾巴做人，见着我溜边走。不如干脆你调别的中学，从我眼前消失。”

燕英姿翘起嘴角，明显流露出鄙夷：“我若是就愿意待在代代红中学呢？”

“白蛋”得寸进尺：“看你是女的，我让你三分。你要是非待在代代红中学。好办，尊我为老大。”

燕英姿嘲弄他：“老大叫什么？老大是王八呀。”

她的话引起一阵窃笑，包括跟随“白蛋”混的小六子、梆子头等人。“白蛋”不急不恼，舔脸说：嘴硬可给身子惹祸。甭瞪鼻子上脸，不拿我当老大没关系，以后我架你你就得跟我走。

“白蛋”讲的是当时江湖用语，“架”介于“约请”和

“虏掠”之间，其意是他约燕英姿当他女伴，一旦燕英姿不从的话，他将用武力强行劫持。往深处分析，白蛋视燕英姿为流氓团伙中的“货”。“货”，女流氓也。

果然燕英姿被激怒了，她出乎我意料地骂了句很难听的脏话，随之冲白蛋喝道：“傻×玩意儿，天津市能在姑奶奶面前耍横的没几个?！今儿刘根同学在场，人家是老实巴交孩子，跟你我不是一路人。懂规矩吗？懂规矩咱们现在定点儿，你码人，我也码人，明天放学后到海河边胜利桥和平区这头见真诈！”

我很害怕他们动手打起来，血肉横飞，鲜血四溅，混乱中会把我一勺烩。不如劝他们就此休战，遂借着燕英姿的话茬，说：“对对对，要文斗不要武斗，你们明天到胜利桥边讲理去。”

“白蛋”软的欺负硬的怕，他摸不准燕英姿来头大小，就迁怒于我，骂道：“哪个裤裆破了，把你露出来。六子，你让这小子见点儿血。”

“白蛋”旁边的小六子闻言，兔子般蹿上前，挥拳捣向我的右眼。剎那间，我躲闪不及，右眼挨了重重一拳。顿时我眼前一黑，眼睛又麻又疼。接着，我听到小六子一声尖叫，兔子般往后一窜，他手捂血淋漓的胳膊倒地上“嗷嗷”哭嚎。这时我看见燕英姿手中出现一把寒光闪闪的军刺，刀刃滴着小六子的血。几乎同时，燕英姿一个箭步冲到白蛋面前，军刺直抵白蛋的前胸。她用平静的口吻说：“杨东明，你信不信我捅你个透心凉?”白蛋表现异常勇敢，不退缩也不吭声，硬挺着。燕英姿用军刺在白蛋呢子假军褂上蹭干小六子的血，说：“滚吧！不服气，明儿在胜利桥见。”

“白蛋”从未遭受如此羞辱，蹦火星子的眼珠紧紧盯着燕英姿，他脱掉染血的军褂，光穿件背心，随之倒着退出操场，仇恨的目光始终没离开燕英姿。忽然刮一阵狂风，掀起操场铺的黄土，霎时弥漫了天空。燕英姿藏好军刺，像哄小孩那样对我说：“瞅你这孩子，吓得脸没一丁点血色。胆子比老鼠胆儿都小。眼睛疼不疼? 叫你别掺和进来吧，不听话。”

我腻歪她总“这孩子，那孩子”地称呼我，好像她比我大多少。我怄气说：“你这破孩子是猪八戒倒打一耙。你让我扶你来操场，要不我怎么会挨揍，被小六子封眼?”

她笑了，那种很好看的莞尔一笑：“是我错啦，向你道歉还不行。你可不许把今天看到的一切告诉老师，也不许跟任何人说。”

我拍胸脯保证：“那当然。可你得答应我一个条件。”

“这孩子，事挺多。”

我说：“对，我就你这句话，以后不许当外人面叫我‘这孩子、那孩子’的。”

燕英姿假装懵懂：“那我称呼你什么?”

我说：“叫刘根呀，告诉过你我的大名刘根，小名根儿。”

她突然爆发一阵笑，如自行车铃那么清脆：“刘根，根儿……根儿呀，你骑车带我回家。”

在学校自行车棚找到她的车，我一惊，“凤头”牌，外国牌子的自行车。我不禁对燕英姿肃然起敬：不光面前的凤头牌自行车，这个破女孩子敢穿将校呢军服，敢跟“白蛋”叫板打架，敢拿军刺捅伤小六子，说明她非同一般人，或许好得了不起，或许坏得不可救药。我既崇拜她渴望接近她；又怵她想躲闪她。我的心情十分矛盾。

暮色悄无声息地褪去，天空浸染成深蓝色，星辰点点，晚风习习，不知不觉间薄夜初降。

她坐在自行车后架上，我驮着她在马路上飞奔。燕英姿告诉我她家住常德道，听奶奶说过，那里在解放前是洋人租界地，号称天津“五大道”。路上，她哼着歌：“红梅花儿开呀……”什么什么的，黄毛让我偷看过一本《外国民歌500首》，里边的歌词同她唱的内容差不多——典型黄色歌曲——让人听了脸红耳热、心里簌簌发痒。

驶入五大道，我感觉像到了外国。马路宁谧宽敞，犹如冲洗过的干净，两旁粗壮的洋槐，树荫茂密相连，掩映住围墙中一幢幢洋楼。空气中流溢着香喷喷的味儿，好闻极了，绝不像我住的南市那边满大街乱哄哄的。我暗想：就凭燕英姿身穿戴衔的呢子军服，她的父亲一定是名军官，高大英武的军官。她大约一米七高，她的父亲还不得是超过一米八的高个儿。我打心里羡慕燕英姿。

燕英姿指挥我"左拐""右转弯"，进入一条幽静的马路。她命令我："摁闸，停车，到我家了。"

车停在一个涂着绿色油漆铁门院子前，门口站着一位年逾五十的老头，花白头发梳成"大背头"样式，穿件白衬衣外套灰色毛坎肩。他发现我们，满面堆笑地同燕英姿打招呼："英子，回来啦？今天放学比平时晚四十五分钟哪？"

燕英姿根本不理他，沉着脸对我说：帮我把车搬进院子。"大背头"老头转脸跟我套近乎："你是英子的同学吗？"我答应说："是。"他客气地伸过手，要同我握手。我在搬自行车腾不出手来，他笑眯眯地说："我是英子的父亲，你叫什么名字呀？"原来燕英姿的爸爸不是军人，也不高大英武，不免略有失望。我说："伯父，我叫刘根……"猛然，燕英姿粗暴地打断我："刘根，我叫你理他了吗？快搬车。"我感觉奇怪："为什么不理他？他是你的爸爸，我不理他老人家显得多么不礼貌?!”

我迟疑当口，燕英姿的爸爸仍然笑着打圆场：“好好好，搬车。刘根同学我帮你。”我一手扶车把，一手提大梁，燕英姿爸爸抬后依架，“凤头”车身不重，很轻松地跨过铁门的门槛进了院，靠在墙边。庭院不大，分前后两院，由一扇月亮门分隔。前院有一幢三层小洋楼，后院有一幢两层小洋楼。放好自行车，燕英姿扶住我的肩头朝后院走，她爸爸在后边追她，说：“英子，晚饭我做好了，你爱吃的红烩牛肉。”虽然他不是军官，但我依然羡慕燕英姿，她爸爸多好，和蔼可亲，还为她做饭。

燕英姿猛地扭过身，用拐指住她爸爸的胸脯，说：“用不着你管我！你做的饭我不吃。滚！”我惊愕不已，燕英姿怎么这样对待她爸爸?！不吃他做的饭也罢了，总不该说那么难听的话，叫她爸爸“滚”？我实在看不下去，就说：“他是你爸爸呀，他低声下气地讨好你，好心好意地给你做饭吃，你不待见他，可不能骂他。哪有孩子骂老子的，我看不惯。”岂料，她和我翻脸，气汹汹地骂我："你也滚！"我委屈得欲哭，掉头朝院外走。燕英姿的爸爸送我出来，安慰我："刘根同学你不要怪英子，是我把她惯坏了。其实她是个好孩子。"

我在街上彳亍，边走边琢磨这对父女关系真怪，像一对仇人。

4

屋子没开灯，奶奶坐椅子上睡熟了，一旁的八仙桌子摆着一盘豆腐熬白菜和两个窝头、一块山芋。邻家的灯光射进来，奶奶脸庞的皱纹层层叠叠。蓦地，我鼻子一酸，眼窝潮湿了。奶奶七十岁出头了，仍在为我操劳，做饭洗衣裳。她腿脚不灵便，下不了楼，就让我找秃子帮忙买了200斤大白菜和一筐山芋，我俩天天吃这些，哪比得上燕英姿家的饭食高级。况且我和奶奶并无血缘关系，过得胜似亲的，不像燕英姿和她爸爸关系那么僵。

我伸手扽灯绳，灯泡乍亮，奶奶醒了。她抹去嘴边淌出的哈喇子，说："打个盹，天就黑了。"下了学你又往哪儿疯去啦？我说，送个腿有毛病的同学回家。奶奶对于我的善举很欣赏，不再抱怨，说："饭菜搁凉了，你自个热热。我困。"说罢，拐着小脚磨蹭至床边，身子一倒，片刻便昏然睡去。

橙黄的光晕下，耳畔响着奶奶的呼噜声，我大口大口嚼着窝头和山芋，心想今天燕英姿和我翻了脸，下礼拜一上学我理不理她呢？为此我十分苦恼。

礼拜天我无聊地在胡同闲逛，迎面碰见秃子，颠颠跑过来同我打招呼，一脸少见的笑容，很谄媚的那种。靠近时，我闻到他满嘴的大蒜味儿。秃子诡秘地说："根儿，昨夜个'白蛋'和蓝美人打起来啦。"我很不以为然，说："你事后诸葛亮，那会儿我在旁边亲眼所见。礼拜五放学你们全回家了，'白蛋'与燕英姿在操场打了一架。可凶哪。燕英姿拿军刺把小六子的胳膊捅伤了，血'咕嘟嘟'地往外冒。我差点吓堆乎喽。"

他秃脑袋摇成拨浪鼓："猴吃麻花——满拧。我说的是昨天——礼拜六，两边都码了人，蓝美人这边30多口子，'白蛋'这边50多口子，约在海河沿胜利桥那头。两边动了武装带、铁板子、古巴刀、军刺……"我的心一阵紧缩，燕英姿人少，白蛋人多，我怕她寡不敌众受伤。于是，问道："有人受伤吗?"秃子说："跟你讲实在的，我偷偷摸摸溜去瞄一眼，打得热闹极了，真叫战况激烈。黑乎乎的看不清，双方都有挂彩的，脑袋破的，大腿挨捅的，眼睛流血的。我哪敢多待，把我这个瞧热闹的卷进去多冤。半截我跑了回来。"

我又问："'白蛋'和燕英姿哪个挂彩了?"秃子仍旧沉浸在昨晚目睹血腥场面的惊悸中，手哆嗦着点根烟卷，长长喷吐一大口，才说："告诉你我没胆儿接着看呢? 想知道真诈有招儿。赶明儿上学，没见着谁，那他(她)准让人废了，躺医院急救呢。"

我紧张得呼吸困难，实在不知怎么接秃子的话茬，敷衍地问了句："燕英姿的外号为什么叫'蓝美人'?"秃子解释很耐心："你琢磨呀，'白蛋'的外号跟他长相有关，人长得白，又剃个秃瓢，怎么瞅怎么像剥了皮的熟鸭蛋。燕英姿不一样，她的外号跟她身份有关，‘蓝美人’是一种热带鱼，特别高贵的热带鱼。你明白了吗?”

我假装明白似的“唔——”一声。

礼拜一上学校，我何等的惶惶不安。最想见着燕英姿，最希望见不着“白蛋”，那正好证明燕英姿胜利了，打败了可恶的“白蛋”。那才是大快人心事！

在学校楼梯拐弯处，我猛然望见人头攒动中一颗熟悉的白晃晃秃脑壳，心凉了半截。不甘心地紧追几步仔细端详，是“白蛋”。我上楼，他下楼，我瞧见了他，他同样发现了我。我打心里发怵，打算退避下楼，绕开他走，可惜来不及了，我俩几乎面对面撞在一起。我赶紧低头让他过去，没想到的是“白蛋”闪避一旁，给我让路。搁素常，他会蛮横地用膀子撞我一边，或抬腿踹我一脚，然后大模大样地下台阶。我慌忙与他擦肩而过，心“扑腾腾”跳个不停。

进了教室，身畔的座位空着。我的担忧成为现实，燕英姿肯定被“白蛋”他们打伤了，此刻正躺在医院抢救。出乎我的意料，上课铃刚响，燕英姿背着书包跨进教室，她客气地朝顾老师点下头，疾步走到课桌旁坐下。她竟然没拄拐，腿脚利索。

落座后，她逗笑地对我说：“你的光荣任务完成了，课间不用你陪我上厕所了。”我不理她。我忘不掉上前天当她爸爸面叫我“滚”的羞辱。她瞟瞟我，说：“嗬，耍小性哈？不理人家啦。哼，拉倒。”拉倒就拉倒，我是男子汉，维护自己的尊严和面子最重要。那天下午四节课，我俩谁都没理谁。下学的铃声一响，她拎起书包头前走了。

我有些懊悔，同个女生计较什么？上前天她是和她爸爸怄气，顺便把我捎上的，不是成心骂我。边这么想着边走出学校大门，无意间抬头，见她站在马路对面大树下，笑吟吟地冲我招手。我驻步，想不好到底理不理她。迟疑工夫，她穿越马路奔过来，拽我的胳膊说：“跟我吃西餐去，去和平餐厅。我请客。感谢你扶我上女厕所……”说半截，她忽地“咯咯”笑起来，乐不可支的样子，嘲笑我一个大男人曾经陪她上女厕所，很明显，她故意布置下个套让我钻的。我就更觉堵得慌。

笑够了，她又说："另外哪，对你骑车带我回家表示感激。今天我驮你，行了吧。"

我没吃过西餐，更没去过什么狗屁西餐厅，我以为她再次设下圈套让我往里钻。我斩钉截铁："不去。"

她不笑了，板起面孔："嗬，架子不小哇。刘根你听着，姑奶奶我从未低声下气求过人，最后给你一分钟考虑：究竟去不去？"

话到这份上，我决不退缩："就不去！"

"好，你真拒绝我。有你好瞧的。"燕英姿气涨红着脸，骑上她那辆"凤头"车，疾驰而去。

事情过去许多年，我羞于回忆之后发生的一切。简单地说第二天我去了和平餐厅，陪燕英姿吃了西餐，还喝了啤酒。整个过程很丢脸，并非我自愿去的，是被人绑架去的。燕英姿是幕后黑手。

转头放学刚出校门，两个比我大一两岁的男生拦住我，拍我肩头，问：你叫刘根？我愣怔一下，没搭腔。他们命令我：跟我们走一趟。我正欲问凭什么？那两人架住我的胳膊，说：少废话！挣崴一下就废了你。我哪敢挣崴，顺从地跟随他们去了和平餐厅。

燕英姿早已等在那里，她以不怀好意的微笑迎接我的出现。不用说这一切都是她事先安排好的。在以后的一个多小时里，我完全被燕英姿和那两人所控制，硬灌我啤酒喝，他们喝的不是南市小酒馆卖的那种塑料杯盛的生啤酒，而是瓶装的熟啤酒。我记不清究竟灌进多少瓶，反正就醉了，连西餐是什么味道全没尝着。我忘记怎么回家的，进了门我哇哇大吐，奶奶后来说我吐了满满一脸盆又酸又臭的东西。

第三天我昏头涨脑地在学校碰见燕英姿，她对我说："放了学，我带你去我家。"我十分纳闷，去她家做什么？她说："你自己要求的都忘啦？昨晚喝酒时，你非央求去我家看看？我还问你哪，上我家看什么？你说看我父亲。我说，他有什么好看的？你说，你爸爸这人善良，给你做饭洗衣裳，挨你数落不急不火。你说，有爸爸妈妈的人多幸福，多美，不像我没爸爸没妈妈，打小就羡慕人家有父母的。说着说着，你呜呜地哭，样子难看极了。接着还求我哪，说，你把你爸爸让给我行吗？所以今天我带你去我家，当面把那个人让给你，往后你管他叫爸爸。我决不拦你。”

我简直无地自容，恨不得找个地缝钻进去。瓶装的啤酒把我灌糊涂啦？认人家的爸爸当自己的干爹，天下哪有这么傻帽的。转念一想，燕英姿别是又给我设套吧？她见我酒醉时失去意识，说过什么话记不住了，成心往我身上栽赃。

燕英姿挑衅地追问："到底跟我去不去？"

索性一不做二不休，男子汉大丈夫不能当缩头乌龟。我说：去就去，谁怕谁呀。

5

后来我觉悟了，燕英姿始终拿我当猴耍。自从她成了我的同桌之后，发生的一切可以称为笑料的事，全由她一手缔造。她俨然像高高在上的主子，把我搞成她的奴仆和傀儡。唯一使我难以理解的是，她同样15岁，怎么那样地玩世不恭。

还说那天我去燕英姿家吧，她爸爸根本不在。她又耍了我一回。

进了铁门是前后两个院，前院的洋楼三层，燕英姿的爸爸住一楼两间大房，穿过月亮门是后院，没有楼，仅一间平房。平房特别宽敞，大约有三十多平米，燕英姿一个人住。

屋里凌乱不堪，床上床下乱堆着衣裳、袜子、头巾什么的。桌子上盆碗狼藉，吃剩下米饭、剩菜和面条。但是房间陈设非常讲究，迎面一排书架，带玻璃拉门的。古色古香的书桌，立式纱罩地灯，此外弹簧床和沙发，我头一回坐，屁股一沾便跃跃起伏，舒坦极了。最令我感到新鲜无比的是墙上挂的一杆气枪和军用望远镜。我伫立它们面前心里发痒，却不敢动。燕英姿在身后说：没关系，你拿下来玩玩。

我小心翼翼取下望远镜，放眼前一照，嚯，老远的月份牌上的数目字像擀面棍那么粗，再往窗外瞄，马路那边的树枝近在眼前。望远镜就是望远镜，比花一毛钱买的纸做的万花筒强多了。撂下望远镜，又去拿气枪，燕英姿喝住我：这孩子，你拿它做什么？枪里没子弹。我可怜巴巴地求她：我就看一眼，瞄一下准儿，行不？她从沙发坐起，亲自取下气枪，交我手里。甭提我当时多么激动，端起枪，挺直身躯，闭左眼，睁大右眼，专心致志盯住准星瞄。我相信凡是被这个圆圈框住的，手扣扳机便一枪击倒。我瞄瞄这儿，瞄瞄那儿，不小心准许瞄住燕英姿的胸。她脸色绯红，一把抓住枪管，呵斥我："枪不许对准人，你懂不懂?！行啦行啦，别玩啦，赶紧做饭吧。"她夺过气枪，顺手挂回原处。

"做饭?"此时，我才注意到燕英姿的爸爸不在家，"你爸爸呢?"

"问他干吗？真想认干爹？让你失望，前天来几个造反派弄走了他。"她说得很轻巧，好像她父亲不是去遭罪，而是去赴宴。

我不好细问，说："你爸不在家，谁给你做？"

"你呀。"

我实话实说："我不会做饭，平常都是奶奶给我做饭吃。"

"我不信。你奶奶那么老了，能做饭给你吃？"

"那当然，我生下了五十多天，我妈不要我了，给了我奶奶，从那时到现在，天天是奶奶做饭。我吃现成的。"

燕英姿仿佛陷入一种忧郁，徐徐地说："你奶奶真好。我好羡慕你。"

我说："你比我强，我光有个奶奶，还不是亲的。你却有爸爸、妈妈……"

"闭嘴"，燕英姿莫明其妙地恼怒起来，"你少提没用的。想法弄口东西吃。我饿。你会下面条吗？"

其实我只见过奶奶煮面条，说："那有什么的难的，把面条放锅里煮熟不就能吃吗？看我的吧。"

燕英姿高兴起来，她从碗橱里拿出一筒挂面，往我面前一递，说："你下面条，我等着吃。"

说着容易，做起来难。首先燕英姿光动嘴，一点忙也帮不上，她家不生炉子，点煤油炉，我头回见识，不知道怎么鼓捣着。她指挥我，端起煤油炉放房子外面空地上，用火柴点油捻子，火着了，冒出的黑乎乎的油烟熏得我泪流满面。锅里满凉水，放煤油炉子上烧。这时我发懵了，记不清奶奶该何时放挂面。锅里刚冒热气，水还没开，我把挂面倒里边，"咕嘟嘟"煮，等于乌涂水泡面，不难想象面煮出来时什么样子，一锅浆糊。

燕英姿一赌气倒进垃圾桶，抱怨说："你算笨到家啦，我佩服你煮面条煮成一锅粥，能吃不能干，饭桶一个。不指望你啦，咱们下馆子吧。我请客。"

我怕她拽我吃西餐，再用啤酒灌醉我，就说："下馆子浪费钱，去我家吧，我奶奶的烙饼特好吃。"

燕英姿的眸子一亮，显然被我说动了，她从沙发里蹦起来，说："我爱吃。就去你家。"我故意拿一把，说："吃我奶奶的烙饼有条件，你得借我望远镜玩两天。"

她很爽快，摘下望远镜递我手中，催促说："快点吧，我饿得前心贴后心了。"

那天，我骑着燕英姿的"凤头"牌自行车驮她到我家，吃了奶奶做的烙饼。说也巧，奶奶做的烙饼非同寻常，是一种名叫"金玉饼"的烙饼，白面的皮，里边夹一层棒子面。燕英姿从未吃过，也没见过，一边大嚼，一边赞不绝口："好吃好看名字也讲究。白面就是玉，黄色的玉米面像黄金，真是金玉饼。奶奶手真巧。"

奶奶坐床沿默然无语。待我送走吃饱喝足的燕英姿返回来，奶奶扯住我衣袖，说："根儿啊，老言古语说得好，不听老人言，吃亏在眼前。你听奶奶的没错，人的命天注定。这闺女长相好，人贵气。可是咱们是平头百姓，你的命不如她，以后躲她远点儿。她和你不属一路人。"

我正摆弄燕英姿借我玩的望远镜，恼火地甩开奶奶的手。我嫌奶奶越来越啰嗦了。

礼拜天不上学，我站大杂院天井里吹声口哨，住后院的秃子、住二楼的发面饽饽犹如听了暗号一样窜到天井。他们发现我手中的望远镜,你争我夺地抢。秃子横,猛力推搡发面饽饽一跟头,端起望远镜朝天空瞭望,望完天又朝每家望,老半天不撒手,馋得发面饽饽直跺脚,不停嘟哝道:“你有完没完,叫我看一会儿。就一会儿。”大概秃子望累了,才丢给发面饽饽,跟我说:“这玩意新鲜,天上飞的老喝(蜻蜓)连翅膀瞧得清清楚楚。刚才我瞭望七婶家,你猜怎么着,她刚好拉出床底下的尿盆撒尿……嘻嘻,我怕她瞧着我,不敢再看了。”我很有把握地说:“不可能。离那么远她绝对瞧不着你。”秃子扑拉扑拉胸脯,说:“我的心直扑腾。”发面饽饽也望累了,说:“在这儿望远没意思,去电影院吧。咱们买后排的票,拿它看电影,多哏儿。”秃子打断他,说:“馊主意。用望远镜看电影,浪费它的功能。听我的,天黑下来咱们去海河边,躲树从后边瞧搞对象的,瞧他们凑一块干什么。绝吧?”发面饽饽乐着说:“秃子,数你坏。”

晚上我们仨偷偷跑到海河沿,可是天冷,耗到半夜也没遇见搞对象的男女，挺沮丧地返回胡同。秃子攥着望远镜不给我，说："借我玩两天。我说不行，我答应明天还人家。"秃子求我："就一晚上行不行？明早准还你。"我知道拒绝秃子的话，他敢把燕英姿的望远镜摔了。

惴惴不安地度过一宿，第二天清早我爬起来，找秃子要回望远镜，却发现他蹲天桥上，举着望远镜对着熊国庆他们家窥望。我凑近前唤他，吓得秃子一哆嗦。他说："吓死我啦。你快瞧，黄毛他爸跟他妈躺一被窝。"好奇心怂恿我拿过望远镜打算望一眼的时候，二楼的黄毛推门出来。他穿件红秋衣站家门口刷牙，满嘴白沫子。天桥上鬼鬼祟祟的秃子和我令他起疑，猝然，他手指住我俩，朝天桥奔跑上来。秃子掉头就跑，我傻乎乎地僵在那里。

如今的黄毛再不是从前的黄毛，他加入了学校红卫兵团，在三连四排担任副排长，神气得很。过去秃子欺负他，现在见他如老鼠见了猫。

黄毛和我并排站在天桥，胳膊肘搭在铁栏杆上。

沉默片刻，他说："刘根，你最近有问题，你喜欢同叶大元这样的落后生混一块，不积极靠拢组织，充当逍遥派。很不好。这还不算大问题，前天，我亲眼所见燕英姿来你家，她是黑五类子女，你跟她走得近，那就是阶级立场问题了，很危险。"

我不作声。

他捂嘴靠近我耳朵，说："告诉你个小道消息，绝密。燕英姿参与流氓团伙打砸抢，军管会通知学校处分她。你必须和她划清界线。"

我怀疑："她一个女生，怎么可能打砸抢呢？"

黄毛显出不耐烦的样子："反正她和社会上流氓鬼混打架斗殴。一个黑五类子女这么猖狂，不会有好下场。"

我惶惶然。

望远镜藏进书包，紧紧抱着，我战战兢兢踏进教室，坐定后，瞥瞥身旁的座位空着，空了四节课。第二天、第三天，整个一礼拜亦如此。

黄毛的话应验了。

不是同一河里的鱼　总会游走

事后我才知道燕英姿真的裹进了社会上流氓的打架斗殴事件，准确地讲，她不曾亲身参与，是两伙流氓为了她进行火并，伤了不少人，成为当时轰动南市的新闻。燕英姿受到牵连，在“学习班”改造了15天，第16天回学校报到时，学校给予她的处分是：留校察看，以观后效。

燕英姿依然和我同桌，我明显感觉她的性情大变，变成另外的一个人。

初中的课桌是分开的，两个挨着的同学各有自己的桌子。原先我和燕英姿紧挨着无缝隙，这次她回来却悄悄将她的课桌往外挪了挪，我俩中间有了一寸多的缝隙。我掏出望远镜还她，燕英姿愣怔一下，便装进书箱。

她不再和我说话，跟其他同学更没有话说，整日沉默寡言。每天最后一个进教室，放学最末一个离开，低垂着曾经高傲的头，仿佛一条溜边的鱼。秃子常常追后边喊她外号：“蓝美人——臭热带鱼的蓝美人……”来宝和发面饽饽俩坏小子跟着起哄：“噢——

噢——死目塌眼的热带鱼呀——”燕英姿佯装没听见，疾步匆匆地走。秃子会追上去，拦住去路，挑衅她：“喂喂，你架子挺大，干吗不搭理我？”她闪身躲，来宝抢上前堵住她：“你知道自己是什么东西嘛？女流氓，黑五类子女，老老实实让我们改造你专政你。”

燕英姿索性驻步原地，背依大树，眼前瞄向远方。秃子推开来宝，凑近前，嘴角浮出一抹淫邪的笑：“别以为你多牛，过去有名有号，和那些进学习班的大流氓搭伴，现在你栽了，鸟屁啦。告诉你，我也有号，‘南市大秃子’，怎么样，你和我搭伴吧？”燕英姿瞟他一眼，仍不作声。“嚯，不服气怎么着？”秃子伸手抓她衣领，被燕英姿挡开。她冷冷地说：“和你搭伴？行啊。就怕我那些哥们儿从学习班出来找你。”闻言，秃子怂了，还硬冲好汉：“好哇，我等他们找我。老子今儿心腻得慌，先放过你，哪天架你走。”秃子手一摆，来宝、发面饽饽追他屁股后头溜了。

燕英姿靠着大树纹丝不动，她的眼神流露出我不曾见过的忧郁。

我承认我开始暗暗跟踪燕英姿，说不清原因，完全出于一种本能。我尾随她的时间不长，眼瞅她走出学校大门，转过一条大街，我就沿另外一条路回家。其实我是个怯懦的人，胆小怕事。但我懂得什么应该什么不应该，我认为应该对同桌燕英姿有所关心。

冬至之后，昼断夜长，一天放学时，天已经黯淡下来。刚出校门的燕英姿忽然被“白蛋”一伙人围住。我藏在传达室里面，听不清他们吵嚷什么，好像骂脏话，燕英姿默默忍受，丝毫不反抗。后来，“白蛋”揪住她往学校对面的山泉里胡同拽，小六子、梆子头那些人随着涌进山泉里深处。

我隐藏胡同口，探脑袋朝里边张望。“白蛋”一手扶着墙，正好将燕英姿圈里面，一手点着她的脸，滔滔不绝地说什么。燕英姿不动声色地呆那儿，形同等着挨宰的羊羔。我紧张得要命，心怦怦地剧跳。

猛然，“白蛋”揪住她的头发，招呼小六子。小六子狗一般冲上前，扇了燕英姿两个耳光。“白蛋”抬脚照她的小肚子踢，燕英姿一下子跌倒在地。然后梆子头那些人一涌而上，边踢边打边辱骂……我几乎窒息了，痛苦地闭上眼睛。

“白蛋”他们走了，朦胧薄夜里响着乌鸦似的狂笑。我伸脖子偷眼瞧胡同里的燕英姿，她头发蓬乱，嘴角淌着血，蹲石板铺成的地上发呆。我发现燕英姿这女孩子艮，不会哭，尽管受了这样的欺负，她竟然不掉一滴眼泪。我却怕自己哭出来，慌忙转身跑开。刚跑几步，一股莫名的恐惧袭上心头，燕英姿出了意外，或许她想不开跳海河自杀怎么办？我该不该返回守护她？迟疑间，一个身影骑车掠过，我看清是燕英姿，她朝着她家的方向疾驰而去。我长吁口气，紧绷的心松弛下来。

那日傍晚以后，我继续跟踪燕英姿，比以前跟的路程更长一些。如果她骑车追不上，我在学校传达室眯着，没瞧见有人纠缠她就放心了；倘若她独自徒步回家，我隔老远尾随她，一直跟踪她走出南市，穿越南京路，过了墙子河，进入马场道，我才按原路折返。当时我根本弄不清为何要这么做，只因心中被一种莫明其妙的暖烘烘的情感所充盈。但到了1970年初，我的跟踪被迫停止，那种暖烘烘的情感随之荡然无存。

进入1969年，东北珍宝岛那边打起自卫反击战，全国响应伟大领袖的号召："备战备荒，为人民。"

学校天天开动员大会，校革委会主任要求全校师生遵守最高指示"深挖洞、广积粮、不称霸"。学生们群情振奋，在老师的安排下学生代表上台宣誓、念决心书。大家举拳头呼口号，真是响彻云天。学校动员会散了之后，各连各排纷纷开会。我们每个人都写了决心书，燕英姿的决心书吓人，是用血写的，把所有人全震傻了。学校可当成个事，将燕英姿的血书放进宣传栏里展览。

实际上学校不再像学校，犹如乱糟糟的工地。哪还有心思上课读书，不是号召深挖洞吗？学生自发组织在学校后操场挖防空洞，大家不乐意上学，整天束缚在课堂多难受，不如挖洞开心，仿佛玩一种大型游戏。后操场原本是黄土地，松软不坚硬，非常好挖。

今天一连挖，明天二连挖，学生们争先恐后，场面热火朝天。我暗中观察燕英姿，她比任何人都积极，干活不惜力，抡镐刨地，拉车运土，汗水浸湿了军褂。她特别显眼。

再说广积粮。一次上级组织我们学校把好几卡车的粮食运进红旗剧场。红旗剧场也在南市，“文革”后不演戏了，长年关闭。这回正好派上用场，存储战备粮。红旗剧场门前停一溜卡车，一袋袋米包抬下来，运进剧场里。学生力气小，一般俩人抬一袋，燕英姿逞能，非要自己扛一袋，开车的师傅劝她说：“你扛不动。”她不听，非让师傅往她的肩上放。旁边的秃子使坏，嚷嚷道：“师傅您让她背吧。甭瞧她是女的，劲儿大着哪。她要求战备的火线加入红卫兵，您得给她创造机会。”站车厢上的师傅半信半疑，抱着大米包慢慢放到燕英姿后背上，只听“啪叽”一声，米袋压倒了燕英姿，她的嘴，她的胳膊磕破了，流了血。秃子拍着巴掌起哄：“哈哈哈，狗吃屎——”

我狠狠地瞪秃子一眼，嘴里骂他的八辈祖宗缺德带冒烟儿。

防空洞很快挖成型，学校工宣队的人看完后，不满意，说："这哪里是防空洞，纯粹是个土洞，别说原子弹，就是炮弹也扛不住。至少得用砖和水泥砌起来，加固它的防空能力。"于是，工宣队的人教给学生怎么砌砖窑，怎么脱坯，怎么烧砖。然后，以水泥和烧好的砖砌成比房子还要坚固的防空洞。

学校摇身一变成砖窑。学生自己动手修的土砖窑，昼夜不停地点火烧砖，工宣队的人负责监工。烧窑属于技术活儿，一般让红卫兵团的干部干，其他大多数学生干拉土、和泥、脱坯的活儿。砖窑的火24小时不熄灭，大家连轴转地干，终于不少人累劈了，晕倒了，被送进医院急救。砖砌的防空洞终于修建完毕，可不幸的是燕英姿成了最后一个倒在战备火线的人。她不是累倒的，是被一个五连的同学用铁锨碰伤的，伤得很重，额头裂开一条缝，露出了骨头。

防空洞落成，学校现场召开庆祝会。革委会主任讲话，工宣队负责人讲话，欢庆我校在全区教育系统头一个完成光荣的战备任务。大家别提多高兴了，跳着高儿地欢呼，五连一个同学高举铁锨雀跃，落下时，铁锨头重重地砸着燕英姿的额头，顿时血流如注，她昏倒地上。

打心里讲，燕英姿的爸爸关在牛棚，她孤单单一人，我盼着让我去医院照顾她。顾老师派了女副排长和几个女同学轮流陪护，即便去医院看望她一下也不好意思去。两个月后，顾老师上课时说她已经病愈出院，正在家静养。我想该看望燕英姿了。

谁承想学校召开紧急动员大会，号召大家响应党中央的号召“备战备荒为人民”，具体任务就是像解放军叔叔那样进行远途拉练。全校师生背着背包，打着红旗，从市区出发徒步行走大约三十公里的路程。独流碱河大桥算终点，到那儿再转回来。同学们觉着很好玩，从来没出过这么这么远的门，白天行军，晚上住农村，校工宣队的头头强调拉练途中纪律严格，不拿群众一针一线，各连各排自己开火做饭。我和黄毛分在炊事班，他是班长，我是兵。大伙既新鲜又刺激。

临出发前一天，我管黄毛借他爸爸的双喜牌自行车，一路猛蹬奔向燕英姿家。因为黄毛他爸爸上中班，晌午之前必须把自行车还回去。

天气越发寒凉了，秋风刮落的黄叶撒满一地，家家关门闭户，小院静悄悄的。我穿过月亮门，在平房前站定一会儿，平复一下心跳。

房门突然朝里拉开，燕英姿出现我面前，我俩同时一怔，她的眼窝涌出一层泪翳——

"你，你这孩子才知道来呀？没良心！"她掉头进了屋，弄得我上不来下不去。

当时，我忘记解释为什么这么长时间没来看望她，只因一个古怪的念头盘踞我的脑海：原来燕英姿也会哭呀，她不像平时显示的那样艮，那样坚强，难道她也软弱？

愚蠢的我竟然追进去，端详她脸庞是真哭还是假哭。瞅见两条浅浅的泪痕，便忘乎所以："咦，咦，你掉眼泪啦！"搞得燕英姿破涕为笑，一把推开我，问道：

“探望病人连礼物都没带吗?”脸腾地涨红起来,我嗫嚅地说:“我没钱。每天奶奶就给我一毛零花钱。”她很大度,说:“看你可怜样? 没带就没带吧,我不稀罕。来,这孩子。咱们床上坐。”

我和燕英姿并排坐她床上,身靠着墙壁,漫无边际地说着话。那是个暖和而愉悦的上午,多少年来一直令我难忘。阳光从门窗户照进屋,如同变形的四个浅黄色方块。外边有风,吹得门扇吱吱地响。

话题依然从她会不会哭开始。我好奇地问她:“头么见你掉眼泪,还以为你从不会哭呢?”她说,“女孩子哪有不爱哭的? 我总偷偷地哭,就不愿当别人面哭。”我佩服她:“你真能装,把我都骗了。我把你当作特勇敢坚强的女孩,像卓拉和舒娅。”她说:“软弱的人才装呢。坏人欺软怕硬,你不装就容易受他欺负。记住,你也是内心软弱的人,可你表面不强硬,叶大元他们就欺负你。为了不受欺负,你也学着坚强起来。”我认为她说得对,连连点头称是。

燕英姿问我:“你们明天出发吧?”我说,“是,可惜你没好彻底，如果你跟我们一起去拉练多好。我在炊事班，别人发两个馒头我给你仨。”她幽幽地说，“我和你们不一样。拉练是政治活动，出身有问题的学生不允许参加。其实我的病早好了，学校根本不让我去。”

她的脸色凝滞起来，我赶忙寻找新话题。问她爸爸在家吗？她说还关着呢。我想燕英姿他爸爸够可怜的，在家不招女儿待见；在单位挨批挨斗，随之我又问她干嘛那么对待自己的爸爸？燕英姿讲了一段她家的故事，这在那个荒唐的年代类似的事司空见惯：无非是她爸爸进城后，抛弃了她的母亲，另娶一位表现积极的城市女青年。在后来反右运动中，年轻的继母再次表现积极，揭发她爸爸的右倾言论，她爸爸被打成右派。自己倒霉不算，连累燕英姿自小成了狗崽子。燕英姿对她爸爸的感情很复杂，除了恨又鄙视。我对她说：“到底他是你爸爸，一辈子改不了。你将就着对他好一点。”燕英姿提她爸便起火，说：“我鄙视他。我妈妈在老家有灾病什么的他不管不问；那个女人害他毁他，到现在还对她百依百顺。我看不惯。”

……

我确实记不清楚怎么中断的聊天，好像我无意间瞥了墙上挂着的气枪一眼，燕英姿注意到了，她跳下床铺，摘下气枪，说，“我教你射击。”我高兴得了不得，追随她走出平房。院墙与平房形成一条窄小的甬道，燕英姿在院墙的土箱子上放个空罐头瓶，让我后退十米左右。她先往枪膛里装铅弹，然后举起来瞄准。我跃跃欲试，手比画成枪的样子，向空罐头瓶模仿射击。

“啪——”枪声响过，空罐头瓶纹丝没动，燕英姿肯定打飞了。我过去，说：“让我来。”燕英姿不让，说：“我再打一枪，不信打不准。人家的气枪，人家说了算呗。”燕英姿又打了一枪，清晰听到铅弹击中砖墙的声音。她很固执，接着打第三枪，铅弹不知飞向何处。

她泄气地将枪交我手中，替我装好子弹。说：“你打个试试吧。”我平举枪身，闭左眼，屏住呼吸瞄准，当枪上的凹槽、准星和罐头瓶三点成一线的刹那，我扣动扳机，“哗啦”声响，十米开外的玻璃罐头瓶碎了。燕英姿不禁为我鼓掌，夸奖说：“天才！看你平常窝囊样子,打枪真挺准。”

我们接连打了一纸盒铅弹,打光了她家空的罐头瓶才歇手。天色已近中午,我向燕英姿告别,说:“我得回去了。”她有些依依不舍:“留下吃饭吧。吃煮挂面,就像上回那样煮成一锅粥也没事。”我如实相告:“我管黄毛,哦,熊建国借的车,他爸爸上中班得骑它。”她没表示出不高兴的模样,跑进屋拿出来望远镜,说:“这个东西送你,算作我们俩的纪念。”我正推出朝院子外面走,其实我特别喜欢望远镜,可怎么好意思白拿人家东西,推脱说:“等我拉练回来!一回来我就看你来。”

十几天后,跟随学校的拉练队伍风尘仆仆归来,我回家撂下背包,衣裳都没顾得换,找黄毛借了他爸爸的自行车,就跑去燕英姿家。出乎我意料的是:“她家房门紧闭,门鼻挂着锁头,上面贴着封条。我惊愕不已。”

第二天上学,顾老师叫我去了他的办公室,从抽屉掏出一个书包,书包里放着燕英姿送我的望远镜。顾老师告诉我:“因为备战备荒为人民,城市必须疏散臃肿的人口，燕英姿同她爸爸被疏散走，吊销了户口疏散到她亲妈的老家。”我问顾老师，“燕英姿同学没给我留什么口信?”顾老师说：“没有哇，只让我把书包交给你。”我怏怏然地离开办公室，心想：燕英姿她为什么不写个字条或留下几句话呢？莫非她对我已然无话可说？想着想着，我暗暗骂自己笨蛋，当初若是嘴勤一点儿，向燕英姿问清楚她妈妈的老家在哪儿多好，哪怕知道地址也行啊，有机会我去看望她，或者给她写封信寄过去。

几十年过去，燕英姿送给我的望远镜依旧陪伴身旁，虽然它的漆皮已剥落，镜头已磨损，挂带已起毛，仿佛它藏着燕英姿的许多话，令我猜不着想不透。

17

另一些玻璃碎片

奶奶曾经对我说，梦是心中思。我认为此乃颠扑不破的真理。

我常常在梦中梦见我的妈妈，虽然我没见过妈妈，但我认定她是我亲妈。她背朝我，身材苗条，亭亭玉立。我唤她：妈妈，妈妈，你转过身，让我瞧瞧你的模样，往后在马路上遇着能认出你来。妈妈并不搭话，迈开她轻盈的步履渐行渐远，直至走出我的视野。而更多的时候，我梦见自己照镜子。站在很大的穿衣镜前，我反复端详里面的我，并且企图从里边窥测到我妈妈的影像。结果，徒劳无益。我愤怒地一拳打碎穿衣镜，玻璃碎片刹那间迸裂四溅，散落一地。我俯身捡拾碎片，蓦地发现每块碎片上都有一个女人的影子：一片是奶奶，一片是英丽姐，一片是宁慧心，一片是“蓝美人”燕英姿，一片上竟然有七婶，另一片上有“大洋马”……好奇心怂恿我将玻璃片拼凑起来，形成一个女人残缺不全的影像，残缺的原因在于还有几片是空白，那几片究竟是谁哪？

1

17岁那年,我的青春期在慎益里胡同像棵杂草一样疯长。记忆里的那些日子亮灿灿的,好像一生的阳光全集中在这段时间。

稀里糊涂中学毕业了,毕业后的命运将由学校老师决定:或上山下乡或留城工作。既然命运由不得自己主宰,何必费心劳神地管它呢?反正不去学校了,不上学了,胡同是我们这帮游手好闲的臭小子消遣之地。

一说起胡同我便这么兴致勃勃,其原因错综复杂,又多少有点儿暧昧。

我们在胡同悬挂了自制的吊环,用砖头刻成石锁,秃子从学校偷来一副杠铃,虽然表面铁绣斑斑,但撂地上"叮咣"振响。每天天刚蒙蒙亮,我、秃子、发面饽饽、黄毛、来宝开始在胡同练"块儿"。所谓练"块儿”，实际就指练出胸脯那块儿肌肉，同时也练腹肌和虎头肌。这项业余运动在当时很时尚，就跟现在的“蹦迪”一样时兴。

我愿意跟秃子他们练这种玩艺，主要听从燕英姿嘱咐我的话：人要学会坚强。

练完“块儿”，我们凑钱去吃早点。吃完早点，我们裸露上半身站胡同口举着烟卷抽，这又叫“亮块儿”，展示男人雄性的美。向谁亮呢？当然是女孩儿啦。谁都可以想象，十七八岁的男孩儿，血液中翻腾着滚烫的原始情欲，情欲是需要发泄的对象的。

我们满头大汗地站立胡同口，像是很悠闲地抽着烟卷，事实上眼睛一刻不停歇地逡巡偶尔经过的女孩儿，遇到漂亮一点的女孩儿，我们暗绷劲儿，把胸脯挺得老高，让两大块胸肌和八小块腹凸出来。一个打扮很“绯”的女孩儿撞进视线，我们不约而同地起哄，齐声高喊：“‘货’嘿，臭‘货’嘿——”“绯”和“货”统统属于当时的专用名词：“绯”指女孩儿的打扮很另类，“货”是对那时行为不检的女孩儿的一种统称，从字面上轻而易举地猜出她们不检点到哪种程度。有些比较雏的"货"被我们的哄嚷吓坏了，臊红了脸蛋落荒而逃。有些久经风雨的"货"，很"横"地站在原地用脏话还嘴骂我们，更激起我们一阵高过一阵的哄笑。

这种游戏常常要付出血的代价。挨骂的"货"不服气，召唤来跟她"搭伴"男同伙寻衅复仇，尘土般涌来一群气势汹汹的不良青年，军挎包里暗藏家伙，铁搬子、军刺、砖头什么的，呼啸着向我们扑过来。虽然我们练过块儿，但赤手空拳，抵挡不住对方野兽般的凶猛和似雨点一般飞来的砖头，经常挂了彩逃窜回院子。来宝就是在一次殴斗中被捅伤了腿。来宝变成了瘸子，不能和我们在一起混，我经常瞧见他的脸贴在玻璃窗户上，五官扭挤成"国际脸"。

异性相吸的原理坚不可摧，尽管我们屡遭挫伤，可照常对这样的游戏乐此不疲，照常站胡同口，冲女孩儿胡叫乱喊。

夏季姗姗来迟，缺风少雨的夏季显得干燥而闷热。灰蒙蒙的云犹如厚重的盖子，沉甸甸地扣住小街，空气里充满汗酸臭味，喘口气费老大的劲儿。太阳照晒了一整天，把沥青路面烫化，脚一踩就陷进去，再拔出来，塑料凉鞋牢牢粘地上。街两旁的槐树叶子蔫耷耷地蜷缩着，打不起一点精神儿。黄昏过后，暑气蒸腾蔓延，却钻不透厚厚的云盖，就在街巷间弥漫，狭小的天地仿佛蒸笼一般。风迟迟不下来，我们学着大人的样子，光着脊梁站胡同口齐声叫风。"喽——喽——喽——"地叫，叫累了，各自回家吃饭。

夜"唿啦"一下子落下，终于有了一丝半缕的风，断断续续的，慢慢吞吞。那时没见过空调，家里连电风扇也没有，闷热得待不住人，接一盆自来水从头掼下，用毛巾抹干头发，湿漉漉地夹着躺椅，拖着"趿拉板"离开家。马路两旁稀拉拉坐着乘凉的人们，有大人也有小孩。秃子早已在胡同口架好躺椅，悠哉游哉地躺上边乘凉，黄毛家不置躺椅，搬来家里的铺板和条凳，先在马路边搭床，然后把凉席铺上边盘腿而坐。后来，发面饽饽拎着马扎出来了，紧挨我身边坐下。当时，我们根本想不到未来年轻人的消暑方式是去泡吧或者到练歌房吼几嗓子。在马路边乘凉，或者搞些恶作剧什么的，对于我们来说已经很享受了。

胡同对面的南市旅馆，住着些外地旅客。旅馆的大门是自动的，出出进进的人推开它，一松手就自动关上。秃子盯那门老半天，摆手叫过发面饽饽，说："你去干果店拣个喽西瓜来。"发面饽饽最听秃子的话，颠颠跑去了，片刻工夫，端回来半个西瓜，真是喽的，瓜瓤烂成稀汤挂水，乍看像人的脑浆子。秃子往里边撒泡尿，亲热地紧抱怀中，好像怕烂瓜瓤和尿水溅出一星半点。我们不知道他又琢磨发什么坏，坐这边翘首以待。秃子抱喽西瓜奔到旅馆门前，左看右顾地找什么，回头叫发面饽饽。发面饽饽跑过去，秃子就让发面饽饽搬几块砖垫他脚下，他蹬上去，将西瓜高高举起，夹在旅馆自动门的上椽。一切准备妥当，两人"哧哧"笑着跑回来。黄毛问他俩："你们俩嘬什么祸?"秃子含笑不答，发面饽饽说："你等着擎好吧。"

我们等着擎好。过会儿，有个外地客人急匆匆走来，也不抬眼瞧，便推门往里进。门一动，西瓜落下来，正好砸在外地人的脑袋，西瓜汁混合着秃子的尿水顺着脑袋瓜往下淌，把雪白的衬衣都弄得一蹋糊涂。那人站原地大骂，骂的话谁都听不懂。这边的我们就狂笑，扯着嗓门喊："镇了！——盖了！——"这些流行语好似现在年轻人经常喊的："哇噻！酷毙了！"

折腾够了，夜色深沉下来。我们聚拢秃子身旁，听他讲男女之间的事。秃子比我们大，他16岁那年跟胡同大他三岁的二唤干过那种事。秃子添油加醋讲他们之间那点破事，一遍一遍地讲，一次比一次内容丰富。我们听不腻，直听得呼吸急促，下身忍不住挺立起来。他的故事影响了我们的青春期，神秘地向往女人。后来发面饽饽在学校偷看女厕所，被学校逮住过，我分析跟秃子的教唆有关。前年，老同学聚会，我还提起这件事。发面饽饽愤懑不平地说："那叫什么破事？瞧现在的孩子一上来就干真格的。"

通常秃子会唾沫横飞地讲到下半夜，这时风来了，天气凉爽起来。我们就各自回到自己的"铺位"，盖个床单睡进梦乡。

暧昧的夏天过去不久，胡同来了几个陌生男人，靠胡同口搭个小木屋。黄毛凑上前问人家：你们要在我们胡同盖房子？正“叮当”钉钉子的中年人回答说，盖存车铺。这胡同要建存车处。果然，又过了不久，胡同开始存起自行车，密密匝匝的自行车堆满胡同两侧，过个人都费劲。挤没了练块儿的地方，我们的健身运动就此宣告结束。

其实，真正的原因并非如此。后来我们这帮朋友发生了无法调和的矛盾，见了面跟仇人似的，分外眼红。一切皆因存车女人。那女人长得有说不出的美丽，她的出现顿时迷倒了胡同所有男人，包括我们这帮小子。成熟女人的诱惑力，我从那时开始体味到的。后来她融入了我们中间，像血融于水。她亲手制造出许多故事，把我们这几个铁哥们儿搅得七零八落、分崩离析。

她比我们都大，属猴，比我整整大9岁。

2

起初谁都没留意存车铺小木屋里待的什么人。本来么，我们几个铁哥们活得好好的，开心又快活。虽说胡同存满自行车，练不成“块儿”，我们仍有别的娱乐方式，比如找个僻静的地界去喝革命小酒。

那时候禁忌多，像我这么大的孩子抽烟、喝酒、搞女朋友，统统属于地下行动，否则会被大人们当作“流氓”行为。不像现在年轻人这么开放，甚至开放得有些过火：公然在阳光灿烂的大街上拥搂着招摇过市，在公交车的众目睽睽下接吻而面不改色心不跳，要不拿父母给的钱到宾馆开房间瞎折腾。一次在饭馆里，我瞧见八九个男女孩子，一对一对的，围一桌子喝酒，一个女孩喝醉了，躺地上连哭带喊，手舞足蹈，旁边一个男孩儿用能照相的手机照下她的丑态，别的人依然若无其事地闹酒。

我们选择拼酒的地方远离鸟市大街的八里台桥底下，一家很不起眼的小饭馆，饭馆经理对我们很熟稔，一踏进门，经理便招呼：“呦嚯，几位小革命同志又来了。”他的话音里明显带有揶揄的意味。秃子是我们当中老大，一切由他说了算。他高声招呼经理说：“照老样子，八碗啤酒，老虎豆、煮果仁、拌黄瓜、水爆肚。”啤酒是生啤酒，一碗相当于半升，四个人一人两碗。一升啤酒对于我们来说不过是漱漱口而已，一般每人能喝下六碗，绝无醉意。

两碗啤酒下肚，秃子打开话匣子。他说：“喂喂，你们注意存车铺新来的那女的吗？我操，长得没治啦！”黄毛、发面饽饽和我面面相觑，好像谁都没见到。“那天啊，我在公共茅房拉完屎，站胡同口抽烟。来个存车的，一看就是个‘货’，跟咱们般般大，模样挺俊，我上前想跟她搭讪几句。这会儿，存车铺的女的出来挂车牌。比咱们大八九岁吧。一看见她，我傻眼啦，以为天上掉下七仙女。挂完牌，存车的女的扭脸瞅见我，冲我一笑，哎哟，当时我差点美得堆乎地上。”

大伙不信，说至于的吗？存车铺那女的会美若天仙？别找乐。“嘿，我蒙你们是狗。我敢说那女的漂亮得盖了，盖咱鸟市这一片。不对，能盖咱天津市，盖全中国！”一直闷头不语的黄毛，忽然喃喃自语道：“是，那女的真美。”我和发面饽饽不信秃子，信黄毛，他进过学校红卫兵团。于是起哄般地大笑，纷纷举起海碗喝酒。挨到下半夜，我们离开饭馆，往家走。秃子掏出一包茶叶，分给每个人，让我们放嘴里嚼。这样能消除酒味，不让家里大人闻出来。进了大杂院，秃子喋喋不休地叮咛我和发面饽饽：“你俩瞅瞅那女的，准吓傻你们。”

转天，胡同外落起霏霏细雨。我坐在离小木屋不远的自行车后依架上，目不转睛地盯着存车铺。天气阴凉，存车的人不多，小木屋的门一直关着。我很失望。将近晌午，来个十八九岁的男孩儿，手中拎着饭盒，推门进去。过一会儿，小屋走出个老女人，五十岁上下，个子挺矮，扁平脸，两腮红红的。她朝胡同口迈出几步，又停住，扭脸对小屋嘱咐说：“小丰，别光顾看书，盯紧喽。丢辆车咱赔不起。”见小屋里的男孩应了一声，她才蹒跚离去。我大失所望，秃子所吹嘘的天仙不会是她吧。

我仍不死心，吃过晌午饭，溜出家，在那一排排自行车丛中，择一辆簇新的坐下，眼珠窥伺小木屋。雨越下越密，晶亮的雨丝编织成网，罩住灰蒙蒙的天空。油毡搭的遮雨棚露出一个个窟窿，雨从窟窿滴下来，落地上，溅起朵朵水花。大概屋子里的男孩见我总盯着他，索性走出来，站在小屋门口朝我招手：“那同学，进来暖和暖和，外边凉。”我真神使鬼差地随他进了小木屋。存车铺的屋子狭长窄小，尽头只容下一个座位，座位余留的空间放个取暖炉子，上面放把铝壶，我侧身站的地方紧靠门。男孩自我介绍说他叫匡阅丰，问我叫什么？我告诉他叫刘根。问他刚才走的那老婆儿是谁？他说，是他妈妈，他来替妈妈班，好让她回家吃口热乎饭。见他手中拿本书，用牛皮纸包的书皮，就问是什么书？他说，《第七颗铜钮扣》，苏联反特的。你想看，我借你。我接过来，翻几页，密密麻麻全是字，不像小人书那么好看。我犹豫着说，要不你给我讲讲，我省得看了。小丰说，听别人讲没意思，自己看才有意思呢。这本书特好，紧张、曲折，不看到结尾，你绝不知道谁是坏人。经他怂恿，我不好意思不接过来，你借我，你看什么呢？他说，我有的是书看。刘根，可不许借别人啊。我懂他的意思，我们说话时的1970年末，革命运动依然很严酷，新华书店摆放的只有两本小说：《欧阳海》和《金光大道》，其他全是红一片的毛主席的著作。除此之外，都算毒草，不准看。

有人存车，小丰拉我出来给人家挂牌。车牌一分为二，挂车把上一半，存车人手中留一半，靠这半交钱取车。小丰教我怎么挂牌，挂把上是存临时的，挂车大梁上是存过夜的。存临时的二分，存过夜的八分。

我心不在焉，焦灼地等待秃子所说的“天仙”下凡。小丰埋头小说里，顾不上理我。我按捺不住，偷偷地问：“小丰，谁来接你的班？”小丰头也不抬，说：“梅阿姨，快来啦。”

什么快啦，时间磨磨蹭蹭，走得很慢。

“小丰，又来替你妈妈哪——”

这时，一阵十分动听的话音传过来——是一个女人的声音，无法比喻。比喻成夜莺的婉唱，可我没见过夜莺，或者像银铃般悦耳，我也不曾见识过银铃——反正就是很好听。

“行啦，快回家去吧。阿姨来接班啦。”接着，我瞧见一朵花伞飘进胡同。花伞下身形窈窕，俏臀微翘，大腿修长，带笔直裤线的裤管收进浅蓝色雨靴里。花伞收敛，露出上半身。如同晴天霹雳，这种比喻一点也不夸张——惊得我目瞪口呆。那是一张何等生动、充满魅力的脸庞啊，像皓月一样的皎洁，如玫瑰一样的鲜艳。无论秀美的前额，又弯又细的眉毛，湖水般清澈的眼睛，柔和的嘴唇，无一处不显示了造物者精致的塑造。一头乌发是自然卷，很随便地用手帕束起来，她穿着翻领蓝卡奇布上衣，里面套件杏黄色毛衣，衬托出脖颈皮肤的白皙。前胸隆起，将毛衣支得高高的，令人不敢直视。她越走近，一股花卉似的幽香袭来，使你魂魄迷失。就是这样一个女人，就是这样一幅美人肖像,永远镂刻在我的记忆深处,至死无法磨灭。

——可惜,她只是个存车女人。那个年代多糟贱人才啊,若换到现在,她绝不会被这么埋没。

小丰同梅阿姨办交接班,方法挺简单。小丰跟随她后面一辆辆数车,数完了存胡同里的车,再回小木屋数牌儿,没差错,小丰算交过班了。临走时,他没忘嘱咐我:“那本书快看,千万不能借外人。”我站在木屋门口,走不是,不走也不是,犹疑的当口,梅阿姨在里面叫我:“那孩子,老在外边傻站着干嘛,进来陪我待会儿。”

推门进屋,花卉似的幽香越加浓郁。黑暗中,她的眸子朗星那样晶亮:“看不出啊,你这孩子挺勤快,帮助小丰挂牌儿,往后你也帮我。”除去她的眸子,又亮起一点红的火——原来她抽烟。“你究竟多大呀?这么高,这么壮实,像个大小伙子。”我说:“十七,不,快十八岁啦。”她喃喃道:“真是大小伙子……”她伸手掐掐我的肩头,“呦,肌肉挺发达呀。”我有些不好意思,脸涨红了。这时,有个男人推自行车经过小屋玻璃窗，我不知该不该出去挂牌儿，她起身抓起一副牌儿，挤过我身边时，有意无意间碰到我两腿之间那地方。我一惊，赶忙闪开。她忽然“咯咯”笑起来。挂完牌儿，她回到小屋，笑着对我说：“害羞哪？论岁数我比你大，论辈分我是你姨。”

我十分慌窘，低着头，垂搭双手。梅阿姨咯咯笑起来，唉呀，你真害羞呀，像个大姑娘。我说我不是姑娘。其实我心怀鬼胎，怕她看出来。梅阿姨又咯咯地笑。

“没爹没妈的根儿呀嘿——，石头缝里蹦出来的根儿呀嘿——”外面响起一阵哄闹，我扒小窗往外瞧，秃子、黄毛和发面饽饽坐自行车上朝这边喊叫。我的脸烧烧的，对她说了句：“梅阿姨，我的朋友招呼我。”拉开门跑出来。快靠近秃子他们时，我准备发作，不料秃子领头喊一声：“根儿在小屋里干嘛呢？——”

黄毛和发面饽饽一同拖着长腔应道：“吃奶——”

秃子又问：“吃谁的奶呀——？”

他们又答：“吃他干妈的奶呀——”

臊得我脸红红的，愤怒燃烧起来。我冲他们仨吐口唾沫，恶狠狠地骂了句："×你们妈妈……"扭身跑进大杂院。

3

美丽的女人一般傲气又懒，梅阿姨自然也不例外。轮到她当班，她整天憋在小屋里抽烟不出来，极不情愿给存车人挂牌、收钱。所以，她就叫我帮她干，我成了她的奴仆。我站在小屋窗户前盯着外面，有人推车进来，我急忙跑出去，往那人的车把上挂牌，然后从那人手里接过二分钱硬币交给她，她朝我努努嘴，那意思是把钱放到窗边硬纸盒里。

我乐意做梅阿姨的奴仆，你想啊，在漫长又安详的下午，不但能和她厮守在一个狭小的空间，还能闻到她身上发出阵阵的奇异的香气，那是多么令人神往的事情。我不敢看她，好像一种禁忌，怕冒犯她。但余光告诉我，她在看我，用漫不经心的眼光看我。那天，她忽然对我说："根儿，你的眉毛长得好看，像杨小楼的眉毛。"小时候，英丽姐总带我看京戏，我知道杨小楼是京剧《野猪林》中演林冲那个人，可我不知道眉毛像杨小楼。从那天开始，我特别善待我那对杨小楼式的眉毛，即便洗完脸，也要用毛巾小心翼翼地擦一遍它们。随后，我就高扬着擦洗的眉毛走向存车小屋。

梅阿姨不上班的时候，我会失魂落魄，依靠墙壁上，闭着眼睛想象她的样子。有时想得太苦，她的影像忽然从视网膜上消失。我怕"她"一去不复返，赶紧拿张纸，拿支铅笔，从脑海里把"她"临摹下来。上小学我进过学校美术组，至少画什么像什么。我把梅阿姨画成各式各样的女人，秦香莲、穆桂英、七仙女、林黛玉……然后一张张藏进我的课本。再把梅阿姨思念丢了时，我就拿出画来看，看着看着，竟热泪盈眶。

奶奶偷看了我的作业本，拉我坐炕沿上，一脸严肃地盘问我："你多会儿见了你的亲妈?"

我丈二和尚——摸不着头脑。懵懂地说，"没有哇?”

奶奶生起气来:“根儿呀,你可不许说瞎话。更不该骗奶奶!”

平白无故受冤枉。我对奶奶起誓说:“奶奶,我发誓真没见过我妈妈！我早把她忘了。”

奶奶拿出我画的梅阿姨的画,丢我面前,说:“这画的谁?”

我一把抢过作业本,说:“我画着玩呢。”

奶奶相信了。她感慨地说:“要不说血缘最亲最近哪。没见过你亲妈,画得真像啊!”

好在每隔一天,我就能见到梅阿姨,守在她身边,心情就格外地好。遇到梅阿姨心情也很好,不抽烟时,她轻轻地唱戏,唱越剧。我对她说:“我奶奶特别爱听越剧,小时候常带我到黄河剧院听越剧。”梅阿姨听了,很高兴的样子,说:“哪天让我见见你奶奶。”国庆节那天,她交完班要回家,我很舍不得她走,就说:“我领你见我奶奶吗?”我编瞎话说,我奶奶特别想认识你。梅阿姨显出很高兴的样子,跟我进了大杂院天井,上了三楼,踏进我家。奶奶一眼便认出梅阿姨,说:“啊哟,您别是‘齐鸣’越剧团演红娘那位阿梅吧。”梅阿姨就咯咯地笑,说:“老太太,你眼神真好。正是我。”看来,梅阿姨到存车铺之前,是位越剧演员,演过《西厢记》中的红娘。我猜想,梅阿姨同宁慧心她妈妈一样,剧团散了,分配到存车铺工作。在我家,一个演员,一个戏迷,两个女人犹如久别重逢的知音,亲热地聊起来,聊得很尽兴。

不知不觉中,天色黑下来,天空“突突”地放起焰火。今天是国庆节呀!梅阿姨被焰火吸引住了,睁大眼睛朝窗外望。窗户小,只能看到焰火散落后的样子。奶奶说:“你领着梅阿姨上阳台去看。”我家的窗户通向阳台,那阳台是旅馆的屋脊,四周围一圈女儿墙。我带着梅阿姨钻过窗户去阳台,和她并肩坐到旅馆屋脊上,扬脸凝望天空,一个一个的烟花腾飞而起,天空被五彩缤纷的焰火所照耀。从未见过梅阿姨这么兴高采烈,绽放孩子般的笑容。我挨她很近,她的呼吸轻柔地拂过我的面颊。我心已醉，希望能永远这样和她在一起。

焰火放完了。我和梅阿姨回小屋，她踩着床铺跳下地，床铺就印下她的脚印。奶奶留她吃饭，她说得回家照顾孩子，我送她下楼，送她走出胡同。然后飞跑回家，但晚了，梅阿姨留在床铺上的脚印让奶奶用扫帚扫得一干二净。那是我想收藏的梅阿姨的印记，奶奶怎么糊里糊涂地把它弄没呢？就跟奶奶大吵，诘问她为什么扫炕？奶奶挺纳闷，说不扫炕怎么铺被窝睡觉？可是奶奶扫没了我心爱的东西，但我说不出口。

秃子、发面饽饽和黄毛他们莫明其妙地跟我翻脸，不理我了。他们在胡同口凑一堆抽烟，我追过去，他们像没看见我一样，待搭不理的。秃子说：去去去，少跟我们凑合，快找你干妈吃奶去。发面饽饽跟着起哄架秧子：你多美，自个吃独食。说完，三个人结伴走向马路。我猜测跟我天天在存车小屋泡有关系，梅阿姨不待见他们，不叫他们进屋。他们生气。不理就不理，有梅阿姨在我身边，比什么都重要。

事情远比我想象更加复杂，秃子他们不光不理我，而且恨我，甚至想揍我。

我守在存车小屋听梅阿姨哼唱越剧的时候，他们就坐到外面的自行车上虎视眈眈。黄毛故意把车铃摁得“叮当叮当”乱响。秃子弄开一辆农村人存的水管自行车，骑着往别的自行车上瞎撞，“哗啦啦”倒了一大片。梅阿姨叫我出去管他们，撞坏了车子谁赔。我知道秃子他们是冲我来的，我上前抓水管车的车把，对秃子说，你下来！秃子冲我瞪眼：“根儿，你他妈算什么玩意，管得着我吧，车又不是你们家的。”我理直气壮地对他说：“车子是公家存的，你撞坏了赔得起吗?”秃子恼羞成怒，推车把还往其他自行车上撞：“你想怎么着？我就撞，就撞！”发面饽饽、黄毛，这小子找不自在，咱们帮他拿拿龙！发面饽饽和黄毛忽啦一下子围住我，要跟我动手。发面饽饽忽然喊：“别揍他，他是派出所‘联打办’的。召来警察抓我们！”秃子妒火未熄，他存心想教训我。秃子冲那俩人挤鼻子弄眼一下，突然，秃子叫道：“一、二、三——呸！”蓦地，他们一齐张嘴朝的我脸啐唾沫。顿时，唾沫和黏痰挂到我头发上、脸上、往下直流。

梅阿姨发觉我们这儿出现问题，拉开小屋门奔出来，边朝这边跑，边叫喊："你们欺负人啊？我喊派出所警察啦。"她这么一叫，秃子他们一哄而散。梅阿姨站我面前，掏出手绢擦我一脸糊涂的唾沫和黏痰，边埋怨我说，"刘根，你太老实。"老实实际就是窝囊。窝囊人总会受欺负。我感觉当她面很丢面子，就推开她的手，扭头跑进院子。

18

“四眼”汪春花

从某种意义上讲，我不属于纯粹的游手好闲。不像秃子、发面饽饽和黄毛，他们年龄比我大，相继蹲过班，留城跟我同一届的初中毕业生。毕业时，由于他们不符合留城政策毕业时，该上山下乡。他们不去，沦落成社会青年天天闲着无事，到处东游西逛。

17 岁那年，我也没能留城工作，暂时在清水街革命委员会下属的爱国卫生办公室帮忙。

当时的街道革命委员会，就是现在的街道办事处。所谓“帮忙”相当于现在的打工。不算正式的，也不用签什么劳务合同，更不上什么保险。根本不像现在公开招聘，都靠走后门进去。我进入清水街革命委员会，是奶奶的侄子葛叔叔帮我弄进爱国卫生办公室。葛叔叔在街道革命委员会当副主任。

爱国卫生办公室算我在内四个人，负责人姓刘，一个温和的老干部，还有位宋阿姨，她实际也属于帮忙的，她的人事关系在街卫生院，每逢周二下午还要到卫生院参加政治学习。另外的是个女孩儿，她叫汪春花，戴副深度近视镜，有一次，她无意中摘下眼镜揉眼睛，一旁的宋阿姨惊叫起来："哎呀，小汪摘了眼镜像变了个人，活脱脱一个美人坯子！"汪春花的脸蛋一片绯红。宋阿姨并没留意汪春花的害臊，转过脸来数落我："刘根，你长长出息，说不定将来你和小汪凑成美满的一对。"宋阿姨的话特别不顺耳，好像我堂堂一个男子汉，竟不配一个女"四眼儿"。

我和汪春花同属天涯沦落人，在街道暂栖身。按照当时的说法，我们都是1971年应届初中毕业生，统称"七一届"。按照那年上级规定，这一届一半上山下乡，一半留城工作。那时年轻人的最大理想，就是留在城市，有一份正式工作。干什么并不重要，重要的是所进的企业最好是国营的，工资高，粮食定量也高。

我本来应该顺理成章地留城，因为我是根独苗，按照当时分配政策：独生子或家中的哥哥、姐姐有一个上山下乡的，便可以留城。可惜，临分配前，学校考察我的社会关系时，找不到我的爸爸妈妈究竟是谁？现在何处？问题随之而来：无法找到我的妈妈，就无法证明我妈妈跟别人生过孩子没有，进而无法证明我的独生子。因此，学校把我的留城名额走了后门，硬把我算作病退，归入街道待业。打那儿开始，我不再去学校，羞于见同学，没能工作上，我感觉特别丢脸，就像现在年轻人从来没去过“麦当劳”一样地没面子。汪春花与我的境况不同：在家里她头大，本该走的。她爸爸有路子找关系走后门，给她弄成病退。我们唯一愿望就是，等到社会招工，给我们一份理想的工作。对于我们的命运，过去学校说了算，现在街道说了算，所以我和汪春花很珍惜帮忙这份差事，每天早来晚走，打水扫地，应酬那些居委会的家庭妇女们，争取讨好街道领导，尽早有出头之日。

汪春花爱看书，等刘老和宋阿姨不在时，捧着一本没头没尾、很旧很破的书看。我总琢磨她为何戴眼镜，就是看“毒草”毒坏的。办公室取暖的炉子上坐着铁壶，沸开的水把壶盖顶得直叫。除外，一切都很安静。我无聊地张望窗外初冬阴云密布的天空，心里涌起阵阵莫明的忧郁。忽然，旁边一阵轻微的哭泣声，我一扭脸，发现汪春花正用手帕揩拭着眼泪，匆匆忙忙的，像犯了什么错。我凑过去挺着急地问她，"待好好的，你怎么哭啦?"她把脸偏过去说："你少管，我待会儿就好。"女人的眼泪真多，好一阵都抑止不住，末了，她把书往抽屉里一塞，捂着嘴跑下楼。我知道这都是那本书闹的。

17岁时的我，已经有两年烟龄，烟瘾很大。平时办公室没人我就偷偷地抽上两口，听楼梯一响，有人来了，我赶紧把烟卷掐灭。假若来不及，我就用舌头和嘴唇一夹，反藏进口腔里，谁都发现不了，然后再出去吐到墙角。汪春花找地方哭去了，我掏出烟卷点上抽。当时我抽的烟卷牌子叫"永红"，两毛二一盒，档次相当于现在的"石林"。刚嘬两口，楼梯响起匆忙的脚步声，我慌忙将烟卷藏进嘴里。汪春花走进来，她警觉地嗅嗅房间空气，说："你抽烟了?"见我鼓着嘴不理她，便很鄙夷地对我说："我讨厌你抽烟。"我一听就气，连我奶奶都不管我，你管得着吗！

宋阿姨领几位负责计划生育的居民革命委员会代表走进屋。她鼻子灵，闻到了烟味，面色严峻起来：

“谁在办公室抽烟?”汪春花不吱声,光用抱怨的眼神瞟我。我赶紧低下头。居民代表自己搬椅子坐下,宋阿姨往外轰汪春花:“小汪,你去楼下取报纸。咱们开会,小刘,你负责记录。”宋阿姨特别关照汪春花,管计划生育的居委会代表一来,她准往外轰汪春花,怕让她听到男女间最隐私的东西:什么交媾啦,射精啦,排卵啦,怀孕啦,结扎啦,戴环啦……所以每逢开会听汇报,做记录的苦差事自然落到我头上。

今天这几位居委会代表汇报的情况不妙:有的妇女阳奉阴违,坚决不戴环,有的妇女偷着怀第二胎,竟跑到乡下去生孩子。宋阿姨越听脸色越难看,末了,她总结时说:“这种违反无产阶级革命路线的错误行为,绝对不能再继续下去了。你们居委会那些不戴环的,而且屡教不改的,不能对她们再客气。革命不是请客吃饭嘛。你们居委会代表联合派出所民警,把她们从家里拽出来,拉到卫生院就地摘环。还有,你们居委会那些跑乡下生孩子的,更要加强专政的力量,到她们丈夫的单位反映情况,想超生就开除公职。看她们还敢不敢生。同志们,我们要积极行动起来,控制住我街的计划生育指标。行啦,大家赶快回去吧。"宋阿姨发完言,那几位居民代表离座而去。

宋阿姨转脸批评我:"连工作还没有竟学会抽烟,你瞧见哪个好孩子抽烟?啊?我给你一星期时间戒掉,要不我通知你葛叔叔,叫你回家待着。"我头垂得更低了。她又追问道:"听见没有?不许装哑巴。"我说:"听见了。我改。"宋阿姨这才缓和许多,"刘根,现在我们管界流氓打架事件多,派出所民警人手不够,成立了'联打办'。街里决定派你去'联打办'帮忙,你能写会算,人也聪明,给他们当个内勤。到那儿好好干,不要给你的葛叔叔丢脸。"

汪春花轻轻走进来,站一边听我们说话。宋阿姨指着她教育我:"你跟人家小汪学,抽空看点书,读读报纸,增长革命觉悟,增长知识。小汪,你往后要多帮助他。"我心里想,用不着,她能帮助个屁!反正我要去派出所帮忙,离开你们俩了。

薄夜,街灯已燃亮,昏黄的灯光混合暮色,把整条街都染成橙色。我和汪春花一前一后走出街道革委会红漆大门。我疾步匆匆,她落下老远。她唤着我的名字追上来。我没好气地说:“你叫我干吗?”她从书包里掏出一本书,就是让她哭天抹泪的那本破书。“我借你看。”她真听宋阿姨的话,立竿见影,现在就要我增长革命知识。我鄙夷地瞥她一眼说:“我怕它把我也毒成‘四眼狗’。”一窜,我窜过了马路。回头看,汪春花依旧站立原地,用手抹眼睛。活该!

细想起来,我真正的性启蒙是从派出所“联打办”开始的。早先秃子在夏季白话那些男女间的破事,纯属瞎说八道,想象加胡编。在“联打办”我经历的比秃子讲的更真切、更刺激。

我说过,我们那年代禁忌多,人为设置下的条条框框把人圈囚在窒息的空间里。爱情是捆绑最紧的一类,男女的情爱是最不能逾越的致命疆界。即便搞对象,都偷偷摸摸的,好像地下党接头。搞对象少不了拥抱、接吻,相互爱抚,那你最好躲家里、隔着厚厚的墙壁去爱抚,倘若你敢趁夜色跑公园草丛中弄这些事，那活该被我们"联打办"抓。"联打办"的全名叫做"联合打击流氓犯罪办公室"，专管男女之间那点破事。当然，搞婚外情简直是冒天下之大不韪，轻者被扣上"坏分子"的帽子，男的叫"耍流氓"，女的叫"搞破鞋"，重者按流氓犯罪遭受打击，进学习班学习，弄个臭名声，一辈子翻不了身。

"联打办"报到的头一天，便遇到一桩案子：两联打办队员深夜出击，从水上公园眺园亭抓回来搞流氓的一男一女。侯组长组织人员连夜突审，我负责录笔录。男的四十七八左右，面色苍白，说话直哆嗦。女的也就二十四五，倒挺沉得住气，低着头，一言不发。其实一审才知道俩人什么都没干，紧挨一起坐着说悄悄话。侯组长经验丰富，"甭听他们瞎掰，一对狗男女！男的这么老，女的这么年轻，大半夜的跑公园干吗去？准'搞瞎扒'（偷情）没错。"遂制订下"专找软柿子捏"的策略，把女的轰到对面房间，全力以赴攻老的。

房间光剩下老的的时候，侯组长脸一沉，拍桌子瞪眼，咆哮着叫他坦白交代问题，否则通知他所在单位的革命委员会。老的吓堆乎了，浑身颤抖，语无伦次地交代：那女的是他学生，俩人曾经干过那种事……老的进入侯组长设置的圈套，得意之情闪烁在侯组长的脸上，他笑眯眯地问：说，你跟她干过几次，在哪儿干的，怎么进去的？要详细交代！老的抹把汗，一五一十坦白。我一边记录，老的讲到关键处，我的心紧缩到一块儿，下身忍不住膨胀得难受。侯组长不满足：你还是不老实啊。为什么她每次脱一条裤腿儿？她一叫床，你为什么堵她的嘴？说！老的被逼无奈，沉吟半天吐出一句：我害怕……侯组长狞笑道：真害怕假害怕？真害怕就甭干坏事。你先出去等着，把那女的弄进来。老的缓缓站起来，朝门口走两步，又停住，扭过脸哀求侯组长：你们怎么处理我都行，千万别难为她……

女的带进来之后，仍旧跟先前一样，紧咬牙关，一言不发。侯组长哪有耐心跟她耗，就将老的坦白的一切和盘托出。女的听完，愣怔一阵，然后就哭了，哭得很伤心很委屈。“哭顶用吗？”侯组长凑到女的跟前说：“老老实实交代自己的问题，才能得到宽大处理。你先到外边冷静冷静，回头再交代。"女的刚迈出门槛，周围爆发起哄堂大笑，尤其侯组长笑得最凶。大家笑够了，侯组长打着哈欠说："我累了，今儿个就到这儿。女的有点儿可怜，就算了，放她走，也别通知他们单位，体现党的宽大政策嘛。那老家伙得治，让他长长记性。小刘，你连夜整理好他的材料，明天通知他们单位领人。"

其他人散去，侯组长陪我整理材料，一直忙到次日凌晨。第二天，老的单位来了几个人，将老的领走了。事后，我听说单位很快处理了他，把他弄进了学习班。

几乎每天都经历这种事，有时一晚上能抓回来两三拨儿，最有意思的当然是审人。侯组长恩威并施，连哄带吓唬，任何狡猾的"流氓"，无不乖乖坦白，把他们搞男女关系过程中的细微末节，交代得淋漓尽致。我们抱着找乐儿和猎奇的心情，进行这一革命工作的，如同现在年轻人看感官刺激性很强的情色片。时间一久，我对于男女之间的那点事了如指掌。可我不曾察觉邪恶的欲望在心中悄然滋生。

汪春花打电话找我那天下午，侯组长跷二郎腿坐在办公桌上，跟我讲一桩更暧昧的案子。他随手抄起电话递给我说："是个女的，找你。"我接过来，一听是汪春花。她急切地说："宋阿姨叫你赶紧回街里，有要紧事。"我猜准是居委会大娘们汇报计划生育工作，需要找记录的，宋阿姨护着她，临时抓我的官差。"什么要紧事，我正忙着哪。"她不识趣，还用命令口吻说："那你请假呀。""凭什么要我请假？宋阿姨的工作是革命工作，这儿的工作就不革命啦？"显然我噎她够呛，沉吟半天，她才开口："宋阿姨不叫跟外人说。是社会招工的事，你最好现在回来……"我一听，这可是天大的事，慌忙撂电话，跟侯组长请了假，骑上他那辆破"双喜"，一路"稀里哗啦"往街道革委会赶。

推门进办公室，不光宋阿姨和汪春花在，刘主任也在。他们"嘁嘁嚓嚓"凑一起，大概在说社会招工的事。刘主任示意我关严房门，招手让我坐他身边。宋阿姨说："我亲自听区王主任讲的，明年一月份社会大招工，专门解决街道的待业青年、上山下乡病退青年的就业问题。多少年了，这是头一回，机会难得啊！小汪、小刘你们可不能错过这次机会，错过了这一回，下一回还不知等到哪年哪月。”刘主任一直沉默抽烟，听宋阿姨说。其实他比宋阿姨知道底细。宋阿姨停歇时，刘主任开口说：“就拿咱们街道情况看，像你们俩这样的待业青年，再加上上山下乡病退的通共有三千多人，而招工名额不足三百个，僧多粥少哇。街革委会和知青办研究过好几次了，决定采取先民主后集中的方法：先由个人报自己情况，集体公开评定排出名次，张榜公布，排出的名单上报街革委会，再由街领导根据名次决定给谁分配工作。工作实在不好做，有的病退知青已经在街道待了四五年，岁数都不小啦，憋足劲儿想挤进这批招工名额。瞒报情况的，托人说情的少不了。你们俩呢，各自在各自的居民委员会报名，跟其他待业青年一样参加公开评选，如果过了这一关，能进入大名单，下面报到街道上来，情况就好办多了。我和宋阿姨会帮你们的，这可不叫走后门，你们都是好孩子，你们的具体情况我们了解嘛。”老刘不能多说话，说多了就咳嗽不停。他开始咳嗽的时候，宋阿姨接过话茬说：“我认为小刘的情况好一些，独生子，本应该留城。小汪危险，不过我和他们居民委员会主任关系不错，由我包她吧。”我听了，心里不舒服，宋阿姨还是向着汪春花，她管她，而不管我。

老刘咳嗽起来没完，直咳得面红耳赤、细脖颈青筋暴露。我们耐心等候他完成这剧烈运动后，恢复了常态，特别严肃地叮咛我和汪春花：“关于社会招工的事，小道消息传播挺多。但我和宋阿姨今天讲的才是最真实可信的正当渠道消息。你们记住喽，招工的方法以及名额，外人全不知道，不许外传，谁传谁负责。”

到下班时间了。我们一起走出街革委会所在的胡同，老刘骑车先走了，宋阿姨推着自行车，让汪春花陪着她转向另一个街口。我不想回家，独自一人站马路边，凝望着街对面塑料机械厂的楼顶，楼顶上的烟囱冒出浓烈的黑烟，悄然消匿进黄昏的暮霭里。我的理想很单纯，梦中常梦见工厂的烟囱。

梅阿姨

1

秃子塞我手里一本厚厚的书，包着牛皮纸皮。

瞧他的眼睛暧昧地眯成一条缝，就知道这本书比毒草利害。什么破书？我问。秃子凑我耳朵边说，《农村赤脚医生手册》，里面画着女人的个个，还有女人那地方。藏好了，晚上睡觉看，准保你的狗鸡立起来。我很好奇地接过来，女人隐私的地方，我在派出所“联打办”无数次听说过，但没见过。

我们说话的时候，梅阿姨在存车小屋里敲窗户并朝我招手。秃子不无嫉妒地说，瞅，她叫你哪。去看看你干妈的个个跟书上画得一样不一样？我捣了他一拳，装作很矜持的样子走向存车小屋。

梅阿姨穿件两排扣呢子列宁装，束腰的，勾勒出她苗条的腰身，同时突出她俩个个的充实。她在暗影里抽烟，袅袅烟缕像蓝色的淡雾飘动，遮盖住我迷恋的身香。“那小子给你什么书?”说着,她想从我手中夺,我赶紧把手移到背后,“不是好书,你不能看。”她索性一把抢到手,翻看起来:“有什么书我不能看?嗨,治病的书哇。”可能她翻到秃子折角的那一页,便“扑哧”地笑出声,“真人比书上画得好。”把书还到我手里,又说:“你学学人家小丰,看的书都有知识,有用处,比看这破烂东西强。”我脸一红,真打算把《农村赤脚医生手册》撕了。

漫长的过午,梅阿姨很少同我交谈,她似乎陷入一种焦灼的情绪中,目光长久望着窗外,绯红似潮汐在脸颊一起一退。当秋日的阳光收敛起最后一抹余晖,梅阿姨振作起来,她对我说:“你去我家帮我拿趟饭。跟我那口子说,今个儿晚上我值夜班,叫他照顾好孩子就行。我家在福祥里胡同靠右首第一门。”我很乐意为她效劳,拉开小屋门,跑出胡同。

我呼哧带喘地一路奔跑到福祥里胡同。靠右首头一家是个小院,涂了棕色漆的木门关严严的,我推一下,门倒锁着,我又敲。里面有人应声:“谁呀,瞎敲个妈的×呀?”我赶忙说我是来给梅阿姨拿饭的,院门才打开,走出个獐目鼠眼的瘦男人,乍看很像宣传画上画的阶级敌人。他怀抱着两三岁的女孩,用一种不怀好意的眼神盯我老半天:“她自己怎么不回家拿?”我猜想他就是梅阿姨所说的她那口子,顿时感觉失望透顶。随后我把梅阿姨教我学舌的那番话对他说了一遍。他没再说什么,气哼哼转身进去,不一会儿拎个饭盒出来,塞我手里,“咣”地一声关上门,然后我又听到里面锁门的声音。我当时真想骂他,好像我来他家拿饭,跟偷东西似的。梅阿姨怎么嫁了这么个家伙!

一路上,我不停地替梅阿姨惋惜,所以跑过三四条马路也觉不出累。

跑进胡同,拉开存车小屋的门,我登时呆怔住了。梅阿姨背后站着一个比她高出半头的男人,那男人长得挺英俊,换成现在话说就是“帅呆了”。反正我是傻呆了。梅阿姨迎我出来,一边接过我手里的饭盒,一边往外推我,说:“谢谢你,快出去玩吧。”我知道梅阿姨需要那男人,而不需要我。我觉着自己一下子孤单了，整个世界都似乎离我远去。

夜完全掉落下来。

晚饭我没有心情吃，我想梅阿姨，就从被褥底下拿出课本，课本里夹着我画的梅阿姨。我莫明其妙地哭了，泪珠滴到画纸上，画上的梅阿姨模糊不清起来，然后我把所有的画全撕个粉粉碎。

秃子和发面饽饽他们在楼下叫我，一声高过一声："根儿——根儿——你他妈快下来！"

胡同街灯惨淡，秃子他们的面容影影绰绰。我气不顺地上前打招呼："你们他妈的叫我干吗？"秃子嘻嘻地笑，好像讨好我，"找你有好事，走，到南市旅馆那边说去。"秃子领我和发面饽饽、黄毛穿过胡同，走到马路对面的南市旅馆前。天气凉了，马路已经没有乘凉的人，行人寥寥，只有我们三个抽烟的少年。秃子用下颏指指胡同口的存车小屋，说："瞧那儿，连灯都不开。里边黑灯瞎火地干什么？"我们望过去，果然小屋的窗户漆黑一团，死般静寂，像关着个巨大的秘密。

“不开就不开呗，那怎么啦?”我纳闷地问。

秃子古怪地笑：“你干妈正跟个男的搞破鞋哪。”

我懂得搞破鞋的意思，心仿佛被针扎了一下。

秃子又说：“你不信哈? 你凑过去听窗根儿，你干妈准美得直叫唤。”

但梅阿姨是梅阿姨，不是我干妈。他歪曲事实，令我怒不可遏。我说：“秃子，你再说梅阿姨是我干妈，别怨我跟你翻脸!”

“干妈怎么啦，我还乐意让她当我干妈哪。行，行。你先过去听窗根儿。”

不知出于什么原因，我悄悄穿过马路，蹲下身子靠近小木屋，撑起耳朵听。不久，我听到梅阿姨轻轻的叫唤声，这种叫唤很特别，我从没听过，混杂疼痛的呻吟和压抑的哼叫，我的心抽紧了，每根汗毛全竖立起来，好像梅阿姨的呻吟是我心底发出，每一声都撕心裂肺，都带着血淋淋的痛。我双腿发软，瘫倒在木屋旁。

当天夜里，我躺被窝里久久难以入睡，耳边依然回响梅阿姨那种叫声，心中萌生起一种被欺骗、遭背叛的恨，我恨那男人，也怨梅阿姨。翻来覆去睡不着，索性偷看《农村赤脚医生手册》，翻到秃子折角的那一页。真像秃子所说的那样，我像憋尿似的难受，我打算帮助它疏通，结果弄得木板床“吱呀吱呀”乱响。睡旁边的奶奶埋怨说，根儿，你鼓捣什么哪？还不关灯睡觉。

那一夜我犹如变成了真正的男人。

第二天傍晚，我和秃子他们又到南市旅馆门口聚集。我将昨晚恐怖的经历对他们讲了一遍，秃子说，这算什么？然后他们一块儿哈哈大笑，笑得前仰后合。秃子不关心这事，他关心存车小屋里的事。秃子说：“那男的在里边，又和存车的女的在屋子里鬼混。对于他们这种流氓行径，要给予无产阶级专政。”发面饽饽问，“怎么专政？”秃子嘿嘿乐。我余恨未消，同意对那两个人实行专政。于是，我和黄毛也问，“怎么专政？”秃子说，“咱今个晚上采取革命行动，当他们流氓正兴头儿上时，派一个人去拉门，他们就流氓不下去了。”好像他们同我一样，都恨那男人，那男人流氓了梅阿姨，所以都咬牙切齿地表示同意。秃子说，谁去吧？谁去大伙给他买两盒“大前门”。他挨个点名问我们谁去，我们谁也不敢去。秃子说，我去！你们赶紧凑钱买烟卷。我掏了两毛，黄毛拿出三毛，一同交给发面饽饽。发面饽饽十分不满：凭什么你俩才拿五毛，我自己掏四毛。黄毛特能欺负发面饽饽，他高高扬起拳头吓唬说，叫你拿四毛你不服？我揍你小子。吓得发面饽饽一溜烟跑了，不久又一溜烟跑回来，手里攥着两盒上海出的“前门”牌烟卷。

秃子并不接烟卷，挺大气地一推说，我先干革命工作，随后来拿前门烟。他猫下身子，身手敏捷地窜过马路，蹑手蹑脚地接近小木屋。我们仨旁观者心弦已经绷得快断了。秃子偷听一会儿，猛然站直身子，大喊一声：“抓流氓啊！”几乎同时，他伸手拉开了屋门。

以后的结局，我们全没能亲眼目睹。秃子狼嚎一声后，我和发面饽饽、黄毛，如同突然撞见猫的老鼠落荒而逃。

2

我终结了“联打办”的工作，返回所属居民革命委员会，参加待业青年的社会招工评选。

居民委员会的“五·七”生产车间成为临时会议室，十七八平米潮湿而寒冷的房间里，放着几台缝纫机，像我妈妈那么大的妇女坐缝纫机后面“喀嚓喀嚓”地扎裤子。我们二百多位待业青年，大多都比我年长几岁，围坐一起。大家虎视眈眈的，仿佛一群饥饿的狼盯住一块肥肉，生怕让别人抢了去。

会议被街道推动组干部抻得很长，他带来上边关于这次社会大招工的指导文件，用播音员的嗓音朗诵一遍，然后发到我们每个人手中。他谆谆教导说，要学好学透这份文件。他订出了学好学透的时间——两星期。也就是说我们在半个月时间里，每天下午两点到四点钟凑一块儿念这破玩艺儿。不许请假。

其实读一遍，便全读懂了，无非是坚持毛主席的革命路线，在无产阶级专政条件下，发扬团结友爱精神，狠斗私字一闪念，进行社会招工的革命工作。推动组干部一遍又一遍地背诵《毛主席语录》："我们都是来自五湖四海，为了一个共同的革命目标走到一起来的……"没错，我们都是为了社会招工这个革命目标走到一起来的，每个人所关心是有没有自己？跟坚持革命路线和无产阶级专政产生什么关系？我根本弄不懂，也不想弄懂。在那个时期，有好多东西弄不懂，我们的思想，我们的欲望，我们的一言一行，我们的穿衣打扮，包括我们的吃喝拉撒睡等等，统统凝固在一个框框之中。好像有人预先浇制下个模具，我们活着的一切都被灌注进这个巨大的模具中，倘若你企图流出这个模具，溅出小星半点的，便被视为大逆不道。我们无法逃脱，像梦呓一样逃脱不掉。唯一抵抗的方式就是充耳不闻，视而不见。

从下午四点钟到黄昏这段时间，我喜欢在南市黝黑曲折的胡同乱串一通。我感觉串胡同有助于我思考许多事。南市的胡同很像人的肠子，九曲八弯，相互连接。说不定你刚走进这条胡同，又踏入另一条胡同的进口，真仿佛在迷宫中转悠，其乐无穷。

我就是在“九道弯”胡同碰见汪春花的。她坐一个小院的门口板凳上，全神贯注地看一本书，守个炉子，炉子上热气腾腾蒸着米饭之类的东西。因为我闻到了粳米的香味。可能我的影子遮盖住书页，她抬起头，惊讶地盯我了一会儿，说：“咿，刘根，你来找我？”我想说，瞎遛达遛来撞上的。话到嘴边改了口：“我来找你玩。”她的脸泛起一抹绯红，赶紧站起来，把我往她家让。我连忙说，别别，就在外边坐会儿。她跑进院子拿出个板凳，让我坐她对面。

黄昏即将结束的那一瞬间，阳光似乎挣扎似地亮一下子，天地变得黄澄澄的，转而便暗淡下去，匆匆忙忙混淆进初降的夜。街灯燃亮起来，微弱的光晕承接着黄昏的温暖。我想不起该对她说什么，本来是意外邂逅，一点儿准备都没有。而汪春花美丽的眼睛，透过眼镜片认真地望着我，像等待一种承诺。

我问："你看什么书？"

她迟疑片刻说："《钢铁是怎样炼成的》。"

我不知道钢铁是怎么炼成的，却想起小丰借我的《第七颗铜钮扣》，说："我也有一本书，特棒，苏联反特的。叫《第七颗铜钮扣》，你准没看过。"

她感觉我俩之间终于有了共同语言，显得异常兴奋："借我看看行吗？我们换着看，我拿这本《钢铁是怎么炼成的》，换你那本《第七颗铜钮扣》。"

见她那么急切，我很飘飘然，一边抠鼻孔，一边装模作样地说："行啊，可我还没看完。"我瞟她一眼，她明显表现出失望，又补充说："要不先借你看，明天顺道给你捎过来。"

她把手里的书一合，递给我，说："你拿走这本，你没书看多不合适。"

没书看才好哪！我心里暗笑这个傻"四眼儿"，不光汪春花，所有爱看书的人都傻兮兮的，包括小丰，还有那些"文革"初期挨斗的那些人，都自以为是，所以个个都是倒霉蛋。但是，我依然接过《钢铁是怎么炼成的》，为了不叫她瞧不起我。

这时，邻家院子飘过炖肉的香气，肚子“咕噜咕噜”叫起来。我站起身，对汪春花说，明天下午在这儿等我啊，我一定把书拿来。说完，我兔子一般窜出“九道弯”胡同。

男子汉不能食言，第二天，我胳肢窝夹着《第七颗铜钮扣》，遛达进“九道弯”。汪春花果真坐院子门口等我，见到那本书比见到我亲切，接手里后，宝贝似地看，把我晾到一边。

末了，她头不抬地问我：“你看我那本书了吗？”

我说：“看了，开头特别打。”其实我连翻都不曾翻过一页。昨夜里我光顾看《农村赤脚医生手册》，一边梦想着梅阿姨。

汪春花抬起头，眼镜后面那双眼睛流露出轻蔑的神情，很彻底的轻蔑，让人承受不住。

“你没看，《钢铁是怎么炼成的》的开头不打仗。”

不曾有过的害臊，烧得我脸烫得慌，比偷“永记干果店”的大鸭梨被逮着一样臊得慌。我第一次在一个女孩面前低头，而且是个傻“四眼儿”。

“那本书多好，我为它哭过好几遍。”她说。

“你要是不愿意看，就给我拿回来。”她又说。

“你以为就你自己会看书，别人不会看？我今晚上就看。”说完，我跑走了。我觉着没脸在她面前多待片刻。

不等晚上，回到家，我拿个板凳坐屋门口看《钢铁是怎么炼成的》。一个男子汉大丈夫，让个丫头瞧不起，实在丢死人了。不就看书嘛，又不是挨枪子儿，我能挺住。我以一种发愤图强的革命精神，打开所谓“书”的第一页，也就是说在我十七岁那个深秋的傍晚，我开始读正儿八经的书，也就是从那时起，我真正认识到书是一种无法形容的好东西，任何东西都无法替代它，就像任何女人都无法替代梅阿姨一样。如果世间没有书，那将多么悲惨和黑暗！如果一个人不读书，那才叫是傻子！

我一头扎进书里，如同大热天扎进海河游泳，根本不想上岸。奶奶催我吃饭，遭到我粗暴地拒绝。从傍晚到次日凌晨，我紧抱着《钢铁是怎么炼成的》爱不释手。它所产生的巨大的能量，把我的身心完全吸引进去了，使我忘记了一切。当清晨苍白的曦光映亮窗帘时，我正读到保尔和冬妮娅在积雪的火车道边相遇，我忍不住悲伤地哭了——这是我生平头一次被书所感动得哭。奶奶以为我中了什么邪，嘟囔着："这孩子青天白日地哭什么，别撞上邪了吧？"老人惶惶不可终日，偷偷背着我，拎件我平时穿的绿军褂，拐着小脚到胡同口给我叫魂儿。

那天，小丰替他妈盯班，我自负地跟他说："我刚看完一本好书《钢铁是怎样炼成的》。"他温和地一笑，说："我早看过。"说话间，他打椅子垫底下掏出厚厚的书，有头没尾，纸发黄，像一块发面饽饽。牛皮纸包着的封面上，用毛笔字写着：《基督山伯爵》。又是一本外国书，我说："外国小说不好看，人名字一大串，记不住。不过，可借我看看。"小丰有点儿舍不得，说："借你本别的，这书人家要得急。"我没答理他那套，揣起

《基督山伯爵》冲出存车小屋。

我拿《基督山伯爵》到汪春花面前去显摆。她又如获至宝，抢着要先看。我略带施舍的意味，将《基督山伯爵》借给她，拿走她刚刚看完的《第七颗铜钮扣》。在以后的许多日子里，我天天往“九道弯”胡同跑，坐个小板凳跟她聊书。或者把小丰的书传给她，再把她的书传到小丰手里。当然在中转过程中，近水楼台先得月，将他们俩传递的书全看了。

更多的时间我和汪春花谈招工的事，那时候有正式工作，进一家大的国营企业是我们共同的理想。如同现在年轻人企图进入外资企业，当个白领一样。汪春花说，她想去离家近一点的工厂，最好是上三班倒的班，这样可以有空看书。我发现书成了她生命的一部分。她问我，你有什么理想？我说，国营企业最好，大集体也将就。反正挣钱多少都一样，国营单位牢靠。

后来，我们又聊到街道正进行的评选。汪春花担忧她的假病退问题会被别人揭发出来：我怕，我们居民委员会开会跟打架似的，谁也不肯让着谁。那些人要知道我病退的事，肯定死咬我下来。她一说，我倒替她忧虑起来，自从开始上山下乡以来，五六年没这样搞过社会大招工，好不容易出现了机会，而且这样的机会一旦错过，不知猴年马月再有。大家面临的状况是狼多肉少，你占据个名额，便意味别人将失去机会，你挤对下一个人，就等于有生存的可能，所以人们全红了眼，把对方当做仇敌来对待。我劝慰她说，没必要担心，你能顺利通过初评。

你要替我保密啊？汪春花忽然叮咛道。

我觉得她说这话多余，小女孩都这么胆小，于是我拍着胸脯说：我向毛主席保证！

她笑了，柔软的笑纹犹如小溪的涟漪。

最后的存车铺

1

我徘徊在胡同里，一连几天我都这样，远望存车小屋惶恐而迟疑。

那天晚上秃子弄那么一手，我懊悔不已。梅阿姨会不会发现我属于他的同伙，因此嫉恨上我呢？我暗暗恨秃子，他干吗掀小木屋的门，叫喊抓流氓哪？否则，此时我会守在梅阿姨身畔，闻着她那迷人的体香。小木屋的门紧闭，狂吼的西北风几次想拽开它，门扇动几下又关上。再过个吧钟头，小丰要来接梅阿姨的班，一般她早就会敲响玻璃窗，招呼我进去，陪她坐，跟她聊天，帮她挂存车牌。可是今天梅阿姨无论如何不会让我接近她，也许以后永远也别想再靠近她身边。

“砰砰砰——”玻璃窗叩响了，我的血液猝然加快。梅阿姨在召唤我？我怀疑我的听觉是不是出现什么差错。

玻璃窗越敲越急切，我迫不及待地跑过去。玻璃窗里面印出的面庞却是秃子那张可憎的丝瓜脸。我怀疑我的视觉是不是出现了差错。

秃子叼着烟卷晃荡出来，脸上的表情神秘莫测。他大人似地拍拍我肩头，说："快给你干妈挂牌去吧。明儿晚上我请你、发面饽饽，还有黄毛吃涮羊肉，不去八里台桥底下那家破饭馆，去'恩来顺'，那儿的涮羊肉有名。"我不置可否。他又拍拍我的肩头，朝我挤挤小眼睛，那意思晚上的聚合非同寻常。他拐着罗圈腿跨出胡同。

存车小屋里烟熏火燎的，好像是个拔火罐。我想一定是秃子和梅阿姨一起抽烟抽的，心中不免滋生出酸溜溜的感觉。梅阿姨见到我也不说话，光痴呆呆地琢磨什么。我叫她一声梅阿姨，她似乎没听见，睁着两眼盯住我，眼神茫然。这时，有人存车，我正要出去挂牌，她忽然一把推开我，抢先冲出小屋。她不是给那人挂牌，而是拿茶缸子喝水，喝一口，又吐出来，再喝一口，又吐出来。我只好给存车人挂牌，挂完牌，我回到小屋，就问："梅阿姨怎么啦？"她说："晌午吃咸带鱼，被鱼刺儿卡住嗓子眼，怎么也冲不下去。"我说："咬一大口窝头，硬往下咽，准管事。"梅阿姨说她晌午吃的是米饭。我说："我家有窝头，我去给你拿。"我拉开门，跑回家，拿半个凉窝头赶紧返回小屋。梅阿姨的神情轻松了许多，她说鱼刺儿已经冲下去了。我很失落，把窝头在手里攥了老半天，末了，捏成个团塞进自己的嘴里。

小丰比平时接班接得早，他比平常显得更沉闷，跟梅阿姨交接时，光低着头，什么话也不说。我在小屋等小丰，他进来后，好像无视我的存在，侧身挤过去，坐里头看书。我尴尬了老半天，找辞儿跟他搭讪："小丰，你瞧什么书哪？"他朝我举了举，又是一本没头没尾的书。我发觉他故意不理我，我说："小丰，你干吗不理我？"他说："你往后不能再往我这儿来。"我问为什么？他说："今天我是最后一次替我妈的班。我妈昨天告诉我，领导批评她了，说附近的存车铺总丢车，不能叫家属替班。”我听了，心一下子空落了许多。并不光因为我不能和小丰在一起。我说：“那咱们怎么交换书看？”小丰说：“隔一天晌午，我来给我妈送饭，你在胡同口等我就行。”

这么一来，梅阿姨当班时，我同样进不了存车的小屋。那怎么能挨近她？怎么替她挂牌，和她相处一个个暖和的过午？我感到一种哀伤，这种哀伤无法形容，无法排遣，反正当时我想到是死，甚至比死更令我可怕。

我一言不发地离开小屋。小丰问我干什么去？我说去茅房。其实我并不想去茅房，话一出口，我倒觉着去茅房挺好，可以抽烟卷，顺便思考些什么。

在茅房里，我碰见了发面饽饽和黄毛，两小子躲这里抽烟的。

原来是你呀，吓我们一大跳。发面饽饽说着，舌头和嘴唇将藏进嘴里的烟卷翻出来，贪婪地吸上一大口。

我点根烟卷，脱下棉裤，蹲在发面饽饽对面的茅坑上。

黄毛说，明儿晌午少吃啊，晚上秃子请客，吃涮羊肉。咱得狠狠吃他一顿。黄毛舔舔厚嘴唇，好像羊肉片正在他嘴里蠕动。胆小的人总会担心的事多，发面饽饽忽然说："秃子的钱从哪儿弄的？偷他妈的？要不偷别人的？"我说："他们家那么穷，他偷西北风去。"发面饽饽开始犯嘀咕："秃子一肚子坏水，不会吃完涮羊肉，让咱们凑钱吧。"黄毛"噗"一声，把烟屁股吐老远的："他敢，我敲瘸他的罗圈腿。"发面饽饽赶紧说："别别，他又秃，再瘸，往后娶不着媳妇。反正我琢磨不透，秃子光白吃别人的，哪次掏过腰包请过客，他准没安好心。"我点点头，认为发面饽饽的担忧有道理。仨人认真思考秃子请我们的真实用意。发面饽饽说："不行，我们明儿晚上都不去，蹲他。"但是涮羊肉对我们充满诱惑，我总结道："照我说，咱们不带钱，看他有什么招儿。"高，实在是高！发面饽饽和黄毛不约而同地翘起大姆哥赞成我的妙计。

抽完烟卷，发泄随之结束。我们系好裤腰带，沿漆黑的过道走出茅房。

我悄悄对黄毛说："你猜我刚才在哪儿碰见的秃子？在存车小屋，跟梅阿姨在一起抽烟呢。"黄毛以一种不可思议的眼神盯我老半天，把拳头攥得"咯叭咯叭"直响。后来黄毛凶巴巴地说："看我打不烂他！"我不明白黄毛怎么有这样大的火气，一直呆望他雄纠纠的身影消失在大院外。

我们怀着期待和猜忌的心情等候秃子那顿涮羊肉。

刚一踏进家门，奶奶冲我喊：你一天疯哪儿去啦？街道代表七婶叫你晚上到居委会开会。抓工夫吃饭，开会是大事，可别耽误啊。我恍然大悟，今天是个关键的日子，全体参加招工的病退青年，集体投票评出候选人。

可以想象我的紧张程度，连胃口都抽紧了，容不进一点东西,更何况吃什么饭了。紧张情绪像不断膨胀的气体,充足了肚子,直堵到嗓子眼。紧张还能影响时间的进度,钟表的时针步履缓慢,天总是黑不下来。天黑下来时,我才能走向决定我命运的时刻。我躺在小床上,默默数着数,我祈祷数到10000时,天就会黑下来。很快10000就数到了,窗外依旧夕阳不落。既然数数不关事,我应该想别的。于是,我想到梅阿姨,梅阿姨立刻浮现眼前,她神秘地微笑,向我伸出她的手。我准备上前去接那只手,梅阿姨猝然消失……“根儿,根儿,到点啦!”奶奶把我拨拉醒。

我走进居委会那间幽暗的屋子,里面黑压压挤满了人,在决定一生命运的时刻,好像都不愿迟到和缺席。街道干部叼着烟卷,跟居委会主任七婶逗笑,四周乱哄哄的语声,仿佛一锅煮沸冒泡的烯粥。街道干部宣布开会,他首先朗诵一段毛主席关于批林批孔的最新指示,接着又念一遍街道革命委员会关于1975年社会大招工的文件,随后,他和居委会代表们发选票,在座的200多位每人一张。我拿到手里一看,一张油印的白报纸上印着所有参加招工的人名单，密密麻麻的200多行，我的名字在第一百多位。街道干部开始讲话，他先说了什么这次社会大招工是毛主席革命路线的伟大胜利，体现了党对社会青年的关怀，你们要认真对待等等，后来他才切入主题，说："由于名额有限，你们这个居民委员会只能有二十五个人当选。所以大伙在填选票的时候，一定要'斗私批修'，根据每个人的实际条件进行填写，够格的，就画对勾，不够格的画×，千万不要瞎填，否则算废票。你们填完之后，为了表明公开公正的原则，我当众唱票。选上的人，不要骄傲，还要拿到街革命委员会进行核实情况，再进行总体评比。没选上的人，不要气馁，耐心等下次招工机会。好，大家跟随我一起高呼革命口号：要斗私批修！将批林批孔的革命斗争进行到底！"

我们跟着瞎喊一通，就埋头填选票，会场鸦雀无声，但能听到心跳的声音。我先在自己的名字下面画个对勾，随后就乱画一气，管谁是谁，反正有我就行。七婶收票，集中到街道干部手中，他站在黑板前开始唱票，念一个人的名字，就在那人名字下面画一道，五道凑成个“正”字。

大伙屏心静气等候宣判。我直勾勾地盯着黑板，看多会儿出现我的名字。几乎在念到第十二个人的时候终于出现了，然后我的名字下面有了道儿，又有了“正”字，一个“正”字，两个“正”字，三个“正”字……在第十五个“正”之后戛然而止，再也没有出现过。

最后排名，我恰恰排在第二十六位——我落选了。

我晕头转向地回到家，觉着很疲惫，倒床上便睡，一觉到天亮。

后来我怀疑，第二天早上我一直没有走出梦境，延续着梦中的行为才做出那么令人后悔终生的事。梦境那么真切，和现实混淆一起难辨真伪：我走进街道爱国卫生委员会，宋阿姨、刘老和汪春花紧凑一块儿，在说天大秘密的事情。汪春花扭过头跟我打招呼，我从她眼镜后面的眸子里闪耀的光芒，立即猜出她已经如愿以偿。心里委屈得想哭，好像他们招呼我，喊我的名字，我根本没脸跟他们说什么，扭身跑出办公室，钻入男厕所后面的夹道，委屈化作眼泪和哭声一同发作出来。然后我就抽烟，一根儿地抽，抽光了烟盒里的烟卷，眼泪也被风抽干了。

猛然间，我看见葛叔叔的人影出现在夹道口。好像他在找我，他铁青着脸，两只手插进军裤的口袋里，责怪地说：怎么搞的，大名单上没你的名字？你怎么落选了哪？他的埋怨在我的委屈上面，又涂上一层惭愧。我像犯了什么的过错的孩子，为了掩饰和一种出于本能的嫉妒，向葛叔叔告发了汪春花，检举她是假病退，根本没有资格参加社会招工。我悲伤地说：“凭什么有她没我呢？不公平！汪春花是假病退，我的条件比她强百倍。”葛叔叔吃惊地瞟我一眼，陷入了沉思。沉吟半晌，他说：“我去想办法吧。你先回办公室，跟任何人也不要透露向我反映过情况，更别提小汪的事。”

我答应着，但没回爱国卫生委员会的办公室，而是跑回了家。我实在不愿意瞧见汪春花得意忘形的样子，更不想见刘老和宋阿姨，因为在他们面前我真像犯下不可饶恕的错误。

3

秃子显得很大方，绝无让我们分摊饭费的意思。他高高坐在餐桌的上首，涮羊肉锅子沸腾出来的热气，朦胧着他的面容。他按捺不住的兴高采烈，把热气驱散到我们的脸上。

“敞开肚子吃，别嘀咕。今儿个我秃子请客。来来，喝酒。”起初我们吃得很小心翼翼，主要担心每盘里鲜嫩的羊肉，会有一部分是需要我们掏钱的。吃自己的东西当然要珍惜。后来秃子一再强调他付全款。我们就无所顾及了，甩开腮帮子猛塞。空下来的盘子摞老高，高粱酒喝光两瓶，每个人的脸庞都似日落西山红霞飞。我们忽略了一个问题：秃子平时是吃人的主，今儿个他反客为主地慷慨解囊，必定有原因。

原因在我们喝得醉意醺醺的时候，才显露出端倪。秃子醉得最厉害，说话舌头打卷，笑不像笑倒像哭。发面饽饽说："秃子，你甭笑啦，像母鸡打鸣，难听死人。"黄毛纠正他说："发面饽饽，你今儿个喝多了，母鸡能打鸣嘛？公鸡才会打鸣。"秃子也喝多了，他的笑比哭还难看。秃子并不跟他们计较，依旧母鸡打鸣似地笑个不停。这种笑法很有传染力，我们三个也跟着莫明其妙地笑起来，竟然笑出眼泪。

"不许笑！听见没有，不许再笑，谁再笑就叫他掏钱请这顿涮羊肉！"于是，我们的笑声戛然而止。

秃子借着酒劲儿，突然宣布："实话跟你们说，今天请客的钱是存车铺那女的塞给我的。嘿嘿，我让她拿钱，她不敢不给。"谁信呢？秃子继续说："知道你们不信。还有你们更不信的事哪……我摸了存车那娘们儿的个个！真的，她那东西特别大，特别软乎，一碰，我的小肚子跟憋泡尿一样难受……"我、发面饽饽和黄毛全傻了，目瞪口呆，像听鬼故事一样，紧张得喘不过气来。发面饽饽翻翻白眼说："瞎掰吧，我不信她叫你摸。"秃子以为我们都不信，急赤白脸地解释说："是她求我摸的。前天，我在胡同口过，存车那娘们儿敲窗户，招呼我进去。我刚一进去，她就抓住我的手往她胸口那儿摁，还求我别把那天的事说出去。我当时蒙了，傻巴兮兮问别说什么？她说，就是有个男的晚上老到存车小屋去的事。她说他们没耍流氓，那男的是她表哥。他们待一块儿谈革命理想哪……”

“我不信！”黄毛忽然说。他的脸色像暴雨降临前的阴天。

其实，我信。在派出所“联打办”经历的那些日子，使我懂得许多，比他们有经验。如果我们当中任何一个人将梅阿姨的事情告发，她会很快被带到“联打办”，查清“罪名”之后，被送进地狱一般的学习班。所谓“学习班”是当时一种特殊的关押犯罪嫌疑人的机构，高墙、铁丝网，大铁门有人站岗。进学习班的人如同进监狱。见秃子这么说，我心里痛，很像现在年轻人崇拜的哪位偶像，某一天掉进下水沟淹死那么令人沮丧。

秃子像蒙受莫大冤枉似地瞧瞧黄毛，又瞧瞧我和发面饽饽：“我要是骗你们，我就是你们八辈拎了不起来的孙子！告诉你们，我不光摸了那娘们儿的个个，我……”他狡猾地住口不往下讲，“我不跟你们俩说，我跟黄毛说，”他凑进黄毛咬耳朵。我紧盯住秃子鼓动不停地腮帮子和他神采飞扬的表情，腿一阵阵发软，似乎将要撑不住身体。

蓦地，黄毛站起来，嘴里骂着：“我打死你这个臭王八蛋！……”话音未落，他抡圆拳头把秃子从高高的首座打落地上，随后他疯子般扑上去，骑到秃子身上左右开攻，一通臭揍。秃子连哭带叫，四脚朝天地挣扎。黄毛仍不解气，顺手抄起酒瓶子，狠狠砸向秃子的脑袋。随即，血从秃子没头发的青头皮流出来……我和发面饽饽吓坏了，这样闹下去会出人命的。我们上前假装拉架，我趁机踹了秃子两脚。

结果很不妙。黄毛被弄进派出所，我和发面饽饽领着秃子去医院看病。

第二天，我不等梅阿姨敲窗户，就一步跨进存车小屋。我要当面弄清一个困扰我彻夜不眠的问题，这个问题对于我来说至关重要——梅阿姨为什么情愿叫别人流氓，不光那个英俊魁梧的表哥，竟然容忍令人作呕的秃子？或者她跟谁都没流氓，是秃子故意编造出来的。这是一个数学方程的两个×，究竟哪个×才是真正的解。

小木屋里烟气缭绕，梅阿姨坐在角落抽烟，幽暗的光线里几乎辨别不清物体轮廓，只有梅阿姨苍白的脸格外醒目，还有她那双大眼睛，闪烁着惶恐。她好像同我说了句什么，我没有听清，只是感觉她的语音颤动而滞涩，很像马拉松运动员跑到半程时的一种喘息。

沉默。这种沉默属于窥测和准备。

年轻人的冲动，如同成年人的酒醉，缺少羁绊和过滤。如果换成现在的我，决不会当时问她那样的傻话。

我问："梅阿姨，你真让秃子摸了你?"

她无动于衷良久。黑暗中，我清晰地听出窸窸窣窣的细微声音。梅阿姨神色恍惚地解上衣的钮扣，然后撩起毛衣，两只雪白的乳房滚落出来，像两只欢蹦乱跳的小白兔。我的手被她冰凉的手抓住，扯向那对欢跳的小白兔。我摸到温软而又颤动的东西，仿佛每月 25 号借粮那天，奶奶新蒸出的热烘烘的白面馒头。而这东西和馒头并不一样，它是带电体，迅速将电流传遍全身，我被电木了，击傻了，莫名其妙地惊叫一声，往后退，脚被什么东西绊一下，我朝后跌倒下去，头撞开了木屋的门。梅阿姨依旧坐在那儿，依旧双手撩着毛衣，喃喃自语道："你也摸呀，你们都来摸，就别说那天晚上的事，我求求你，千万别往外乱说……"

我爬起来，见了鬼一般地逃窜，奔逃到男茅房。

你们一定怀疑我为什么要逃跑，其实我也不知道为什么，是害怕还是良心发现。都不是。就是恶心，胃里面如四海翻腾云水怒，所以跑到茅房狂吐不止。如果你们还不能理解的话，我可以做个蹩脚的比喻：就像你的生日得到了梦寐以求的蛋糕，用刀子切开，里面突然爬出脏兮兮的肉蛆。梅阿姨就这样在我的印象里变成肉蛆，我不愿意再见她，甚至经过存车的小木屋时，眼光扫都不往里面扫一眼，尽管我经常瞧见秃子的影子在玻璃窗后面晃动，发面饽饽站外头给存车的人挂牌。

紧接着发生了一件事：刚从派出所出来的黄毛，又在公共汽车上朝一位女乘客使用一种“划洋火”的流氓行为，被抓到“联打办”，挨了一通臭揍才放回来。当天傍晚，黄毛他妈堵在存车铺门口，蹦着脚朝里头骂海街，四周围了许多瞧热闹的邻居。

“臭不要脸的女流氓，破烂货！你缺德呀！勾搭我儿子，我儿子算遭贱在你手里啦。有本事你给我出来，我跟你没完！”

黄毛他妈撒泼似地用脑袋往存车小屋的木板墙上撞，小屋摇摇欲坠。黄毛他妈骂到掌灯时分，才被居民代表七婶连劝带哄地拉走。待在小木屋里边的人一直悄无声息。我知道那天该梅阿姨上班。

不久，我发现梅阿姨已经不在存车铺存车，接替她的是个乱糟糟的胡子上挂满鼻涕和眼泪的老头。

我猜想过梅阿姨为什么调走？可总弄不清楚，直到有一天“联打办”的侯组长把我叫了去。

21

亲妈来了

街革命委员会公布招工名单那天，我起个大早去看榜，在将近末尾的地方，找到了我的名字。我还有些忐忑不安，又心怀鬼胎地搜寻汪春花的名字，反复在一排排姓名当中寻找两三遍，仍没有找到。我心里“咯噔”一下子，一定是由于我的出卖，她被刷了下去。宋阿姨站二楼阳台上喊我：“小刘，你赶紧上来，老刘有事问你。”我硬着头皮上楼，心情比脚步更沉重。我预测的结果是：汪春花趴在办公桌上哭，老刘和宋阿姨怒不可遏地咒骂我的卑鄙无耻，于是，额头冒出了白毛汗。

实际上，办公室里只有老刘和宋阿姨，汪春花根本不在。我紧张地窥测他们，企图从他们的神情捕捉到蛛丝马迹。老刘还像往常那样平静地抽烟，吸一口，就伴随一阵剧烈的咳嗽。咳嗽一停，他才开口说话：“好，好，小刘，我一直担心你落选，结果还挺好。好，好哇。可惜，小汪没能过最后一关。小汪这孩子是个好孩子……”宋阿姨接过话茬说：“老刘，你再跟葛主任他们说说，帮小汪开个后门。”老刘缓慢地摇摇头说："难哪，那么多人盯着这种事。何况小汪假病退的问题已经被人揭发出来，就算天大的胆子也不敢开这个后门。"

我始终没吱声，害怕暴露我的狼子野心。

老刘对我说："小刘，小汪病了。你代表我们去看望她，目前的情形我和你宋阿姨都不便出面。"说着他塞给我五块钱，"买点水果罐头什么的。最好不要当面提招工的事，恐怕她受不住。"

末了，宋阿姨提醒我："小刘，记住啊，小汪在市眼科医院306病房。"

实际我接下个苦差事。罪孽深重的我面对无辜的汪春花，怕会不打自招出自己的罪行。即便我咬紧牙关忍得住，也难免装不像。那将是多么尴尬的场面啊！我胡思乱想地刚出街道大门，远远瞧见葛叔叔骑自行车过来。我拦住他，吭哧半天，央求他给汪春花挤出个后门名额。葛叔叔面色严峻地训斥我："你有工作就行了，不要操心管别人。革命不是请客吃饭，不是作文章，招工也一样。她是她，你是你，有你没她，这个道理还不懂？谈你的事吧，现在有两个单位由你挑，一个是国营的皮鞋厂，一个是大集体性质的显像管厂，你打算去哪个？”

我还企图替汪春花说好话：“葛叔叔，我求求您，给小汪争弄个名额。要不是因为我，她也不会被刷下来。”

葛叔叔锁好自行车，指着我的鼻子说：“你这孩子呀不懂道理。我没工夫跟你闲扯。”说完，他转身走进街道革命委员会。

骑车至市眼科医院，我幡然觉悟：汪春花患了什么病，为何住进眼科医院？

推开306病房门，我望见汪春花独自一人躺在靠里边的病床上，眼睛蒙着纱布。大概她听到房间有动静，强撑着起身，问：“谁呀？”

我说：“我，刘根。”我凑过去，摁住她，不让她动弹。

她顺从地平躺下来，说：“祝贺你，刘根……”

我听了，格外难受，她祝贺我什么，我心里明白。

忏悔的话几次脱口欲出，但又随着唾沫咽回肚子里。从那时起，我懂得自己本来就是个卑鄙小人。

我心怀鬼胎，赶紧扯开话题，问她："小汪，你的眼睛怎么回事？"

她沉寂下来，嘴角微微抽动，说："视网膜脱落。刚做完手术。医生说，手术后恢复好的话，就能保住眼睛。我害怕，怕瞎。"

我用我所能掌握的美好语言安慰她，其实笨拙得很。

外面突然下起小雨，沙沙的雨声敲击着窗户。

我说："下雨啦。"

汪春花依然沉浸在忧虑中，说："怪我，不该那么爱哭。把视网膜哭掉了。"

我搜肠刮肚也找不出合适的语言劝她。

心虚的我不敢耽搁久了，慌里慌张向汪春花告别。她想送我，我惊慌地要她别动。汪春花拉住我的胳臂说："你等会儿。"她从病床下面摸索出一把雨伞，交到我手里，"我听见外边在下雨。带上伞，淋着容易感冒。”当时，我肯定落泪了，哽咽着说不出话。汪春花用很羞涩的声音说：“小刘，能让我摸摸你的脸吗？我好记住你。”我让她摸了。她一边摸，一边说：“你还记着宋阿姨曾说过话吗？”“什么话？”我想不起宋阿姨对我说过什么重要的话。她的面颊泛出一片晚霞般的红晕：“就是我第一次在你面前摘下眼镜的那一回……”我终于想起，那次宋阿姨夸她漂亮，说我和她能成为美满的一对。我无言以对。

分手时，她善意地叮嘱我：“到了新单位要好好工作，记着多读书。”说话间，她嘴边浮出一抹微笑，里面不含一丝的虚伪和嫉妒。她越这样，我越不舒服。当一个人做了对不起别人的事，对方如果骂你，恨你也倒好，如果他偏偏毫不知情，甚至拿你当知心朋友，那你就越发感觉自己罪不可恕。

雨伞是油布做的，散发着松香油的气味。雨在伞外编织着密集的网丝，落下来，浸湿着寂寥的鸟市大街。我的心像雨天那么阴郁那么憋闷，真想大哭一场，哭尽灵魂的污秽，让心空晴朗起来。临近胡同时，我瞧见发面饽饽站在那儿东张西望，浑身淋个精湿。他也发现了我，边朝我招手，边踩着雨水跑过来。

他喘息着。不知是天凉的缘故，还是因为惶恐。“根儿，我在这儿等你哪。你赶紧去趟派出所‘联打办’。”他用力拽我说：“我刚出来，秃子和黄毛还在里头呢。”

“我不去那鬼地方。”我挣脱开他拉我的手，径直往胡同里边走。

他站老远的，仍然叫个不停：“不是我让你去，‘联打办’姓侯的组长叫你去。去不去在你，我不管。”

我不理睬他。

他着急地直跺脚：“出事啦。存车的梅阿姨是教唆犯，被抓了起来，叫我们挨个作证！”

我一怔，停住脚步：“你说什么？”

发面饽饽抹着脸上的雨水说：“真的，我不唬你。我刚摁完手印回来，在秃子的揭发检举信上摁手印哪。”

我说：“我去！”

我在“联打办”碰见了秃子，我们相互间像陌生人一样，擦肩而过，谁都不理谁。

侯组长拥着我的肩头，拉我进了里屋。原先我在这儿办公。

“刘根同志，该请客啦，听说这次社会招工有你。”侯组长依旧喜欢坐在办公桌上，晃荡着两条细长腿。他把“永红”牌烟卷撒给我一支，沉下脸说：“存车铺的程阿梅搞破鞋，我们已经把她逮起来。她的问题很严重，不单单搞破鞋，还教唆青少年犯罪，将你们胡同好几个青年拉下水，其中包括你。对于这样的坏分子，我们坚决镇压决不手软。咱们这里的事你都懂，照规矩写个揭发材料就完。你们是受蒙蔽的，受蒙蔽无罪，反戈一击有功。”

不知什么原因，我很冲动，语无伦次地冲侯组长吼：“瞎说八道，不是梅阿姨勾引我们，是她挨欺负，受了不白之冤。”

侯组长嘻嘻地笑：“你和那外号叫黄毛的一样，中那坏女人的毒太深。年轻人哪，缺乏斗争经验，一胡弄就上勾。被拉下水，还执迷不悟。那破鞋倒是挺漂亮。破鞋不漂亮能教唆青少年犯罪嘛？行啊，看在你和我们工作过的分上，就算你没事了。回家吧。”

我并不想走，梗着脖子和侯组长嚼理：“你告诉我谁那么坏，背后给梅阿姨造谣？”

侯组长哭笑不得，推着我往外走：“老实孩子都拧。得得，参加革命工作挣了工资之后，别忘来这儿请大伙吃喜糖。”

我固执追问：“那怎么处理梅阿姨？”

侯组长满脸不悦：“用问吗，坏分子程阿梅将押送学习班，进行三个月的学习教育。”

当时进“学习班”是一种很严厉的处罚，相当于劳教。鸟市大街挑号“白蛋”的流氓头头，现正在里面关押。

最后，我被侯组长不明不白地推搡出来。

鸟市大街一如既往地寂寥，没有行人，没有车辆，没有风和阳光，雨也停了。我独自徘徊，从东头走向西头，又从西头返回东头，我必须思考出两个问题的解决方式：一，如何解救蒙冤受难的梅阿姨；二，如何报复丧尽天良的秃子。

17岁少年的解决方式极其简单。我写了一封坦白信，信中详细地讲述我们和梅阿姨的交往过程，说明她并没有勾引教唆青少年学坏，而是秃子采用卑鄙的手段诬陷梅阿姨，希望宽大处理她。信寄出之后，如石沉大海，一连半个月毫无任何回音。我焦虑万分，决定亲自去学习班探视梅阿姨。

就在招工通知信寄来那天，我骑车赶往梅阿姨所在的学习班。学习班在望海楼后边的一个院子里。大铁门紧闭，我几次敲开门，未等说明来意，就被守卫无情地轰赶出来。

天阴沉着，风乍起，乌云翻滚，预示一场暴风雨即将到来。我仍不肯走开，在学习班大铁门外彷徨。我觉着自己很渺小很无助，竟无法帮助视若母亲一样的梅阿姨。我窝囊地哭了，缤纷的泪水连同从天而降的滂沱大雨混淆一起。

这时，大铁门"咔嚓"一声拉开，"白蛋"晃荡着壮硕的身躯走出来。大雨弥漫的马路只有我和他。"白蛋”径直朝我走来，他认出我，说，呵呵，梳小“狗尾巴”的刘根。你来接我？

我不会说谎，摇摇头。

他有些失落，说，英雄气短哪！人都他妈的势利眼。我在鸟市大街挑号占脚的时候，屁股后边跟着二十多个巴结狗子，打着骂着全轰不走。现在我进了学习班，落了难，一个王八蛋都不来接我。他妈的。

我撑开雨伞遮住他，殷勤地掏出烟卷敬他一支，给他点燃。“白蛋”如饥似渴地猛吸一口，说：“就你够意思，还知道巴结我。”

我是巴结他，为了成全刚刚萌生的一个阴谋。

我说：“你进学习班，准是有人背后使坏揭发你。”

“白蛋”拍拍我的肩头：“英雄所见略同。我在学习班里总琢磨，是哪个小人揭发我的？被我查出来是谁，我废了他，揪下他的脑袋当球踢。”

他忽然用狐疑的目光打量我：“你知道么？”

我见“白蛋”已经落入我的圈套，不禁偷着乐。我凑近他耳畔，说出一个人的名字。

他恍然大悟:“没错! 就是秃子这王八蛋。他害苦了我。看我回去不拿砖头敲烂他的脑袋。”

我积极提议:“千万别用砖头,秃子脑袋硬,他爸经常用皮带头打他脑袋,已经练成铜头铁脑瓜。你可以用其他方式教育他。”

“白蛋”伸手捂住我的嘴,蛮横地说,“我废人的方法,不用外人教。”

少年的诡计简单得不能再简单,被另一个简单的少年所接受。这样,我和“白蛋”如同阶级兄弟一样,相互搂抱着,同撑一把伞,朝鸟市大街走去。

第二天黄昏,秃子的屁股被人捅了一刀,龇牙咧嘴地躺胡同口骂大街。无人理睬他。我凑过去,假装关心地问,谁捅了他? 秃子不敢说出“白蛋”的名字,吹嘘道:“妈的,不知道是谁。来了二十多人跟我一个打。我打倒他们七八个,用砖头开了他们八九个,就被一个王八小子用军刺捅了一下。不挨的。值!”

我心里恨恨地骂道:活该!

1975年的春节刚过，我迈着弹性很强的步子，走在比乌市大街宽两个的解放路上。我理想的工作岗位就在这条大街上，它叫“天津前进皮鞋厂”，而且是国营企业。

我不带一丝伤感地告别了青春期，确实，我的青春实在没有什么可留念的，仿佛从手心流走的阳光。压缩在窄小的胡同里，经历那些无足轻重的琐事，一点不浪漫，跟现在年轻人的青春简直没法比。所以，我很快就将曾经发生的一切抛置脑后，不管对梅阿姨那朦胧的爱恋，对汪春花的背叛，包括和秃子、发面饽饽、来宝、黄毛这些伙伴儿的是是非非。只有一点是明确的——我已经长大成人。

一年后，奶奶突然病逝。再过一年——1977年的寒冬里的一天，居委会主任七婶站天井喊我：“刘根，刘根，跟我去居民委员会，你的妈妈找你来了。”

那时，我已二十岁出头，有了工作，能挣钱养活自己了。一个人住原先和奶奶在一起的房子里，过着光棍的生活，倒也逍遥自在。我已不关心父母的存在与否，他们对于我来说，是很遥远的事。同样记得很清楚：那天我正在收听资产阶级的靡靡之音。攒了三个月的工资，我买了“松下”产的录音机，就是像块板砖那样的录音机。管鞋厂同事借了盘邓丽君的磁带，磁带不知听过多少遍了，邓丽君在里面歌唱的声调哆哆嗦嗦——

在哪里，在哪里见过你？
你的笑容这样熟悉？
让我一时想不起。
哦，在梦里，
梦里，梦里见过你，
见你笑得多甜蜜，
是你，梦见得就是你，你，你……

磁带忽然跑调，光反复不停地唱“你你你”一个字。我连忙摁下暂停键，打开磁带盒，邓丽君的歌带缠住了，抠出来，抻出长长的卷皱的磁带。我正发愁不知所措的时候，七婶衰老的声音从天井升起“：刘根，刘根，跟我去居委会，你妈妈找你来啦！”

突如其来的“妈妈”仍叫我感到吃惊和兴奋。我边嚼着烙饼，边跑下楼，跟随着七婶身后，疾步匆匆奔向鸟市胡同。鸟市胡同与慎益里胡同相隔一条马路，居民委员会就在鸟市胡同里头。路上，我就琢磨“妈妈”早不来晚不来，偏偏这时候来呢？琢磨不透，更觉无聊。反正只有一个念头，见识一下我所谓的“妈妈”长什么样儿？

跨入鸟市胡同，远远瞧见居民委员会门前，站立个高挑儿的女人，穿件黑色呢子大衣。就如同梦中梦见妈妈的样子：她背对着我，亭亭玉立。风很大，刮起漫天尘沙，一时难辨清她的面容。于是，我怀着莫明其妙的心情，疾步朝那可能被我称作“妈妈”的女人靠近。